얄루궂은 선배님 1

얄궂은 선배님 1

초판 1쇄 발행 2020년 03월 10일

지은이 | 메리 J

발행인 | 김성률
기획, 편집 | (주)스마트빅(쉼표)
교정 | 김은희
표지디자인 | 우물
출판등록 | 제2014-000017호 (2011년 6월 30일)

펴낸곳 | 도서출판 가연
주 소 | 서울시마포구 월드컵북로 4길 77, 3층 (동교동 ANT빌딩)
전 화 | 02-858-2217
팩 스 | 02-858-2219
ISBN | 978-89-6897-059-7 03810

얄궂은
선배님

메리 J 장편소설

1

차 례

Chapter 1

꽤 괜찮은 재회

진연석은 자신의 분수를 잘 알았다. 재벌은 아니어도 집안에서 대대로 유지하고 있는 재력이 남달랐고 신체 조건을 비롯한 외모가 빼어났으며 불공평하게 머리까지 명석했다. 한마디로 자신은 엄친아에 금수저라는 사실을 일찍부터 알고 있었다.

어려서부터 불행과 행복에 대해 생각할 필요가 없었다. 주어진 것에 만족했고 행복했으며 살아갈 나날이 즐거울 것에 의심이 없었다. 굳이 결핍의 감정을 느낀다면 형에 대한 약간의 열등감 정도. 그것마저도 순전히 장남으로서 누리는 특혜인 무조건적인 신뢰와 사랑일 뿐이었고, 형 덕분에 연석은 의무에서 거리를 두고 자유분방한 삶을 살 수 있었다. 하지만 그를 둘러싼 세상의 영역이 넓어지면서 그에게도 이룰 수 없는, 가지기 힘든 것이 생겼다. 마음속 깊이 반짝이는 빛을 숨긴 아이, 이호수. 별것 아닌 계집아이가 그를 휘둘렀다. 한바탕 휘저어 놓고 홀연히 떠나 버렸다.

* * *

코끝에 닿는 공기가 달다. 봄이 푹 익은 5월. 화사한 계절은 사람을 설레게 한다. '내게도 특별한 일이 생길 것 같아.' 따위의 근거 없는 기대에 빠지기 쉽다.

시절을 따라 미술계도 한창 들뜨는 시기가 지금이다. 미술품 경매 시장의 꽃 5월이 왔다. 〈한국 옥션〉의 5월 경매가 한창인 경매장. 대한민국 미술 시장을 견인하는, 더 나아가 아시아 미술계의 새로운 메카로 떠오른 한국 옥션의 경매장은 들뜬 긴장감으로 어수선했다. 고미술 세션이 끝나고 드디어 근현대 미술 세션의 경매가 진행될 차례였다. 대한민국 미술계의 루키 '고(故) 이정운'. 국내 언론은 물론 세계적인 컬렉터들이 주목하는 오늘 경매는 요절한 천재 화가 이정운의 연작 중 한 점이 새로운 주인을 찾아가는 날이다.

몸에 꼭 맞는 슈트를 품위 있게 차려입고 붉은 넥타이를 맨 수석 경매사가 단상에 오르자 소란스러웠던 장내가 자연히 정돈되었다. 경매사와 응찰자들 모두 팽팽한 긴장감에 압도된 분위기였다. 미술품 재테크가 공공연한 요즘 이정운의 그림은 떠오르는 블루칩으로 통했다. 경매 물품을 사전에 선보이는 일주일간의 프리뷰 전시 기간에도 이정운의 작품을 향한 관심은 뜨거웠고 실물을 보고자 하는 발걸음은 끊이지 않았다. 단상에 오른 경매사가 주변을 한번 둘러본 후 입을 열었다.

"이번에 소개해 드릴 작품은 최근 몇 년간 꾸준히 주목받고 있는 이정운 작가의 단색화입니다. 알려진 대로 작품의 제목은 특별히 없습니다. 연작 중 8번으로 불리는 작품입니다. 이정운 작가가 남긴 유작이 정확히 몇 점인지 알려진 바가 없습니다. 영국의 유명한 화상(畫商) 콕스의 컬렉션 기획전에서 첫선을 보인 이후……."

요절한 작가와 그가 남긴 유작에 대한 설명이 이어졌다. 유럽의 컬렉터들이 눈독 들이는 젊은 화가가 남긴 몇 점 안 되는 유작, 가치가 상승하기에 좋은 조건이었다.

"이정운 작가의 연작 번호 8입니다. 시작가 9억 원에서 출발해 5,000만 원씩 호가하겠습니다."

오늘 시작가는 작년 가을 경매에서 올린 이정운의 3번 그림에 대한 최종 낙찰가를 기준으로 한 것이었다. 경매사 뒤편에 걸린 대형 스크린에 오늘 입찰에 나서는 이정운의 그림이 떠올랐다. 패들을

쥔 입찰자들의 손에 힘이 들어가기 시작했다.

"응찰하실 분들은 패들을 들어 주시기 바랍니다."

경매가 시작되었다.

"78번 고객님 9억 5천만 원 응찰하셨습니다. 90번 고객님 10억 원 하시겠습니까? 10억 5천, 11억, 11억 5천 나왔습니다."

단숨에 호가는 20억을 넘어섰다. 몇 달 사이 두 배가 넘게 가격이 상승했다. 스크린에는 응찰가가 달러를 비롯한 국가별 화폐로 기록되고 있었다. 서면과 전화 응찰을 대리하는 사람들의 입과 손이 다급해지고 있었다.

"호가 올리겠습니다. 1억 원씩 건너뛰겠습니다. 21억 받으실 분, 22억으로 올라갑니다, 23억 여쭙고 있습니다……."

빠르게 상승하던 가격이 40억을 넘으면서 주춤해졌다. 전화 응찰자는 한 명이 남았고 현장에서 패들을 들어 올리는 응찰자도 세 명뿐이었다.

"45억 받았습니다. 확인하고 있습니다. 고민되시죠? 더 없으십니까?"

마지막 확인을 위해 경매사의 눈동자가 차분하게 이동했다. 컴퓨터는 낙찰확인증을 출력할 준비를 했다. 짤막하지만 애타는 몇 초가 지나갔다. 경매사의 입매가 늘어지며 목소리가 호쾌하게 높아졌다.

"45억! 낙찰입니다. 축하드립니다. 최고가입니다. 박수 한번 치시죠."

경매사의 망치가 경쾌한 소리를 울리며 내리쳐졌다. 장내에 박수가 울렸다. 긴박했던 3분여의 각축전이 끝났다. 경매 현황을 맨 뒤에 서서 구경하던 호수의 얼굴이 발그레 달궈져 있었다. 가슴이 벌렁거렸다. 주먹을 펴자 끈적끈적하게 밴 땀이 식는 것이 느껴졌다. 지난 몇 달을 밤새워 준비한 경매가 이렇게 끝났다. 입사 후 처음으로 치르는 대형 경매였다. 곁에서 함께 진행 상황을 관람한 최진혁 과장이 달아오른 호수의 볼을 보고 설핏 웃었다.

"굉장하고도 허무하지? 단 몇 분 만에 몇 십 억이 금방이야."

"멋지네요. 스릴 있어요. 쪼는 맛이 있다고 할까?"

그림도 돈도, 도무지 현실 같지 않았다. 이론으로는 익히 알았지만, 상상을 초월하는 현장이었다.

"이정운의 작품은 다음 경매에서 또 뛸 거야. 이러다 대한민국 최고가 넘을 판이야."

"그러게요. 이 정도일 줄이야."

"어때? 경매사 도전해 볼 테야? 호수 씨는 목소리에 힘이 있고 수적 감각도 좋아서 잘 맞을 거야."

"글쎄요. 저는 아직 촌닭이라 제 입으로 가격을 저렇게까지 올릴 수 있을까 싶어요. 좀 무섭네요."

이제 입사한 지 겨우 6개월 차. 할 수 있을까. 회사 분위기가 좀 익숙해지고 일이 손에 익어 가기 시작했을 때 경매사 제의가 들어왔다. 꽤 오랜 시간 고민을 했고 아직도 갈등 중이었다.

"그런데. 꽤 매력적이네요."

"신청서 넣는다고 다 되는 건 아니지만 한번 도전해 봐. 교육받다가 아니다 싶으면 접어도 되고."

최 과장이 자리를 뜨고도 호수는 한동안 경매장에 남았다. 다른 작가의 작품을 설명하는 수석 경매사의 목소리가 듣기 좋았다. 또박또박하고 힘이 넘치는 목소리에 끌려들었다. 호수는 손에 들고 있던 도록(圖錄)에서 이정운의 그림을 한 번 더 살펴보았다. 손가락으로 그림을 쓰다듬는 호수의 입매가 예쁘장하게 휘어졌다.

"색깔 참 꿈결 같다."

혀끝으로 입술을 축이던 호수는 주머니에 넣어둔 립밤을 꺼내 입술에 듬뿍 발랐다. 남아 있는 결재 건이 급했다. 최 과장의 배려로 잠시 짬을 냈지만, 바로 위 사수인 미원의 히스테리를 생각하자 숨이 턱 막혔다. 동료들 말로는 잘생긴 남자 지원자가 떨어지고 자신이 붙은 게 그녀의 미움을 받는 이유였다. 백번 양보해서 심정은 이해한다 치더라도 점점 심해지는 미원의 짜증을 견디기 힘들었다. 불만스러운 한숨을 쉬며 몸을 돌이켰다.

턱! 툭! 눈앞에 별이 번쩍했다. 벽처럼 단단한 무언가에 얼굴을 세게 부딪치면서 손에 들린 도록을 떨어트렸다. 코가 찡하게 울려 머리까지 통증이 퍼졌다. 코를 움켜잡고 뒤로 물러서던 호수가 눈을 홉뜨며 비명을 삼켰다. 갓 내린 함박눈보다 더 뽀얀 와이셔츠 위에 립밤의 체리빛이 선명했다. 마치 일부러 그려 넣은 것처럼 호수의 입술 모양도 또렷했다.

"죄, 죄송합니다. 정말 죄송합니다."

연신 고개를 숙이며 남자의 가슴에 대고 사죄를 했다. 닦아 줘봤자 흉하게 번지겠지. 호수는 두 손을 어쩌지 못하고 허둥지둥 헤맸다. 세탁비를 물어 줘야 하나 점심시간에 백화점에 다녀와야 하나 갖은 생각이 머릿속을 돌아다녔다. 뭘 하든 돈이 나간다는 사실에 골치가 지끈거렸다. 이 순간에도 자연스럽게 돈 걱정이 떠오르는 자신이 처량했다.

허리를 깊숙이 굽혀 사과하는데도 상대방은 미동 없이 침묵했다. 굉장히 까칠한 사람이겠구나 생각하며 호수는 천천히 눈을 들었다. 어디까지 눈을 들어야 할까 싶을 때쯤 남자의 얼굴이 보이기 시작했다.

"······!"

"립스틱? 이 정도면 괜찮네."

하얀 셔츠에 남은 붉은 자국을 가리키며 피식 웃는 남자의 입꼬리가 매력적인 얄미움을 뽐냈다. 기억 속에 잠긴, 사계절 입술이 트던 남자의 도톰한 그것과 똑같았다. 호수는 마른침을 삼키고 상대를 다시 한번 확인했다. 얄팍한 속쌍꺼풀이 진 긴 눈매가 그녀를 응시하고 있었다.

"너는 어때? 예전에 비하면 굉장히 세련된 마주침 아니야?"

연석은 여전히 말이 없는 호수가 마음에 안 들기 시작했다.

"왜 말이 없어? 너····· 나 몰라?"

"네."

예전처럼 호수의 말투는 건조했다. 이른 나이에 혈압인가. 연석은 뻣뻣해지는 뒷골을 문지르며 눈앞의 호수를 노려보았다.

"뭐?"

"실례했습니다. 옷은 세탁비를······."

예의 바르고, 재미없는 태도도 그대로였다.

"필요 없어. 그딴 거. 너! 나 몰라?"

"······네."

"허!"

연석은 어이가 없고, 속이 쓰라렸다. 구 남친이란 겨우 그런 존재인가. 현타가 왔다.

"참 나! 나를 몰라? 또, 모른단 말이지?"

연석은 양손을 주머니에 찔러 넣고 호수의 눈을 빤히 굽어봤다. 말똥말똥 억척스러운 눈동자가 길을 잃고 헤매는 것이 뻔히 보이는데도 호수는 고집스럽게 입을 꼭 다물고 있었다. 연석은 몸을 구부리고 호수가 목에 걸고 있는 사원증을 유심히 눈에 익혔다. 그사이 호수는 그의 가슴께에서 달랑거리는 방문증을 눈여겨보았다.

"좋아. 세탁비 따위 신경 쓰지 마. 잘 가라."

비릿한 코웃음을 남기고 연석이 먼저 돌아섰다. 호수의 입술에서 연약한 한숨이 새어 나왔다. 언젠가 살면서 한 번은 마주칠까 기대 아닌 기대를 했지만, 이렇게 보게 될 줄이야. 미련 없이 멀어지는 연석을 바라보는 호수의 깊은 눈빛이 흐릿하게 번졌다.

* * *

정동길 끝자락에 자리한 아담한 샌드위치 전문점에 들어선 연석은 먼저 와서 기다리고 있는 해성의 앞에 털썩 주저앉았다. 이글대는 눈으로 누군가를 죽일 듯이 허공을 노려보더니 해성의 앞에 있던 아이스 아메리카노를 단숨에 들이켰다.

"이번에는 분노로 설득하는 거야? 그렇게 안 해도 네 밑으로 들어가려고 마음먹은 참이야. 취업난이 남의 말이 아니더라고."

대기업에서 잘나가던 해성은 새로 부임한 상무에게 밉보여 시달리다 석 달 전 호기롭게 사표를 던졌다. 당연히 갈 곳이 널리고 깔릴 줄 알았던 해성은 녹록지 않은 현실의 벽 앞에 무너졌다. 당장 가을에 태어날 새 생명에게 백수 아빠의 모습으로 첫인사를 할 수 없어 연석의 스카우트 제의를 받아들였다.

연석은 재킷 주머니에서 명함 상자를 꺼내 친구 앞에 툭 내던졌다. 그중 한 장을 꺼내 본 해성은 혀를 내두르며 가방에 챙겨 넣었다. 제 이름 박해성 석 자와 직함이 번듯하게 찍힌 명함을 보자 헛웃음이 터졌다.

"벌써 명함이 나왔으니 출근은 언제부터 하면 됩니까? 낙하산 실장님."

"언제 가능해? 나 방금 호수 만났다."

커피 잔에서 얼음을 꺼내 입에 물던 해성이 도로 얼음을 뱉어 냈다.

"아이, 새끼! 더러워!"

"야, 지금 더러운 게 문제냐? 호수? 이호수? 어디서?"

"나의 손바닥에서."

연석은 셔츠에 찍힌 짙은 핑크빛 입술 자국을 손으로 가만히 쓸어 보았다. 다시 가슴이 둥둥 뛰기 시작했다. 이호수, 괘씸한 녀석. 꽤 괜찮은 재회가 될 것 같았다. 바지 주머니에서 바닐라 향 립밤을 꺼내 바르는 진연석의 얼굴에 얄궂은 미소가 떠올랐다.

* * *

늦은 퇴근길에 호수는 집 근처 재래시장에 들렀다. 떨이마저 끝났을 시간이라 벌써 문 닫은 집들이 대부분이었다. 단골 떡집에 들어가자 항상 인사말이 장황한 주인아주머니가 반겼다.

"어서 와요! 오늘도 찰떡?"

"네. 호박하고 견과류 들어간 거요. 2만 원 어치 주세요."

"이제 5월인데 벌써 덥지 않아? 오늘 낮에 우리 집 양반이 에어컨 청소를 했어. 아가씨도 에어컨 필터 청소 열심히 해."

기관지와 폐에 안 좋다는 말과 냉방병에 관해 일장 연설하는 아주머니의 말을 들으면서 호수는 건성으로 대답했다. 어차피 집에 에어컨도 없는데 자세히 들을 필요도 없었다. 아주머니는 아이 주먹만 하게 잘라서 랩으로 포장한 찰떡을 봉투 한가득 담아서 호수에게 건네주었다.

"덤으로 쑥떡 몇 개랑 이것저것 넣었어. 떨이 시간이라 남겨 둘 수 없잖아. 또 와요!"

"네. 고맙습니다. 많이 파세요."

"밤길 조심해!"

"네, 네."

호수는 가로등이 시원찮은 밤길을 걱정하는 아주머니의 기나긴 작별 인사를 뒤로하고 시장을 벗어났다. 호수가 사는 낡은 빌라는 시장에서 도보로 5분 거리였다.

이 집을 구한 것은 굉장한 행운이었다. 전에 살던 동네에 비하면 감사한 조건이었다. 떡집 아주머니 말씀대로 가로등이 자주 고장 나는 것이 불편했지만 여름은 찜통 같고 겨울은 냉골이던 창신동의 월세방에 비하면 궁궐이나 다름없었다.

빌라 현관에 발을 들이자 캄캄했던 공간에 센서 등이 들어왔다. 미리 손에 들고 있던 열쇠로 급하게 문을 열고 재빨리 집에 들어갔다. 늦은 시간의 반지하는 언제나 무서운 상상력을 자극했다.

집안의 불을 모두 켜고 가방을 내려놓은 뒤 싱크대로 갔다. 방금 사 온 떡을 밀폐 용기에 차곡차곡 담아서 냉동실에 넣었다. 매일 아침의 허기를 책임져 줄 한 끼 식사였다. 떡은 넣어 두고 소분해서 냉동해 놓은 밥을 꺼냈다. 저녁거리를 싱크대에 올려 둔 호수는 옷을 갈아입고 욕실로 들어갔다.

오늘도 하루가 갔다. 항상 별다를 것 없이 무미건조한 날들. 그럭저럭 만족하며 살고 있었다. 머리를 수건으로 감싸고 양치를 하면서 낮에 있었던 매우 특별한 마주침을 생각했다. 또 만나게 되면 어쩌지. 아니야, 경매 응찰 때문에 어쩌다 왔겠지. 미련 없이 돌아서 가버리던 연석의 뒷모습. 그래 줘서 고마웠다. 이미 끝난 인연을 다시 이어 가고 싶지 않았다. 이질적인 세계에 속한 사람과 좋아 지내기에는 이미 많은 것을 겪었고 그런 것에 감정 소비할 나이도 아니었다. 그냥 다 귀찮았다. 호수는 머릿속을 비워 내려고 노력하며 가열하게 양치질을 했다.

* * *

연석은 거실 사면의 절반을 차지하는 베란다 전면 창을 내다보며 옷을 갈아입었다. 저지 소재의 트레이닝팬츠를 입고 마블의 히어로 캐릭터가 그려진 티셔츠를 걸쳤다.

일부러 고층을 구한 보람을 느꼈다. 그리웠던 풍경이 한 폭의 그림처럼 창 안에 담겼다. 노란 가로등 불빛과 푸른 가로수가 보기 좋게 어우러진 밤의 정동길이 운치 있었다. 자주 가던 미술관, 공원, 교회, 정동극장과 지금은 다른 곳으로 바뀐 밥집. 오랜 외국 생활 동안, 내내 잊지 못했던 거리. 아니, 거리를 못 잊은 것이 아니라 함께한 그 시간을 못 잊은 거였다.

멀지 않은 거리에 아직도 불이 환한 한국 옥션 사옥이 보였다. 오늘은 미치도록 기분 좋은 날이다. 운 좋은 진연석에게 어울리는 하루. 과거가 현재를 관통해 제 앞에 도달한 느낌이었다. 기억 속 시간이 그리워 이곳에 집을 얻었다. 외삼촌이 정동으로 사옥을 옮긴 것도 운명의 여신이 연석의 편이라는 증거였다.

추억 속의 아이가 오늘 눈앞에 실체가 되어 나타났다. 운명이 흐르고 있다. 내가 원하는 방향으로. 연석은 입술에 립밤을 바르며 책상에 놓인 인사 파일을 펼쳤다. 이호수. 사는 곳이 송파에 있는 고시원이었다. 주소를 손가락으로 쓸면서 나직한 한숨을 내쉬었다. 더 늦기 전에 확인하고 싶어 서둘러 차 키를 챙겨서 집을 나왔다. 밤바람마저 마음에 쏙 들었다. 춥지도 덥지도 않은, 따스하면서도 상쾌한 봄밤의 공기. 어디선가 희미하게 라일락 향기가 풍겨 왔다. 오늘은 온통 이호수구나. 그 녀석이 좋아하는 모든 것이 예전 그대로 이곳에 남아 있었다. 이제는 귀에 박히고 혀에 새겨질 정도로 익숙해진 '광화문 연가'를 흥얼거리며 단골 카페로 향했다.

"아메리카노 아주 연하게 부탁드려요."

연석은 자칫 날카로운 인상을 주는 긴 눈매가 부드럽게 느껴질 정도로 웃었다. 기분이 좋아서 자꾸 벌어지는 입을 단속하느라 입술을 감쳐 물어야 했다. 카페 한쪽에 진열된 스페셜티 원두와 이탈리아산 에스프레소 잔을 구경하느라 누군가의 유심한 눈길도 눈치채지 못했다.

"오빠?"

만인의 오빠인 형과 달리 자신을 함부로 오빠라고 부를 여자는 거의 없었다. 연석은 무심한 얼굴로 뒤를 돌았다.

"오빠 맞네? 언제 들어왔어?"

여주연이네.

그녀로 말할 것 같으면 평생 그에게 별로였다. 아! 더 세부적으로 따지면 존재감 없을 '무'에서 '별로'인 존재로 발전하긴 했다. 연석은 대꾸 없이 제 몫으로 나온 커피부터 챙겨 들었다.

"응? 언제 왔어? 어머님은 아무 말씀 없으시던데."

"한 달 좀 안 됐어. 그리고 우리 엄마가 왜 너한테 그런 걸 알려야 해?"

조금도 달라지지 않은 연석의 싸늘한 태도. 익숙하면서도 적응되지 않는 연석의 냉정함을 고스란히 받으며 주연이 대꾸했다.

"아니. 뭐…… 어머님이랑 우리 엄마랑 자주 만나시니까. 두 분이 만나시면 자식 자랑밖에 더 해?"

"너 혹시 우리 형하고 혼담 있어?"

커피를 후후 불어 식히면서 연석이 물었다.

"뭐? 그게 무슨 소리야?"

주연은 과장되게 눈을 치뜨고 부정했다. 태어날 때부터 연석을 좋아했다고 공공연히 떠들고 다니는 처지인데 뜬금없이 그의 형과 혼담이라니. 자신은 듣지도 못한 소문이 어디서 퍼지고 있나 싶었다.

"우리 엄마한테 자꾸 어머니라고 하니까. 나는 또 네가 우리 형하고 결혼이라도 하는 줄 알았잖아. 보기보다 넉살 좋네."

명백한 비아냥이었다. 주연은 목부터 이마까지 붉게 달아올랐다.

"어렸을 때부터 자주 뵀으니까 자연스럽게 그렇게 부르게 된 거지."

못된 여우. 대학 때부터 해성이 주연을 칭하던 별명이었다. 해성과 호수가 아니었다면, 그랬다면 주연의 바람대로 지금쯤 혼담이 오갔을지도 모를 일이었다.

아, 섬뜩하네.

연석은 부르르 진저리를 치며 주연에게 작별을 고했다.

"커피나 주문해. 나는 간다."

"오빠, 이 근처 살아?"

주연은 연석이 입고 있는 옷과 분위기를 훑으며 추측했다. 연석은 못 들은 척 무시하고 출입문을 열었다.

"오빠! 나 근처 대사관에서 근무해. 놀러 와!"

이 근처에 대사관이 한둘이냐. 그리고 대사관에 놀러는 무슨.

연석은 코웃음을 치고 주차해 놓은 자신의 애마에 몸을 실었다.

* * *

헛걸음이었다. 고시원 주인은 연석을 위아래로 살피며 경계했다.

"이 아가씨는 여기서 한 달도 안 살고 나갔어요. 도대체 주소를 왜 안 옮기는 거야!"

주인은 방을 빼고서도 주소 옮기지 않는 사람이 한둘이 아니라며 오히려 연석을 붙들고 하소연을 했다.

"그런데 이 아가씨는 왜 찾아요?"

"그건 아저씨가 왜 알려고 합니까?"

"아니. 혹시 무슨 안 좋은 일이 있나, 하는 노파심에 묻는 거지 다른 뜻은 없어요."

성급할 것 없어. 급할 것 없잖아. 어장 안에 들어왔는데 뭘.

연석은 발끝부터 조여 오는 조바심을 뒤로하며 차에 올랐다.

"아, 역시 어려워, 이호수."

벌써 보고 싶은데. 출근 날짜를 앞당길까. 애가 너무 놀라면 어떡하지?

오랜만에 느껴 보는 조급증에 몸이 달아오른다. 날렵하고 까다로운 작은 산짐승을 쫓는 포수의 심정이었다. 운전대를 잡은 손에 꽉 조이는 힘이 들어갔다.

파티션 너머로 찬영의 고개가 불쑥 튀어나왔다. 흡연실에서 왔는지 흐릿한 담배 냄새가 났다. 그는 호수보다 나이는 어리지만, 엄연한 입사 선배였기에 서로 존대하며 지냈다.

"호수 씨, 오늘 사내 공지 메일 확인했어요?"

"아니요. 아직이에요. 제목만 확인했어요. 인사이동 있죠?"

오전 내내 허미원 대리가 떠맡긴 경매 리뷰를 작성하느라 공지 메일을 열어 볼 틈이 없었다. 오늘 내로 완성해서 SNS 홍보팀으로 넘기라고 닦달이었다. 현장에서 경매를 참관한 덕분인지 생각보다 리뷰가 잘 써지고 있었다. 자판을 두드리는 호수의 손가락이 보이지 않을 정도로 현란하게 움직였다.

"한번 열어 봐요. 골 때려요."

"왜요?"

"낙하산이 하나 내려오신답니다. 소문이 맞긴 하더라고."

"그래요?"

낙하산이건 행글라이더건 자신과 상관없는 일이라 호수는 귓등으로 흘려들었다.

"최 과장님이 마케팅으로 가시고."

"네?"

그제야 호수는 손가락을 멈추고 찬영을 올려다봤다.

"최진혁 과장님이요?"

"네. 호수 씨는 좀 서운하겠다. 과장님이 호수 씨 많이 챙겼잖아."

"챙기기는요."

누가 들으면 입방아에 올리기 좋은 소리였다. 안 그래도 최 과장이 호수를 싸고 돈다고 색안경 끼고 보는 눈이 많았다. 사수인 미원의 억지스러운 등쌀을 보다 못한 최 과장이 호수 편을 들어주는 바람에 한바탕 구설에 휘말린 적도 있었다. 찬영이 제자리로 돌아가고 난 뒤 호수는 사내 메일함을 클릭했다. '상반기 특별 인사 개편'이라는 제목을 열자 짤막한 통보와 같은 내용이 눈에 들어왔다.

"이게 뭐야. 장난하는 것도 아니고."

찬영의 말대로 최진혁 과장은 기획에서 마케팅으로 이동하고 새로운 과장이 자리를 채운다는 내용이었다. 기획부 과장 박해성. 익숙한 이름에 흠칫했지만, 동명이인이겠거니 넘어갔다. 그런데 기획부과 마케팅부를 아우르는 전략기획실의 우두머리로 오는 사람의 이름이 나와 있지 않았다. 그저 '낙하산' 세 글자만 덩그러니 쓰여 있었다.

* * *

인사 개편 공지로 며칠 떠들썩하더니 드디어 그날이 밝았다. 아침부터 '낙하산'에 대한 얘기로 회사가 전체가 웅성거렸다. 한국옥션에서 가장 업무가 힘들다는 기획, 마케팅을 이끌어 갈 낙하산에 대한 정보가 하나씩 새어 나오긴 했다. 대표의 친척이라는 설, 홍콩 크리스티에서 근무한 경력이 있다는 설, 생각보다 젊을 것이라는 설이 가장 믿을 만한 정보로 여겨졌다.

월요일 아침, 조회를 앞두고 직원들은 메신저에 매달려 수다 삼매경이 한창이었다. 유리로 된 사무실 출입구 너머 복도에 한 무리의 사람들이 걸어오는 것이 보였다. 웬만한 일에 동요하지 않는 호수도 분위기에 휩쓸려 괜스레 들떴다. 자동문이 열리고 대표와 몇몇 임원진들이 사무실로 들어왔다. 안 그래도 큰 편인 호수의 눈이 더욱 커졌다. 신임 과장 박해성이 제가 알고 있는 그 박해성이 맞는다는 사실에 눈앞이 아찔해졌다.

"자, 인사 개편에 대해서는 다들 공지를 통해 알고 있을 테니 간단하게 인사하도록 하죠."

좀처럼 보기 힘든 대표가 첫 대면을 위해 일부러 시간을 낸 모양이었다. 그가 잠시 눈살을 찌푸리더니 곁에 선 해성에게 물었다.

"어디 갔는가?"

"잠시 손 좀 씻고 온다고."

"하여튼 그……."

대표는 무람없이 튀어나오려는 '그 자식'이라는 단어를 삼켰다. 잠시 후 복도에서 급한 발소리가 울렸다. 자동문이 스르륵 열리고 연석이 들어섰다. 훤칠한 키에 하얀 피부, 반듯한 이마와 얼굴 중앙에 제대로 자리 잡은 높은 콧대. 타고난 귀티가 흘렀다. 그가 서늘한 눈매로 주변을 둘러보자 여직원들이 동요하는 소리가 잠시 소란을 일으켰다. 대표가 입을 열기도 전에 연석이 앞으로 나섰다.

"전략기획실 실장 진연석입니다. 잘 부탁합니다."

연석은 파티션 너머로 빠끔히 튀어나온 호수를 똑바로 바라보았다. 티 나지 않게 흔들리는 그녀를 응시하며 연석은 야릇하게 웃었다.

* * *

새로 오신 실장님에게서 자유로운 영혼의 면모가 엿보였다. 그가 과연 일을 제대로 할 것인가. 말로만 듣던 낙하산 인사의 폐해를 언제쯤 제대로 보여 줄 것인가. 직원들은 심히 궁금해지기 시작했다.

실장실 문은 오전 내내 활짝 열려 있었다. 문가에 비스듬히 기대선 연석은 탄력 있는 스쿼시 볼을 연신 위로 던졌다가 받으며 사무실 어딘가를 응시하고 있었다. 연석이 느끼기에, 시간이 꽤 흘렀는데도 이호수는 여전했다. 문서를 작성하는 빠르게 놀리는 손과 눈, 부르는 소리에 재까닥 일어나는 빠릿빠릿한 동작, 설명을 들을 때 입술을 깨무는 습관, 의견을 피력할 때의 똘똘한 눈동자 등이 예전 그대로였다. 대학 때도 동안으로 유명하더니 내일모레 서른을 앞두고도 직장인보다는 대학생에 가까운 외모였다.

호수가 컴퓨터를 끄고 책상을 정리하는 것이 보였다. 느슨했던 연석의 주의가 일사불란하게 정돈되었다. 더 이상 스쿼시 볼은 공중으로 뜨지 않았다. 호수는 하나로 묶었던 머리를 풀고 이마와 관자놀이에 흐트러진 잔머리를 끌어 모아 단정하게 정리했다. 얼굴에 머리카락 닿는 것을 싫어해 꼼꼼하게 단속하는 것도 여전했다. 재킷을 갖춰 입고 노트북과 가방을 챙겨 들더니 사수인 허미원을 거쳐 기획부 과장인 박해성의 앞으로 다가갔다.

"과장님, 외근 다녀오겠습니다. 작품 위탁자와 외부 미팅이 잡혀 있어요."

호수를 상대하는 해성의 눈동자가 잠시 어색하게 흔들렸다. 선배님이나 해성 오빠가 아닌 과장님이라니. 영 어색했지만, 해성은 이내 편안하게 웃어 보였다.

"그래요. 언제쯤 돌아오지?"

"오후 세 시면 돌아올 것 같습니다."

고개를 끄덕인 해성은 자신도 모르게 호수에게 가볍게 손을 흔들다가 번뜩 정신을 차렸다. 호수는 미미한 웃음을 입가에 올리며 돌아섰다. 딱! 손가락을 튕기는 맑고 경쾌한 마찰음이 사무실을 가로질러 해성과 호수 앞에 도달했다. 소리가 시작된 곳을 향해 눈길을 돌리자 연석이 지켜보고 있었다.

"이호수 씨, 잠시 봅시다."

문고리를 잡고 선 연석이 턱짓으로 실장실 내부를 가리켰다. 호수는 입술을 꼭 깨물며 연석을 쳐다봤다. 등 뒤에서 호수에게나 들릴 법한 해성의 나직한 소리가 들렸다.

"가 봐. 이제 일상일 텐데."

그래, 일상이야. 달라질 것도 없고 달라질 필요도 없어.

"네."

호수는 크고 또렷한 목소리로 대답하고는 미원을 비롯한 몇몇 호기심 어린 시선을 지나쳐 연석 앞에 섰다. 연석은 앞장서 실장실로 들어갔고 호수가 들어서자 문을 닫았다. 오늘 처음으로 외부와 차단되는 문을 보던 직원들이 일제히 숨을 몰아쉬었다. 업무적인 감시인지 개인적 유희인지 모를 실장의 끈질긴 탐색이 은근 숨통을 조여 왔기 때문이었다. 연석은 책상에 걸터앉아 제 앞에 반듯하게 선 호수를 찬찬히 살펴보았다. 가까이서 보니 예전과 달라진 것들이 눈에 보였다. 옅은 피부 화장과 은은한 아이 섀도, 심플한 블라우스에 무난한 슬랙스를 입은 옷차림에서 전에 없던 성숙함과 세련됨이 느껴졌다.

"이호수 씨, 외근 나갑니까?"

"네. 위탁자 미팅입니다."

"혼자 갑니까?"

"출발은 혼자 하지만 미팅 장소에 경매팀의 스페셜리스트가 나가 있습니다. 그곳에서 합류합니다."

지극히 사무적인 어조로 업무에 관련된 이야기가 오고 갔다. 호랑이 굴에라도 들어온 듯 정신 바짝 차리고 있는 호수를 지켜보는 연석의 기분은 쏠쏠했다.

"차는?"

갑자기 연석의 말투에 친근함이 배어 나왔다. 호수는 허리를 꼿꼿이 폈다. 표정 변화가 전혀 느껴지지 않는 그녀에게서 벽이 느껴졌다.

"지하철로 이동합니다."

"나 시간 여유 있는데. 내가 데려다줘도 괜찮……."

눈을 내리깐 호수는 고개를 가로저었다. 부드러운 몸짓이지만 단호함이 느껴졌다. 서늘한 눈빛에서 네가 지금 누구인지, 네 직함이 뭔지 알고 있냐는 타박도 읽혔다. 중앙도서관에서 책을 베고 엎드려 호수만 뚫어지라 보던 연석을 꾸짖던 눈빛과 비슷했다.

"대중교통이 편리하고 빠릅니다."

"점심은?"

"스페셜리스트와 함께 해결할 것 같습니다."

"남자……?"

"직장 동료입니다."

남자라는 뜻으로 읽혔다. 연석의 손가락이 책상 위에서 톡톡, 규칙적인 소음을 만들었다.

"특별한 지시 사항 없으시면 이만 나가 봐도 될까요."

"그래요. 다녀와요."

연석은 마뜩잖은 심기를 갈무리했다. 날은 많고 시간은 넉넉했다. 조바심은 금물. 한 번 더 마음을 다잡으며 방을 나서는 호수의 뒷모습을 눈으로 좇았다.

호수는 승강기를 기다리며 멍한 눈으로 계기판의 숫자가 바뀌는 것을 지켜봤다. 방금 나눴던 짧은 대화와 분위기를 곱씹었다. 생각보다 훨씬 무난하게 지나가서 다행이었다. 해성을 대하는 것과 크게 다르지 않았다. 물 흐르듯 자연스럽게 받아들이고 지내기로 마음먹으니 그리 어렵지 않은 것 같았다. 이제 그들은 해성 오빠도 연석 오빠도 아닌 직장 동료이자 상사일뿐이었다. 호수는 홀가분하게 미소 지으며 승강기에 올랐다. 마음이 편안해졌다. 그렇게 생각하기로, 자신을 속였다.

＊ ＊ ＊

까다롭지 않은 위탁자를 만난 덕에 미팅은 순조로웠다. 점심까지 느긋하게 해결하고 돌아왔는데도 시간은 겨우 두 시 반이었다. 사무실에 들어가자 마침 실장실에서 나오던 미원이 기분 좋게 웃으며 호수를 반겼다. 웃으며 호수를 대하는 경우가 극히 드문 사람이라 오히려 찝찝했다.

"일찍 왔네? 점심은 먹었어?"

"네. 간단히요."

"외근 나간 김에 맛있는 거 먹지. 하여튼 융통성이 없어."

미원답지 않은 상냥한 반응이었다. 호수는 형식적으로 웃어 보이고 제자리에 앉았다.

"실장님하고 일대일 면담 있어. 호수 씨도 들어가야 해."

"면담을요?"

호수의 미간이 대번에 일그러졌다. 새로 부임한 담임 선생님도 아니고 웬 면담이야. 미원은 파우치를 꺼내 화장을 수정하기 시작했다. 지워지거나 번지지도 않은 입술에 굳이 립스틱을 덧바르다가 갑자기 호수에게 친한 척을 했다.

"우리 실장님 좀 나이스한 사람 같아. 얼굴만 나이스가 아니었어. 낙하산이라지만 아예 허당은 아닌가 봐."

진연석이 허당일 리가 없잖아. 저 남자의 자뻑이 어디서 오는 건데. 근거 있는 자신감의 소유자라고.

호수는 입사 이래 미원이 이렇게 들뜬 것을 본 게 처음이었다.

남자의 잘생긴 외모에 약한 미원을 만족시켜 줄 실장님 덕분에 회사 생활이 조금 편해질지도 모른다는 엉뚱한 기대가 생겼다. 호수는 아침과 달리 굳게 닫혀 있는 실장실 문을 구멍이라도 낼 기세로 빤히 쳐다보았다. 블라인드까지 꼭꼭 닫힌 저 너머의 진연석이 슬슬 신경을 거스르기 시작했다.

"호수 씨!"

들어간 지 오 분도 안 된 것 같은데 벌써 개별 면담을 마친 찬영이 호수를 불렀다. 호수는 들어가 보라는 찬영의 손짓을 알아듣고 고개를 끄덕였다. 저 안에서 무슨 일이 있었기에 왜 다들 기분이 좋은 건지. 발걸음 가볍게 자기 자리로 돌아가는 찬영에게서 흥이 느껴졌다. 호수는 자리에서 일어나 옷차림을 가다듬고 심호흡을 몇 번 했다.

노크 두 번. 똑똑 두드리는 짧은 순간에도 잡다한 생각이 머릿속에서 우르르 쏟아졌다. 연석은 집무실 중앙을 차지한 소파에 앉아 있었다. 호수가 들어오자 그는 살펴보고 있던 파일을 내려놓고 몸을 이완하며 다리를 꼬았다. 느긋하고 나른한 동작이 마치 먹이를 어떻게 삼킬까 고민하는 맹수 같았다.

"같은 대학, 같은 과인데."

그와 같은 대학, 같은 과. 단순히 학연을 내세우는 소리가 아니었다. 호수는 평정심을 유지하며 그의 말을 들었다.

"집이 송파 쪽인데 출퇴근하기 괜찮아요?"

"네. 괜찮습니다."

"입사한 지 이제 육 개월이네요. 일하는 데 어려운 점은 없어요?"

육 개월 일찍 돌아올걸. 연석은 외삼촌이 제안했을 때 심술궂게 튕겼던 시간이 후회스러웠다.

"네."

"기억력 같은 건 이상 없어요?"

"네?"

뜬금없는 질문에 호수의 눈이 동그랗게 커졌다.

"기억력."

연석이 기다란 검지로 제 머리를 짚었다. 저를 모르는 척했던 호수의 언행을 지적하는 거였다.

"아…… 네. 전혀 문제없습니다."

호수는 그의 눈길을 피하며 습관적으로 입술을 질끈 깨물었다. 그 모습을 보면서 연석은 제 입술에 바닐라 향 립밤을 발랐다.

"입술."

고개를 들자 연석이 자신의 입술을 톡톡 두드리고 있었다. 호수의 몸이 뒤로 살짝 물러났다.

'여기에 뽀뽀해 봐.'

오래전, 그의 장난스러웠던 목소리가 귓가에 되살아났다.

"피 나겠어요, 이호수 씨."

연석의 지적에 호수는 재빨리 정신을 차리고 아랫입술을 혀로 쓸었다. 새빨간 입술에 난 잇자국이 타액으로 촉촉해졌다. 질끈 눈을 감은 연석이 나지막하게 내뱉었다.

"호야."

겉으로나마 평정심을 유지했던 호수는 티가 나게 놀라고 말았다. 날카롭게 숨을 들이켜는 소리가 새어 나왔다. 너무 오랜만에, 불시에 들어 버린 자신의 애칭. 방심했다가 허를 찔렸다.

"그러네요. 이호수 씨의 기억력은 문제없네요."

연석은 느릿하게 눈을 떴다. 깜빡이는 호수의 눈을 지그시 바라보며 천천히 또박또박 말을 전했다. 정말 하고 싶었던 말을.

"걱정했잖아."

"……?"

"진짜로 나 까먹은 줄 알고. 어디 안 좋아서 머리에 문제 생긴 줄 알고 걱정했어."

그가 지척으로 다가와 심장을 두드렸다. 문을 열라고 다정한 목소리로 윽박질렀다. 호수는 마음의 붉은 신호를 켰다.

"실장님."

공적인 호칭을 내세워 그를 막아 세웠다.

"저는 업무 관계로만 지내고 싶어요."

덤덤함을 버리고 간곡해지기로 했다.

"불편해지면 저는 이직할 수밖에 없어요."

"해."

연석은 매몰차게 답했다. 길고 서늘한 눈매가 일고의 여지도 없다고 경고하고 있었다.

"해 보라고, 이직. 이직도 하고 이사도 하고 다 해. 그때처럼 나한테 말 한마디 없이 사라지라고."

연석의 목소리가 약간 상기되었다. 그때의 황당함과 절망이 다시 그를 찾아온 탓이었다.

"그래도 소용없을 거야."

그와 헤어진 후 호수는 가끔 생각했다. 혹시라도 연석을 마주치게 되면 그는 분명 화를 내든지 모르는 척 외면할 것이라고. 왜 그랬는지 물어볼 줄 알았다. 따질 줄 알았다. 그런데 그는 개의치 않는 듯했다. 지금 당장 눈앞에, 제 곁에 이호수가 있다는 것만 생각하는 것 같았다. 그 사실 외에는 아무것도 중요하지 않아 보였다. 그에게서 한 조각의 원망도 보이지 않았다.

둘 사이의 대화는 끊어졌다. 각자의 사념 속에서 추억들이 치열하게 소용돌이치고 있었다. 다시 돌아가고 싶어 하는 남자와 지난 시간을 끊어 버리고 싶은 여자. 묻어 뒀던 감정이 오랜 잠복기를 끝내고 기지개를 켰다.

그들은 사랑했었다. 캠퍼스를 누비는 싱그러운 연인이었다. 지금 생각하면 젊다는 말도 과분한 어린 날이었다. 호수의 생애 가장 따스하고 아름다웠던 한때. 이름과 어울리지 않게 물결이 일지 않는 호수의 마음에 파동을 그리며 다가왔던 연석이 아예 풍랑을 일으킬 기세로 돌아왔다.

* * *

재무관리 수업이 끝난 강의실. 수업에 지쳐 삼삼오오 짝지어 나가는 학생들의 눈가가 시커멓게 죽어 있었다. 교수님은 개강 첫시간부터 철저하게 출석을 부르더니 산더미 같은 리포트와 공포의 조별 과제 일정을 통보했다. 도서관에서 좀비가 되어 숙식해도 살아남기 힘들다는 선배들의 충고가 이제야 와 닿았다. 하지만 그런 것쯤 추종자들에게 맡기고 신경 쓰지 않을 작정인 주연은 화려한 생기를 뽐내며 호수에게 다가왔다.

"호수야! 우리 밥 먹으러 가자."

"밥? 난 딱히 별로."

호수는 물처럼 흐르는 콧물을 휴지로 틀어막으며 고개를 저었다. 아직도 기세가 맹렬한 더위가 무색하게 호수는 지독한 감기에 걸렸다. 주연의 시원한 옷차림과 대조적으로 호수는 긴 청바지에 카디건까지 챙겨 입고도 오한으로 괴로웠다.

"형오 오빠가 산대. 같이 가자. 나 혼자 있으면 뻘쭘하단 말이야."

그래서 더 먹기 싫었다. 왜 친하지도 않고 잘 알지도 못하는 남자들과 밥을 먹어야 하는지 몇 학기가 지난 지금도 이해가 가지 않았다. 싫은 티를 내며 미적거리는 호수가 도망가기 전에 주연은 재빨리 친구의 팔짱을 단단하게 꼈다. 호수는 포박되어 끌려가는 죄인처럼 떨떠름한 얼굴로 학생식당으로 따라갔다.

"어…… 이호수도 왔네."

형오의 얼굴은 호수보다 더 떫게 일그러졌다. '잣 같네.', '돈 아까워 죽겠네.'라고 온 얼굴로 외치고 있었다. 한 학번 위의 형오는 예쁜 여자에게만 밥 잘 사 주는 오빠로 유명했다. 주연은 그 예쁜 여자 리스트 중 최상위 랭커였다. 그리고 호수는 그의 리스트에 이름을 올릴 수 없었다. 외모는 그럭저럭 쳐도, 스타일과 재력 면에서 형오의 기준에 못 미쳤다.

"응. 왜? 안 돼?"

형오의 못마땅한 태도를 눈치챈 주연의 목소리가 앙칼지게 높아졌다. 덩달아 호수의 피로감도 상승했다.

"아니! 안 될 건 없지. 주연아, 뭐 먹을래?"

이제 주연은 토라진 척을 할 것이고 형오 선배는 쩔쩔매며 그녀의 비위를 맞출 것이다. 주연은 그것을 즐기며 좋아하지도 않는 학식을 깨작거리겠지.

호수는 밥보다는 어디 가서 조용히 쉬고 싶었다. 오한이 점점 심해지는지 살갗만 스쳐도 아렸다. 학생식당 내부를 둘러보자 눈에 익은 학과 동기들이 보였다. 호수는 주연이 매달리듯 움켜잡고 있는 팔을 힘겹게 떼어 냈다.

"주연아, 내가 몸이 너무 안 좋아서 도저히 안 되겠어. 저기 애들 있으니까 쟤네하고 같이 먹어."

"많이 아파?"

좋게 말하면 순진한 아이 같은, 느껴지는 대로 말하면 영악한 주연을 보며 호수는 코웃음을 쳤다. 가끔 이 아이는 무슨 생각으로 자신과 다니는 것을 좋아하는지 의아했다.

"여주연, 너도 눈이 있으면 제대로 보고 마음으로 생각 좀 해. 보는 애들마다 감기냐고 묻는데 너는 오늘 종일 나하고 있으면서 안중에도 없지."

"굳이 나까지 물어야 하니? 다들 물었고 나도 옆에서 들었으니까. 너 피곤할까 봐 입 다물었을 뿐이야. 뭐."

"말이나 못 하면. 하여튼 형오 선배도 나보다 쟤네들하고 같이 먹는 게 좋을 거야. 쟤네는 벌써 먹고 있으니까 형오 선배가 식권 살 돈 아깝지 않을 거고. 그렇죠, 선배?"

"어? 야, 너는 말을 꼭…… 왜 그렇게 하냐?"

호수는 정곡을 찔려 불쾌해하는 형오에게 꾸벅 인사를 하고 돌아섰다. 속 보이는 멍청이하고 긴말할 컨디션이 아니었다. 뒤에서 욕을 하든 말든.

"맛있게들 먹어요. 주연이는 이따 강의실에서 보자."

기숙사로 가서 쉴까 생각하며 시간을 봤지만, 왕복 시간을 따지면 더 힘들 것 같았다. 역시 과 사무실로 가서 잠깐이라도 눈을 붙이는 것이 효율적일 것 같았다. 매점에 들러 휴지를 사고 있는데 핸드폰이 울렸다. 조교 박해성의 전화였다.

"네. 이호수예요."

—어, 호수야. 나 해성인데 지금 어디니?

"후생관이에요. 지금 과 사무실로 가는 중이에요."

—잘됐다. 그럼 오는 길에 인쇄실에 들러서 경영학과 프린트물 좀 찾아다 줘. 그거 정일찬 교수님 이름으로 되어 있으니까 확인하고 가져와.

"예. 알겠어요."

코를 풀다, 풀다 지친 호수는 새로 산 휴지를 뜯어 콧구멍을 틀어막았다. 코에서 나오니까 콧물인가 보다 할 정도로 물처럼 맑은 코가 쉴 사이 없이 쏟아졌다. 훌쩍이랴 재채기하랴 정신이 혼미했다. 하도 코를 풀어서 귀도 먹먹하게 울렸다.

프린트를 찾은 후 인쇄실 문을 열기 위해 손잡이를 잡는 순간 참을 수 없는 간지러움이 콧구멍을 괴롭혔다. 초대형 재채기가 쓰나미의 기세로 다가오고 있었다. 손으로 입과 코를 막아야 했지만, 시간은 부족하고 들고 있는 짐이 많아 여의치 않았다. 고개가 한껏 뒤로 젖혀지던 순간 인쇄실 문이 열렸다.

"에, 에엣취히!"

굉장한 재채기와 함께 호수의 몸이 반동했다. 고꾸라지는 머리의 속도와 프린트물의 무게를 못 이기고 몸이 앞으로 쏠렸다. 퍽! 코가 부러졌을까? 단단하면서도 부드러운 무언가에 얼굴을 세차게 부딪친 순간 엄청난 통증을 느꼈다. 코가 찡하게 울리는 바람에 순간적으로 두통이 심해졌다.

"에이 씨, 더러워! 이게 뭐야."

짜증 섞인 낮은 목소리에서 거만함이 느껴졌다. 호수는 그제야 큰일이 벌어졌음을 깨달았다. 막 인쇄실로 들어오던 누군가의 가슴에 헤딩하며 재채기를 해 버렸다. 정신을 차려 보니 상대방의 앞섶에는 축축하고 투명한 분비물이 잔뜩 묻어 있었다. 코에서 발사된 휴지 뭉치는 프린트물 위에 오도카니 남아 있었다. 호수는 제 침과 콧물이 범벅된 상대방의 하얀 티셔츠를 보자 눈앞이 캄캄해졌다. 자기 것이어도 더러울 판에 남의 침과 콧물이라니.

"죄송합니다. 정말 죄송합니다."

호수는 급히 프린트물을 내려놓고 가방에서 휴지를 잡히는 대로 꺼내 상대방의 옷에 묻은 분비물을 닦아 냈다.

"됐어요."

불쾌함이 그대로 느껴지는 목소리에 온몸이 졸아드는 것 같았다.

"죄송해요. 옷은 제가 빨아 드릴게요."

호수는 고개도 들지 못하고 닦는 데 열중하며 계속 사과했다.

"그만하라고. 더 번지잖아!"

"아, 죄송합니다. 우선 급한 대로 처리하려다 보니."

한창 안절부절못하고 있는데 과 선배이자 총학생회장인 세훈의 구세주 같은 목소리가 들렸다.

"야, 무슨 일이야? 어? 호수야, 너는 또 왜 그래?"

"제가 이분께 큰 실수를 했어요."

심기 불편한 얼굴로 선 연석과 고개를 푹 숙인 채 주눅이 든 호수를 번갈아 보며 세훈은 자초지종을 물었다.

"실수? 네가? 야, 인마 도대체 무슨 일인데 그래?"

"됐고. 나 티셔츠 좀 갈아입어야겠는데. 개강 첫날부터 재수 옴 붙었네."

연석은 분비물이 묻은 티셔츠를 펄럭이며 역겹다는 시늉을 했다.

"옷? 뭐가 묻은 거야? 학생회실에 내가 입던 과 티 있는데."

"그거나 좀 빌려 줘."

"죄송합니다. 그럼 옷은 벗어 주시면 제가 세탁해서 돌려 드릴게요."

"됐어요. 그냥 버려야지. 그만 좀 훌쩍이고 코나 풀어요. 또 남한테 피해 주지 말고."

연거푸 사과하며 코를 훌쩍이는 호수를 마뜩잖게 쳐다보던 연석은 찬바람을 일으키며 나가 버렸다. 뒤에 남은 세훈은 휴지를 뽑아서 호수의 손에 들려주었다. 세훈의 눈에도 하도 풀어서 새빨개진 호수의 코가 안쓰러워 보였다.

"호수야, 저 녀석이 원래 저렇게까지 말을 밉게 하는 놈이 아닌데……."

"괜찮아요. 저 같아도 화나죠. 남의 옷에다 코를 잔뜩 풀어 놨는데. 빨리 가서 옷 좀 빌려 드리세요. 그리고 입고 있던 티셔츠는 제가 세탁해 드릴 테니까 과방이나 과 사무실에 두면 된다고 좀 전해 주세요."

"쟤 진짜로 저 옷 버릴 놈이야. 거기까지 네가 신경 안 써도 돼."

비위가 대단히 약한 사람인가 보다.

호수는 미안한 마음이 더해졌다. 유독 호수에게 친절한 세훈의 위로도 도움이 되지 않았다.

* * *

개강 첫날이라 그런지 과 사무실이 유난히 떠들썩했다. 구석에서 엎드려 자던 호수는 웅성거리는 소리에 잠이 깼다. 잠깐 잠든 사이에 감기가 더 심해졌는지 몸은 천근만근 무겁고 내쉬는 숨이 뜨끈했다.

"이야! 진연석 오랜만이다? 제대하고 바로 복학해 버리네."

"제대했으면 학교 다녀야지. 그게 신기해?"

"우리 연석이 때문에 여자애들 학교 다니는 보람 느끼겠다. 어떻게 너는 과 티를 입어도 런웨이야."

"자식, 군대 갔다 온 폼 난다. 어깨 봐라. 상남자 됐어."

"너희들은 군대 다녀왔는데도 왜 그 지경이냐?"

웃음소리가 와르르 쏟아졌다. 남자들 특유의 유치한 농담과 비속어가 유쾌하게 뒤섞였다.

아, 시끄러워. 복학을 했으면 한 거지 왜 이렇게 떠들고 난리야.

호수는 열이 풀풀 나는 머리를 붙들고 천천히 몸을 일으켰다.

"호수야? 너 상태가 왜 그러냐?"

구석에 있는 책상에서 공포 영화 속 사다코처럼 몸을 일으키는 호수를 발견한 해성이 소리쳤다. 급히 다가온 해성은 얼굴이 빨갛게 익은 호수를 걱정스럽게 들여다보았다.

"감기가 심해졌나 봐요. 콜록."

"병원 가 봐야겠는데? 열도 심한 거 같아."

해성은 차마 이마를 짚어 보지는 못하고 빨간 얼굴만 유심히 쳐다봤다.

"바로 강의가 있어서……. 끝나고 약이나 사 먹죠. 뭐."

"그래. 약이라도 사 먹어. 내일 아침 과사 담당이 너던데. 괜찮겠어?"

호수는 힘없이 고개를 끄덕였다. 으슬으슬 춥고 머리가 빙빙 돌지만 괜찮아져야 한다고 자기 최면을 걸었다. 이제 슬슬 일어나야 했다. 곧 강의가 시작될 시간이었다.

"어이! 후배. 아직도 골골이야? 이제 콧물은 끝인가?"

호수는 자느라 헝클어진 머리를 다시 묶으며 자신에게 말을 건 사람을 쳐다봤다. 처음 보는 꽤 잘생긴 남자였다. 호수는 느릿하게 고개를 숙이며 인사했다.

"안녕하세요. **학번 이호수입니다. 그런데 누구세요?"

연석은 넋 풀린 눈으로 자신을 바라보는 호수를 빤히 쳐다봤다. 분명 제 옷에다 질펀하게 코를 풀어 재낀 아이가 맞았다. 이제 와서 발뺌인가? 혼란스러웠다.

"후배님, 혹시 쌍둥이세요?"

"아닌데요."

"너, 나 몰라?"

"어…… 네."

주변에서 키득거리는 웃음이 터졌다.

"진연석 첫날부터 물 먹는 거야? 호수한테 작업 걸었다가?"

전후 사정을 모르는 동기들의 놀림을 들으며 연석은 어리둥절하게 앉아 있었다. 그런 사고를 쳐 놓고 모른다고 하는 것도 어이없지만, 저를 소 닭 보듯 하는 태도에 자존심이 상했다. 일생 진연석을 저렇게 시큰둥하게 쳐다보는 여자는 처음이었다. 티를 안내도 눈빛은 숨기지 못하기 마련인데. 강적을 만난 기분이었다.

"해성 오빠, 저는 강의 때문에 먼저 나가 볼게요. 내일 아침 8시까지 오면 되죠?"

"응. 과사 열쇠 잘 챙겼지?"

"네. 그럼 내일 뵐게요."

"병원 꼭 가보고. 내일 아침에 너 없으면 정 교수님 짜증내신단 말이야."

호수는 기계적으로 고개를 끄덕이고는 가방을 끌어안고 나갔다. 연석은 연달아 두 번의 강렬한 인상을 심어 준 호수가 나가는 모습을 뚫어지라 쳐다봤다.

"해성아, 쟤 뭐냐. 이름이 호수야?"

"응. 이호수. 3학년이고 이번 학기 수직생. 너는 한 번도 못 봤나?"

"아니, 아까 잠깐 보고 두 번째야. 그런데 쟤가 나를 모른다고 한다? 기억에 없는 척하네."

감히. 네가…….

헛웃음을 터트린 연석의 입꼬리가 비스듬히 치솟았다.

"진연석이 호수의 워너비 타입이 아닌가 보지. 이제 너도 그 자뻑에서 좀 벗어나."

"자뻑이라니. 내가 혼자 북 치고 장구 치는 거 봤어? 난 한 번도 장단 맞춰 줘 본 적도 없어."

연석은 준수하고 훤칠한 외모와 좋은 머리 그리고 고가의 스포츠카 덕에 어디서나 눈길을 끌었다. 그를 대하는 이들은 모두 호감을 느꼈지만, 특히나 여학우들의 반응은 맹목적이기까지 했다. 매너로 포장된 연석의 태도는 종종 그녀들의 오해를 샀고 자기들끼리의 다툼으로 번지곤 했었다. 항상 자신을 숭배하는 열렬한 눈동자만 겪었던 연석은 자신에게도 복학생 특유의 구질구질함이 느껴지는 것이 아닌지 불안해졌다.

"작전인가? 나를 모른다고? 허! 참!"

해성은 의외의 포인트에 꽂힌 연석을 흥미롭게 쳐다봤다.

Chapter 2

호수에 빠지다

　호수는 감기와의 투쟁에서 승리했다. 밤새 몸살과 사투를 벌인 탓에 얼굴이 반쪽이 돼 버렸지만, 콧물과 두통이 없는 세상은 평온했다. 걸음마다 밭은 숨을 내쉬며 과 사무실이 있는 5층에 도착했다.

　복도 중간쯤, 벽에 기대어 선 남자의 듬직한 실루엣이 보였다. 긴 다리를 엑스 자로 꼬고 이어폰을 꽂은 채 리듬에 맞춰 고개를 까닥이는 모양새가 여유로워 보였다. 가까이 다가가자 이어폰 밖으로 새어 나오는 요란한 비트의 음악이 들렸다. 가까워진 호수의 기척을 느꼈는지 연석이 눈을 떴다.

　연석은 자신을 물끄러미 올려다보는 호수의 몰골에 놀랐다. 어제보다 더 추레해진 모습에 자신도 모르게 미간을 구겼다.

"과사에 볼일이 있으세요?"

　호수는 열쇠로 과 사무실 문을 열고 들어가며 물었다. 등 뒤에서 연석이 따라 들어오는 것을 느끼며 창문을 모두 열고 환기를 시작했다.

"후배님, 오늘은 좀 괜찮아?"

　가방을 내려놓던 호수가 멈칫했다. 뭔가 떠오른 눈치였다.

"아, 어제 그 선배님……. 안녕하세요?"

　호수는 그제야 어제 자신에게 후배님이라고 불렀던 연석을 기억해 냈다. 벌써 두 번째. 연석은 이 깜찍한 외모에 삭막한 분위기를 풍기는 후배의 뇌리에 박히지 못했단 사실에 또 한 번 기가 막혔다.

"혹시 후배님, 안면인식장애 같은 거 있어?"

"네."

　어라. 진짜네.

　연석은 자신을 기억하지 못하는 것이 호수의 고질병 같은 거라는 사실에 안도했다.

"장애까지는 모르겠고. 사람을 몇 번 봐야 알아봐요. 이름도 잘 기억 못 했었는데 그건 일부러 신경 쓰면서 살았더니 좀 나아졌고요. 그런데 아침 일찍 무슨 일이세요?"

"해성이는 언제 와?"

"해성 오빠는 오늘 1교시 수업 있어요. 4학점짜리라서 오전 내내 못 오실 거예요."

호수는 부산스럽게 움직이며 실내를 정리했다. 책상과 의자며 바닥이 너저분한 것이 어제 마지막 수직생이 청소를 하지 않은 모양이었다. 그런 호수의 눈앞에 연석은 무언가를 불쑥 내밀었다.

"그럼. 이거."

"이게 뭐예요?"

"네가 세탁해서 준다고 했잖아."

"……?"

"아! 얼굴 기억 못 하지? 어제 내 옷에."

호수는 소스라치게 놀라며 입을 틀어막았다. 안 그래도 동글동글 귀여운 눈매가 활짝 커졌다.

"이제 기억해?"

"정말 죄송했어요. 물론 세탁해 드려야죠. 오늘 기숙사에서 빨아서 마르는 대로 가져다 드릴게요."

내내 데면데면했던 호수의 태도가 한결 친숙해졌다. 연석은 호수가 쳐 놓은 보이지 않는 막 하나가 걷히면서 그 안으로 한 발 내디딜 권리를 얻은 기분이었다.

"후배님은 기숙사에서 지내? 해성이도 기숙사에 있는데."

"네. 제 이름은 이호수예요."

"알아. 나는 진연석이야. 그런데 지금 어디 가?"

호수는 마른걸레를 챙겨 들고 연석을 쳐다봤다.

"교수님 방 청소요. 여기 계속 계실 거예요? 나가실 거면 문 잠가야 하거든요."

"같이 가자. 나도 교수님께 인사드려야 해."

연석은 이 지극히 일상적이고 별것 없는 만남을 이대로 마무리 짓고 싶지 않았다.

이상도 하다. 얘가 하는 것을 눈으로 좇으며 몇 마디 주고받는 것이 왜 재미있을까.

어제저녁 내내 발칙했던 후배가 생각났다. 얘 뭐지? 여우인가? 곰인가? 고민하다 잠이 들었고 새벽부터 잠이 깼다. 어제 학생회실 쓰레기통에 처박아 뒀던 티셔츠를 굳이 다시 찾아와서 호수를 기다렸다.

* * *

"그래. 군대 다녀오니까 늠름하고 보기 좋네."

학과장인 정일찬 교수는 일부러 인사하러 찾아온 연석을 흐뭇하게 보았다. 집안도 좋고 머리가 명석해서 항상 눈에 띄던 제자가 제대 후 예의까지 갖춘 것이 더없이 흡족했다. 연석은 자신에게 이런저런 조언을 아끼지 않는 교수님의 말씀에 영혼 없는 호응을 보내며 호수를 훔쳐보고 있었다.

슬슬 할 말이 떨어지고 있었다. 교수님과 면담을 이쯤에서 끝내고 싶은데 저 녀석의 꼼꼼한 걸레질은 끝날 기미가 안 보였다. 정교수님이 유난히 호수를 예뻐하는 게 저 걸레질 때문인가 싶을 정도였다. 호수의 손길이 지난 자리마다 정갈해졌다. 책상 위에 너저분하게 나뒹굴던 종잇조각들과 책들이 차곡차곡 정돈되었고 뿌연 먼지가 앉았던 자리에 윤기가 빛났다.

"호수야, 그만해도 되겠다. 그런데 너 얼굴이 왜 그러냐?"

정 교수는 해쓱한 호수를 알아보고 걱정스럽게 물었다.

"감기를 좀 앓았어요."

"어이구. 저런. 감기는 별것 없어. 잘 자고 잘 먹어야 해."

정 교수는 책상 서랍을 열고 작은 종잇조각을 몇 장 꺼냈다.

"호수야, 이거 교수 식당 식권이다. 나는 외부에서 식사할 일이 많으니까 네가 써라. 이거 날짜 지나면 못 쓰니까 까먹지 말고."

정 교수는 인자하게 웃으며 호수의 어깨를 두드렸다. 호수는 두 손으로 식권을 넙죽 받더니 해사하게 웃었다.

"네! 감사합니다."

연석은 처음으로 활짝 웃는 호수의 얼굴을 목격했다.

와, 씨! 귀엽잖아.

연석은 나직하게 감탄사를 질렀다. 꽃들이 일시에 봉오리를 터트린 순간을 본 것 같았다. 동그란 눈매가 접히더니 앙증맞은 초승달이 되는 모습이 제법 예뻤다.

"호수야! 후배님!"

학과장실에서 나와 기분 좋게 걷던 호수는 뒤에서 부르는 연석을 향해 몸을 돌렸다. 큰 걸음으로 다가온 연석은 으름장을 놓듯 말했다.

"밥 사."

"네?"

"밥 사라고. 내 옷도 그렇게 해 놓고 그냥 입 닦으려고 했어? 방금 교수님이 교수 식당 식권도 줬잖아. 내가 교수 식당 밥 정도는 얻어먹어도 되는 거 아니냐?"

"아…… 네. 그럼요. 한 장 드려요?"

"야!"

연석에게 내밀었던 식권을 거둬들이며 호수는 장난스럽게 웃었다.

"농담이에요. 그럼 저 오전 수직 끝나고 나면 점심시간일 것 같은데 교수 식당에서 뵐까요?"

"내가 일이 있을지도 모르니까 전화해."

"번호 모르는데요."

예스! 자연스러웠어.

연석은 득의양양하게 자신의 핸드폰을 호수에게 건넸다.

"자식, 이렇게 내 번호를 따네. 여기다 네 번호 찍어."

이 왕자님은 병이 깊구나.

호수는 거북한 표정을 감추지 않고 자신의 번호를 찍었다.

"내 번호 아는 여자는 우리 학교에서 손가락에 꼽거든. 영광인 줄 알아."

이 바보는 뭐야.

호수는 농담인 줄 알았던 연석의 말이 진담이라는 것을 알아챘다. 그의 표정이 너무 진지해서 뭐라 받아칠 수가 없었다. 호수가 찍어 준 번호로 연석이 전화를 걸었다. 그의 전화번호가 액정에 뜨는 것을 확인한 호수는 바로 끊었다.

"이따가 끝나고 메시지 드릴게요."

굉장히 피곤한 사람이다.

호수는 최대한 빨리 티셔츠를 세탁해서 돌려주고 끝내야겠다고 마음먹었다.

* * *

진연석은 확실히 피곤한 사람이었다. 같이 다니는 것이 이렇게까지 피곤할 줄이야. 예상을 뛰어넘었다. 이 정도로 유명한 사람을 어떻게 전혀 모르고 3년째 학교에 다니고 있었을까 미스터리였다. 선후배는 물론 교수님과 교무과 직원들까지 연석에게 아는 체를 했고 그는 일일이 인사를 받아 줘야 했다. 덩달아 옆에 있는 호수까지 의문의 눈빛 공격을 받아야 했다. 아니, 학교에서 남녀 학생이 함께 다니는 것이 이렇게 눈길 받을 일이었나. 참다못한 호수는 연석이 주연에게 붙들리는 것을 마지막으로 그를 버렸다. 먼저 식판을 들고 자리에 앉고 얼마의 시간이 지나자 주연과 연석도 테이블에 도착했다. 호수를 훑는 주연의 눈빛에 미묘한 날이 서 있었다.

"호수야, 네가 연석 오빠를 어떻게 알아?"

"잘 몰라."

무심한 호수의 대답에 국을 뜨던 연석의 수저가 멈췄다.

"모르는데 여기까지 같이 밥 먹으러 왔다고?"

아, 여주연이 이 선배를 좋아하는구나.

호수는 괜한 오해도 싫었고 주연이 애처럼 칭얼대는 것도 듣기 싫었다. 뭐라고 설명해야 주연이 조용해질까.

"그냥……. 어쩌다 교수 식당 식권이 생겼는데."

"내가 쏘라고 했어. 교수님이 얘한테만 식권을 주더라고."

"아우, 오빠는. 벼룩의 간을 내먹지. 호수 생활도 힘든데 그걸 또 뺏어 먹냐?"

그제야 마음이 놓이는지 주연이 수저질을 시작했다.

"난 당연히 연석 오빠가 사는 줄 알았지. 호수가 얼마나 짠순인데. 교수 식당씩이나 올 수 있는 애가 아니거든."

연석은 여과 없이 말하는 주연의 태도가 어이없었다.

"여주연, 그런 말 호수한테 실례 아니야?"

"그만하세요. 주연이 말이 맞고요. 제 처지를 더 확인받고 싶지 않으니까 그런 얘기는 여기서 끊죠."

주연은 굳은 얼굴로 자신을 노려보는 연석이 무서워 입을 다물었다. 그의 눈치를 보며 호수를 향해 몸을 숙이고 속삭였다.

"미안해, 호수야."

호수는 대답 없이 묵묵하고 꿋꿋하게 밥을 먹었다. 식사 대접이라고 할 수도 있는 자리가 어색해지는 것이 싫었지만, 감정을 속이고 아무렇지 않게 웃고 싶지 않았다. 그러면 더 처량한 기분이 들 것 같아서 싫었다. 먹는 동안 연석이 자신을 살피는 것도 모르고 호수는 열심히 밥만 먹었다. 식사 후 인문대 건물로 가는 동안 주연은 호수에게 붙어 꼬치꼬치 캐물었다. 어쩔 수 없이 호수는 어제 있었던 재채기 대참사에 대해 털어놨다.

"오 마이 갓! 더러워."

호수는 주연의 예쁜 얼굴을 보면서 고개를 저었다.

예쁜 만큼 언행도 좀 고왔으면 좋을 텐데. 얘 머리에 누가 필터 좀 장착해 주세요.

"그래. 그래서 오늘 밥 산 것뿐이야."

"연석 오빠한테 딴마음 있는 건 아니고?"

"어."

"진짜?"

"어! 없어! 난 그럴 정신도 없고 마음도 없어. 그리고 네가 좋아하는 거 아니야? 네 눈에는 꽤 멋있어 보이는 줄 몰라도 난 잘 모르겠거든."

"어머! 이호수, 눈이 지구 밖 인공위성에 달렸구나."

"뭐래. 그렇게 잘나지도 않았구만. 너도 수업이나 들어가."

억지로 주연의 등을 떠밀어 주고 나서야 헤어질 수 있었다. 호수는 교양으로 신청한 '영문학 산책' 강의실을 확인했다. 가장 좋아하는 창가 자리로 냉큼 뛰어가 앉았다. 캠퍼스가 한눈에 보이는 탁 트인 전망이 죽여줬다.

"후배님도 이거 듣네?"

연석은 양해도 구하지 않고 호수의 옆에 앉았다. 호수의 귀여운 얼굴이 찌푸려지는 것을 봤지만 개의치 않았다. 그저 손에 들린 커피를 내밀었다.

"마실래?"

"뭔데요?"

"아메리카노."

"써서 안 마셔요."

호수는 고개를 젓고는 창밖을 내다봤다.

"그럼 이거는?"

다른 것이 코앞에 내밀어졌다.

"이건 뭔데요?"

"극과 극으로 가져와 봤지. 캐러멜 마키아토."

호수가 좋아하는 거였다. 식후 강의라 졸릴지도 모르니 일단 받아 들었다.

커피 좀 마셨다고 여주연이 난리 치진 않겠지.

"근데 저 여기 있는 거 알고 오셨어요?"

"아니. 나 방금 엄청 반가워했는데 몰랐어?"

"네. 몰랐어요. 근데 커피는 어떻게 알고 두 개나 준비했어요?"

"몰라. 그냥 너 만나면 주려고 대책 없이 샀어. 대체로 내가 하는 일은 막힘이 없거든. 내 인생이 좀 그래."

어이없고 재수 없는 캐릭터구나.

호수는 저런 뻔뻔한 말에는 뭐라고 대답해야 좋을지 알 수 없어 아예 반응하지 않았다.

"이거 2인 1조로 진행되는 수업인 거 알지? 나하고 같이 하자."

"네?"

"몰랐어? 교수님이 꼭 남녀를 한 조로 묶어 주셔. 이 수업이 커플 탄생의 산실이라는 거 몰랐어? 이번 학기에는 어떤 로맨틱한 작품을 골라 주시려나."

아, 시간표 수정이 이번 주까지였나?

호수는 학점이 후하다는 선배들의 추천만 듣고 신청한 것을 후회했다. 여주연이 점찍은 왕자님과 한 학기라니. 벌써 골이 시끄러웠다. 그러나 불행하게도 호수는 끝내 시간표를 수정하지 못했고, 이번 학기 '영미 문학 산책'의 주제는 호수가 가장 좋아하는 제인 오스틴의 〈설득〉이었다. 마르고 굳은 호수의 마음을 누군가가 설득할 로맨틱한 학기가 시작되었다.

* * *

기숙사로 돌아온 호수는 머리끝까지 이불을 덮어쓰고 있는 룸메이트에게 살며시 다가갔다. 한 학기를 함께할 사이지만, 이제 겨우 며칠 본 사이라 조금은 어색했다.

"저…… 성실아. 어디 아파?"

"으으. 왔어? 감기인가 봐."

어쩐지 아침부터 좀 안 좋아 보이더니. 호수는 마음이 무거웠다. 아무래도 자신이 옮긴 것 같았다.

"밥은 먹었어? 병원 가 볼래?"

성실은 고개를 젓더니 이불 속으로 파고들어 갔다. 호수도 똑같이 앓아 봤으니 이해가 갔다. 병원이고 뭐고 꼼짝하기 싫을 터였다.

"그러면 좀 쉬고 있어."

호수는 자기 침대에 깔린 전기장판의 온도를 올려놓고 기숙사

1층에 있는 매점으로 향했다. 잠시 후 돌아온 호수는 끙끙 앓고 있는 성실을 깨웠다.

"성실아, 일어나 봐."

"왜……."

"아무래도 나한테 옮은 것 같아. 내가 먹던 약 있으니까 그거 먹고 자자. 안 그러면 너 내일 학교 못 가."

잠시 뜸을 들이던 성실이 주섬주섬 일어났다. 호수의 말대로 귀찮아도 약을 먹어야 했다. 꾸역꾸역 버텼더니 꼴까닥 죽을 만큼 아파지기 시작했기 때문이었다.

"오한이 들어서 추울 거야. 내 침대에 전기장판 켜 놨어. 오늘은 네가 저기서 자라. 그리고 이거 먹어."

성실은 테이블에 놓인 간편 죽과 약을 보자 고마운 한편 미안한 마음이 들었다. 사실 호수에게 편견을 갖고 있었다. 빈틈없이 정리된 책상과 옷장 그리고 잘 웃지 않는 건조한 표정 때문에 까칠한 깍쟁이라고 생각했다.

"야…… 너 꼭 엄마 같다. 진짜 고마워. 나 감동했어."

"엄마는 무슨. 엄마들은 즉석 죽 같은 거 주지 않잖아."

"아니야. 우리 엄마는 줘. 요리를 못하시거든. 인스턴트가 더 맛있어."

성실은 코가 꽉 막힌 소리로 킁킁대고 웃더니 호수가 사다 준 죽을 후후 불면서 먹었다.

* * *

"아이스 괜찮지?"

탄탄한 우유 거품 위에 캐러멜 드리즐이 잔뜩 얹어진 아이스 캐러멜 마키아토가 호수 앞에 놓였다. 일주일 만에 보는 연석이었다. 가는 곳마다 요란한 사람이라 어디서든 마주칠 거란 예상과 달리 그는 일주일 내내 행방이 묘연했다.

"안녕하셨어요? 잘 마실게요. 그런데 다음부터 제 것은 신경 쓰지 마세요."

"왜? 나 혼자 먹기 뭐해서 사 왔는데."

"얻어먹으면 저도 사 드려야 하는데. 저는 아껴 쓰는 생활을 해야 해요."

"그럼 그냥 얻어먹어. 나 혼자 먹기 싫을 뿐이야."

도대체 뭘 얼마나 아껴 쓰려고 겨우 음료 한 잔에. 연석으로서는 이해하기 힘든 경제관념이었다. 자신에게 곁을 두느라 지어낸 말이라 생각했다.

"여기 선배님 티셔츠요. 계속 갖고 다녔어요."

"전화하지 그랬어."

호수는 아무 말 없이 창밖을 쳐다봤다. 혼자 한갓지게 사색을 즐기려고 일부러 30분이나 당겨서 강의실에 왔는데 연석 때문에 계획이 틀어졌다. 연석은 쇼핑백에서 티셔츠를 꺼내 봤다. 향긋한 냄새가 물씬하게 코끝을 자극했다.

"네가 빨았어?"

"네. 비싼 브랜드더라고요. 세탁기 돌리다 잘못될까 봐 신경 써서 빨았어요."

괜한 고생을 시켰네. 그냥 버리려고 쓰레기통에 처박았던 건데.

연석은 직접 손빨래했다는 소리에 공연히 미안해졌다.

수업이 시작되었다. 교수는 지난 시간 한 조로 짝지어진 남녀 학생들이 함께 앉은 모습을 보며 굉장히 흡족하게 웃었다.

"같이 보자. 나 아무것도 안 가져왔어."

달랑 볼펜 하나를 손에 든 연석의 몸이 호수의 책상 쪽으로 기울어졌다. 이 냄새구나. 호수에게 자신의 티셔츠와 똑같은 향이 났다. 미묘하게 다른 느낌이었다. 호수만의 체향이 녹아든 섬유유연제의 포근한 향이 그의 가슴을 어지럽혔다.

책 한 권을 함께 보는 것은 생각보다 불편했다. 이런 일이 처음이 아닌데도 호수는 유난히 곤란했다. 필기를 도운답시고 연석이 친절을 베풀 때마다 팔이나 손이 부딪히고 어깨가 닿았다. 머리를 맞대고 함께 번역하느라 얼굴이 너무 가까워지기도 했다. 견디다 못한 호수가 결정을 내렸다.

"필기는 제가 알아서 할게요."

연석은 순순히 펜을 내려놓았다. 실은 자신도 한계를 느끼고 있었다. 뒤늦은 사춘기를 겪는 건지. 왜 이렇게 여자애 하나에 정신을 못 차리는지 이해할 수 없었다. 필기를 그만뒀으면 강의에 집중해야 마땅한데 그조차도 어려웠다.

창가에 앉은 조그만 여자애는 꼭 요정 같았다. 강의에 열중하는 호수의 옆모습에 오후의 볕이 부서져 내렸다. 까만 머리가 갈색으로 밝게 빛나고 속눈썹과 솜털에는 빛 가루가 자잘하게 뿌려진 것 같았다. 온통 반짝반짝 빛났다.

제발 입술 좀 가만둬라.

호수의 입술이 연석의 눈을 붙들었다. 생각에 잠길 때마다 호수
는 입술을 씹는 것 같았다. 빨갛게 부풀고 촉촉하게 젖었다. 살짝
벌어진 입술 사이로 보이는 가지런한 치아가 은근히 야했다. 펜
꼭지를 대고 있는 볼륨 있는 아랫입술 때문에 미치기 직전이었다.
연석은 마른침을 삼키느라 목울대가 울렁이는 것을 숨기려고 애
꿎은 커피만 연달아 마셨다.

"오빠, 여기는 어떻게 해석하는 게 좋을까요? 뭐가 주어인지 헷
갈려요."

오빠. 선배님이 아니고 오빠라고 불렀다. 치열한 사투를 벌이는
연석의 속도 모르고 호수는 난해한 문장에 밑줄을 긋고 연석을
쳐다봤다. 사심이 눈곱만큼도 없는 학구적인 표정. 정말 얘는 내
가 별로인가?

"어디 보자. 이 문장은 말이야. 여기서 일단 끊어 보자."

호수는 턱을 괴고 말끄러미 책과 연석을 번갈아 쳐다봤다. 연석
은 정신을 차리기 위해 커다란 손으로 얼굴을 마구 비볐다. 수업
만 신경 쓰는 호수의 순전하고 빤한 시선에 바보처럼 달뜨는 자
신이 혐오스러웠다.

"호수야."

"네."

"그렇게 좀 보지 말아 줘."

"네?"

무엇을? 어떻게? 내가 뭘? 호수는 멍멍한 눈으로 연석을 쳐다

봤다.

"하여튼 그런 게 있어."

마침 쉬는 시간이 주어졌다. 연석은 늘 매고 다니는 백팩으로 앞을 가리고 부리나케 강의실을 빠져나갔다. 인사를 건네는 사람들에게 대꾸도 하지 못하고 화장실로 뛰어들었다. 쾅! 문을 닫고 들어간 연석은 벽에 이마를 박았다. 호수에게 미안하지만, 자기 위로의 시간이 필요했다. 십 대 때도 안 하던 짓을……. 사춘기가 뒤늦게 연석을 괴롭히는 것이 확실했다.

* * *

해성은 모니터 뒤에 숨어서 그 너머의 상황을 매우 주의 깊게 관찰하고 있었다. 세상 잘난 놈. 뻔뻔한 태도가 터무니없이 잘 어울리는 놈이 아양 떠는 고양이처럼 호수 옆에 있는 모습이 예사롭지 않았다.

"연석이 집에 안 가냐?"

"어."

"왜?"

"오랜만에 나 기숙사에서 재워 줘."

오랜만? 아무 말이나 하는구나. 해성은 먹고 자는 것에 까다로운 연석이 기숙사에서 재워 달라 하는 소리에 비웃음이 났다. 술에 떡이 돼도 대리 기사를 불러서라도 집에 가는 녀석이 아무 이유 없이 기숙사에서 자겠다니. 속이 훤히 보였다.

"놀아 줄 시간 없는데."

"소고기 쏠게."

오! 이건 좀 당기는 제안이었다. 그렇다면 도움의 손길을 베풀어 줘야지. 해성은 1학년들이 제출한 과제를 분류하느라 정신없는 호수를 끌어들였다.

"호수야, 너 소고기 먹을래?"

"저요?"

"응. 우리 과 최고의 유산계급 연석이가 소고기 쏜다잖아. 너도 같이 가자. 먹고 나서 기숙사 같이 들어가면 되잖아."

말똥하게 눈동자를 굴리는 호수에게 두 남자의 관심이 집중됐다.

"전 그냥 기숙사에서 먹을게요. 룸메가 몸이 좀 안 좋아서 같이 있어 줘야 할 것 같아요."

"그럼 룸메도 같이 가든지. 너도 얼마 전에 아팠잖아. 이럴 때 몸보신하는 거야."

해성은 자신이 사는 것도 아니면서 호수의 룸메이트까지 끌어들이고 있었다. 그런데도 연석은 반발은커녕 잔뜩 기대에 부푼 눈으로 호수의 대답을 기다릴 뿐이었다.

"아니요. 됐어요."

여지도 없는 거절이었다. 연석의 기분이 롤러코스터의 궤도를 벗어나 벼랑 아래로 추락했다. 해성은 조용히 고개를 내저었다. 넌 글렀다, 라는 신호였다.

"해성아, 담배나 피우러 가자."

속이 답답해진 연석은 담배를 챙겨 들고 과 사무실 밖으로 나 갔다. 급히 뒤따라 나간 해성이 빙글빙글 웃으며 연석을 떠봤다.

"호수 좋아?"

"어."

"대답이 왜 이렇게 빨라."

"그런 걸 그렇다고 해야지. 내가 너한테까지 내숭 떠냐? 호수 눈 치 보는 것도 힘들어. 그냥 사귀자고 말해 볼까?"

"응. 말해. 진연석이 5초 만에 차이는 꼴 좀 보자. 5초도 길다. 3초."

연석이 물고 있는 담배 끝이 그의 속처럼 새까맣게 타들어 갔다. 내뿜는 긴 연기가 꼭 한숨 같았다.

"네가 보기에도 호수는 나 별로지."

"응. 호수는 아주 그냥 잔잔해. 평소와 전혀 다른 게 없어. 너 혼 자 잔잔한 호수에 빠져서 물장구치느라 바빠."

"너는 호수 언제부터 봤어? 난 왜 쟤가 입학했을 때 몰랐지?"

"네가 언제 학과 애들한테 신경 쓴 적 있어? 입대도 앞두고 있 었고. 호수는 나하고 같은 학회잖아. 나는 걔가 입학했을 때부터 알고 지냈지."

"너 학회도 해?"

"친구한테 관심 좀 가져 줘."

그 학회 나도 들어야 할까. 조용히 중얼거리던 연석은 본격적으 로 호수에 관해 묻기 시작했다.

"호수…… 어떤 애야? 뭐 좋아해?"

"보기랑 달라. 겉보기에 냉정해 보여도 착해. 동기들도 다 좋아해. 시험 기간에 애새끼들 전부 호수가 정리한 노트 복사해서 다닌다. 그래 봤자 1등은 항상 호수지만. 참! 너 괜히 열심히 공부해서 장학금 받지 마라. 호수는 장학금 못 받으면 학교 못 다녀."

당장 필기도구라도 있었다면 받아 적었을 것처럼 해성의 말을 듣는 연석의 표정은 진지했다.

"호수 집이 많이 어려워?"

"잘 모르겠는데. 그런 것 같아. 장학금도 받고 학교에서 수직생 아르바이트도 하고 주말에도 과외며 뭐며 하여튼 바빠."

말도 안 돼. 저렇게 애기같이 생기고 조그만 녀석이.

"뭐? 그러다 애 부서지면 어떻게 해?"

그렇게까지 애쓰고 살아야 한다는 사실이 안쓰럽고 믿을 수 없었다.

"그래서 그런지 호수는 맛있는 거 사 주면 좋아해."

"근데 왜 내가 소고기 산다는데 안 먹어."

"그만큼 네가 재수 없다는 증거지."

"아. 죽겠네."

해성은 낙심하고 좌절한 친구의 듬직한 어깨를 툭툭 두드려 주었다.

"걱정 마. 내가 팍팍 밀어줄게. 나는 호수에 대한 많은 정보를 알고 있지. 호수가 사귀었던 놈, 좋아하는 놈까지."

"뭐? 그게 누군데? 좋아하는 놈도 있어?"

"어허! 나도 호수를 아끼는 선배거든. 봐서 네가 진짜 믿을 만할 때쯤 하나씩 알려 줄게. 하여튼 형만 믿어. 호수한테 너에 대해 좋은 소리 많이 할 테니까."

"진짜지?"

"그럼! 우리 연석이가 첫사랑에 **빠졌는데** 이 형님이 그 정도쯤이야."

"맞아. 나 첫사랑이야."

어이구. 눈물겨워라.

해성은 항상 얄미울 정도로 자신만만했던 연석의 의기소침한 모습이 어색하면서도 재미있어 죽을 것 같았다.

"고맙다. 호수랑 사귀게 되면 네가 탐내던 시계 넘길게."

두 남자는 의기투합, 불타올랐다. 하이파이브를 올리며 파이팅을 외쳤다.

"연석 오빠, 해성 오빠, 안녕하세요!"

"어, 주연이 안녕. 애들아 안녕."

주연을 비롯한 2, 3학년 여학우들이 우르르 몰려들었다. 여주연답게 저처럼 예쁜 친구들만 추려서 다니고 있었다. 해성은 갑자기 발랄해진 분위기에 한층 기분이 들떠 버렸다.

"해성 오빠, 호수 못 보셨어요?"

"과사에 있어."

해성은 대답 끝에 담배 연기로 도넛 모양을 만들어 공중에 날렸다.

"우와! 해성 오빠, 그거 한 번 더 해 보세요. 너무 신기하다."

"아이 뭘. 이런 게 재미있어?"

주연이 부추기자 해성은 우쭐대며 한 번 더 담배 연기로 뻐끔뻐끔 도넛을 만들었다.

"연석이도 잘해. 야, 너도 해 봐."

"싫어. 유치한 자식."

"해 봐. 애들 좋아하잖아. 형 말 안 들으면 국물도 없다."

연석은 영 내키지 않았지만, 이호수 사로잡기 프로젝트의 중요한 팀원인 해성의 요구를 들어줄 수밖에 없었다.

"아, 병신. 옜다!"

연석은 연달아 담배를 빨아들여 수없이 많은 도넛을 만들어 줬다. 심지어 천사 흉내까지 내 주자 여자아이들은 과장되게 웃으며 요란을 떨었다.

"어! 호수야!"

주연이 멀찍이 떨어진 곳을 향해 손을 흔들었다. 순간 두 남자의 볼에 빨간 불이 붙었다. 멀찍이 서서 연석과 해성을 한심하게 바라보는 호수의 눈빛이 노골적이었다.

* * *

호수는 고기를 좋아하는 편이구나. 쌈을 잘 싸 먹는 걸 보니 채소도 좋아한다. 탄산음료를 싫어하고 주량은 약한 것 같다. 겉절이를 좋아하는구나. 밥도 엄청 잘 먹네. 나중에 호수랑만 와야지.

불판 위의 고기를 뒤집으면서 연석은 오늘 호수에 대해 알게 된 것들을 되새김질했다.

어쩌다 보니 경영학과 회식이 돼 버렸다. 해성이 주연의 무리를 꼬셔서 고기를 먹으러 가자고 한 덕분에 주연이 호수를 끌어들이게 되었다. 학교 앞의 비싼 고깃집으로 가는 중에 만나는 녀석마다 합류하더니 커다란 방 하나가 경영학과로 가득 찼다. 타칭 경영학과의 유산계급, 진골 부르주아 진연석이 쏜다는 소리에 다들 부담 없이 들러붙었다. 그 바람에 호수마저도 부담스러워하던 태도가 누그러졌다. 인간들이 먹는 꼴을 보니 한 달 치 용돈으로도 턱없이 부족할 것 같았지만, 연석은 크게 개의치 않았다. 쌈을 잘 싸서 입에 쏙 집어넣고 볼록한 볼을 우물거리는 호수를 보는 것에 그만큼의 가치를 두었다.

배가 채워지자 연거푸 술잔이 돌았다. 그때부터 호수가 곤란해하는 것이 보였다. 체질이 술을 잘 받지 못한다는 이유는 통하지 않았다. 술잔은 자꾸만 돌아왔다. 다행히 호수 옆에 앉은 해성이 잘 가로채 주고 있었다.

연석의 옆에 앉아서 떨어질 생각을 안 하던 주연이 갑자기 자리에서 일어났다. 소주병을 들고 맞은편 호수에게 다가가더니 거하게 폭탄주를 말아 주었다.

"우리 호수 오늘 호강하네. 내가 한잔 만들어 줄게."

"야, 나 술 못하는 거 알잖아."

"아이참! 너, 고기 많이 먹었잖아. 아주 끊임없이 먹던데. 안주가 좋으면 술이 안 취해요. 우리 호수 오늘 아주 작심한 것 같더라? 연석 오빠가 고기 안 사 줬으면 어쩔 뻔했어?"

"내가 그렇게 많이 먹었나?"

원래 고기를 좋아하긴 했지만, 눈치 없게 식탐을 부린 적은 없었
다. 연석이 자꾸만 호수와 해성 앞에 고기를 쌓아 놓는 바람에 꾸
준히 먹다 보니 지나친 모양이었다.

"말 한마디 안 하고 먹던데? 먹었으면 고깃값을 해야지. 자, 빨리
비우고 연석 오빠한테 한잔 따라 드려. 마셔라! 마셔라!"

주연은 아예 권주가를 부르며 호수에게 술을 권했다. 호수는 자
신이 그렇게까지 눈치 없이 먹어 댔나하는 뒤늦은 민망함이 찾
아왔다. 주연의 말대로 거창하게 소고기까지 얻어먹었으니 분위
기를 흐려선 안 될 것 같았다. 일단 마시고 나서 뒤는 나중에 생
각하기로 했다. 소주잔이 퐁당 빠져 있는 맥주잔을 들고 원 샷 할
마음의 준비를 했다.

"호수가 나한테 술을 왜 따라."

연석은 호수가 들고 있던 잔을 유연하게 가로챘다. 한 번, 두 번
목울대가 크게 움직이더니 잔이 비었다.

"사 주는 사람이 기분 좋게 잘 먹어 주면 고마운 거야. 호수 덕
에 오늘 기분 좋았어."

주연의 입술이 새치름하게 비틀렸다. 연석이 은근히 호수를 챙
기는 것 같아 조마조마했다.

"호수야, 우리 연석 오빠 진짜 대인배지?"

우리…… 연석 오빠? 뭔가를 과시하는 듯도 했지만, 보통 남자
친구한테나 쓰는 '우리'라는 말이 호수의 귀에 경고처럼 박혔다.
진연석은 이 여주연의 것이라는 선전포고로 들렸다.

"여주연, 한 번만 더 그런 식으로 부르면 혼날 줄 알아. 부모님들

끼리 알고 지내는 것하고 나하고 아무 상관없다고 했지."

주연은 매서운 연석의 눈을 못 본 척, 화난 목소리를 못 들은 척 딴청을 부렸다. 괜히 해성 앞에 있는 술잔을 입에 털어 넣고는 호들갑을 떨며 슬며시 자리를 옮겼다.

연석은 상아래 널브러져 있는 해성의 다리를 연거푸 걷어찼다. 소주 두 잔에 심하다 싶게 새빨개진 호수를 챙기라는 뜻이었다. 환상의 팀워크를 자랑하기로 마음먹은 해성은 개떡 같은 발길질의 의미를 찰떡같이 알아들었다.

"어이쿠! 기숙사 문 닫을 시간이네. 오늘은 정기 점호가 있으니까 빨리 일어나야겠다. 호수야, 일어나."

"네? 오늘 점호 있어요?"

처음 듣는 정보에 호수는 놀라며 해성을 따라 일어났다. 식당을 나와 걷는 호수의 걸음이 빠릿빠릿했다. 점호가 있다는 말에 마음이 급해졌다. 뒤따라 걷던 해성이 실실 웃으며 호수를 불렀다.

"호수야, 뻥이야. 천천히 가라."

"네? 아니, 왜 그런 뻥을 치셨어요?"

"너 얼굴이 너무 빨개서 폭발할까 봐. 내가 폭탄 좀 처리했다."

"아하하. 제 얼굴이 좀 심하죠? 오늘 흑기사 해 주셔서 고마웠어요."

"내일 아침에 내가 좀 늦어도 이해해다오. 오늘 덕분에 과음했어."

"넵! 걱정하지 마세요."

여름이 성큼 물러선 계절이 느껴졌다. 밤공기에서 기분 좋은 서

늘함이 묻어났다. 호수는 빨갛게 불타오르는 얼굴에 찬바람이
닿자 기분이 상쾌했다.

"해성아! 호수야!"

부르는 소리에 뒤를 돌아보니 연석이 손을 흔들며 뛰어오고 있
었다.

"오늘 기숙사에서 같이 자기로 했거든."

"아, 네."

"어이쿠! 식당에 핸드폰을 두고 왔네!"

매우 어색한 말투로 해성은 최선의 연기력을 발휘했다.

"정말요? 같이 갈까요?"

"아니야. 밤길이 위험하니까 너는 연석이하고 먼저 가고 있어.
금방 따라갈게."

순간 어디선가 핸드폰 진동 울리는 소리가 요란하게 들렸다. 호
수는 제 손에 들린 전화기가 잠잠한 것을 확인하고는 해성을 쳐
다봤다.

"해성 오빠! 지금 이거 핸드폰 진동 소리 같은데요? 주머니 뒤
져 보세요."

"아니야! 네가 취했구나. 먼저 가고 있어!"

해성은 화들짝 놀라며 손사래를 쳤다. 그러면서 왔던 길로 뛰
어가더니 바통 터치를 하듯 연석과 손바닥을 부딪치는 것이 보였
다. 호수는 어느새 가까워진 연석과 조용히 걸었다. 가로등이 환
한 밤길의 고요함이 둘 사이의 어색함을 더했다. 속으로 무슨 말
이라도 해야 하는 것이 아닐까 갈등하던 호수가 먼저 어색함을

깨트렸다.

"오, 오늘 잘 먹었어요."

"그래. 잘 먹어서 예쁘더라."

"별것이 다 예쁘시네요. 다음 영미 문학 산책 시간에 커피는 제가 살게요. 선배님은 몸만 오세요."

"왜 또 선배님이야. 해성이처럼 편하게 불러."

"네……."

또다시 침묵. 서먹한 분위기를 어쩔 도리가 없어 호수는 걸음을 재촉했다. 오늘따라 기숙사 가는 길이 천 리만큼 멀게 느껴졌다.

"좀 천천히 걷자. 그러다가 넘어지겠어."

서로 속을 모르는 상황. 호수는 이 순간을 빨리 벗어나고 싶었고 연석은 황홀하게 음미하며 걷고 싶었다.

"소화 좀 되라고요. 정말 많이 먹었거든요."

호수는 제 배를 통통 두드리며 넉살 좋게 웃었다. 연석은 좀처럼 보기 힘든 호수의 웃는 모습에 그만 말문이 막혀 버렸다. 호수가 웃음보를 열어 줄 때마다 연석은 기습적으로 어퍼컷을 맞는 기분이었다. 호수는 멍하니 자신을 내려다보는 연석을 보며 멋쩍게 웃었다.

"흉했네요. 배가 이렇게 나와서는 보란 듯이 두드리고. 주연이처럼 여성스러워야 하는데."

"아니야. 그런 거 아니야."

연석은 얼굴을 감쌌다가 제 머리를 마구 흐트러뜨렸다. 저 볼록한 배마저 귀여워 보이니 이제 정말 큰일이구나 싶었다. 동그란 배를 제 손으로 두드려 보고 간지럽히고 싶은 얄궂은 장난기가 그를 충동질했다. 이걸 호수가 알면 변태 새끼라고 욕하겠지.

"주연이는 여자가 봐도 참 예뻐요. 세련됐고. 그래서 인기도 많아요."

호수는 일부러 주연에 대해서 좋은 말을 늘어놨다. 어색했던 참에 알맞은 주제라고 생각하며 내심 만족했다. 하지만 주연이고 뭐고. 연석의 귀에는 제대로 들어오지 않았다. 오로지 이호수, 온통 너투성이였다.

"호수야."

"네?"

"어렸을 때 배우는 그 시 있잖아. 내 마음은 호수요……."

연석이 듣기 좋은 저음으로 익숙한 시를 읊었다. 느닷없는 시구를 들은 호수가 잠시 눈동자를 굴리더니 피식 웃었다. 그리고 다음 구절을 읊었다.

"그대 노 저어 오오?"

둘은 마주 보고 푸스스 웃었다.

"저 이 시 때문에 국어 시간에 자주 일어나서 발표했어요. 친구들도 저만 보면 이 시를 주절거렸고요. 덕분에 저희 반 친구들은 은유법하고 비유법을 기가 막히게 구별했어요."

시험 문제를 풀기 위해, 단지 은유법을 익히기 위해 기계적으로 외웠던 시구가 이토록 아름답게 느껴질 날이 올 줄 몰랐다. 연석은 억지로 외우게 했던 국어 선생님께 감사하며 나머지 구절을 모두 풀어놓았다. 도서관 불빛이 환한 고즈넉한 밤의 캠퍼스에 연석의 낮은 목소리가 운치 있게 울려 퍼졌다.

"우와! 이 시를 끝까지 외우는 사람이 있구나. 국어 선생님 이후로 처음이에요."

웃고 떠들다 보니 기숙사에 도착해 있었다. 오는 동안 친밀해진 분위기 때문인지 호수는 여느 때와 달리 느슨해 보였다. 어서 들어가라는 연석의 말에 구십 도 각도로 정중하게 인사하더니 개구쟁이처럼 팔짝거리며 뛰어 들어갔다.

"밤새 같이 있고 싶다."

이미 보이지도 않는 호수의 궤적을 마음으로 훑으며 연석은 혼잣말을 중얼거렸다. 같이 있고 싶다는 말이 씨앗이 됐는지 그 밤 내내 연석은 호수 생각을 떨치지 못하고 대책 없는 욕구에 시달려야 했다.

* * *

이른 아침, 방문을 열고 나갔던 연석은 아래층에서 울리는 아버지의 호통에 고개를 절레절레 저었다. 어머니 되시는 윤나희 여사님이 오늘은 또 무슨 잘못을 저질렀을까.

"아빠마마, 진정하세요. 엄마마마께서 우시겠어요."

연석은 짐짓 애처로운 표정을 연기하고 있는 제 엄마를 뒤에서 꼭 안아 주고는 주방으로 들어갔다. 실로 오랜만에 실물을 영접하는 정석이 아침을 먹고 있었다.

"오! 진 스타님께서 집에는 웬일로."

"엄마가 하도 오라고 해서. 환절기라고 모과청 담그셨대. 스태프들한테 하나씩 돌리라고 하셔서 들렀어."

"가족 때문이 아니라 모과청 때문에 오셨구먼."

정석은 곧이곧대로 찔러 버리는 동생을 흘겨보다가 두둑한 봉투를 무심하게 던져 줬다. 연석은 봉투 입구를 열어 내용물을 확인하고는 건들거리며 휘파람을 불었다.

"근데 아빠는 왜 저러셔?"

"엄마가 세놓는 오피스텔에 새로 들어오는 세입자가 전세 대출을 받아야 하는데. 엄마가 은행 전화를 안 받아 줘서 그분이 대출을 못 받았단다."

"왜? 왜, 전화를 안 받았는데?"

"귀찮으셨대."

"어이구. 아빠가 노발대발할 만하네."

부모님인 진규영과 윤나희. 대대로 부유한 두 집안의 자제가 만나 결혼을 했다. 다행히 연애결혼이었지만 두 사람의 성향은 정반대였다. 아버지는 노블레스 오블리주를 철저히 지키는 존경받는 기업인이었고, 어머니는 철없는 공주로 태어나 아직도 철이 덜든 왕비 마마였다. 좀처럼 화를 내지 않고 가족을 지극히 사랑하는 아버지가 저토록 열변을 토할 때는 대부분 어머니가 누군가에게 폐를 끼칠 때였다. 어려서부터 종종 봐 온 광경이기에 형제는 부모님의 다툼을 심각하게 생각하지 않았다.

"어라. 이 예쁜 것들은 뭐야?"

연석은 모과청 옆에 놓인 화장품 더미를 발견하고는 목소리가 높아졌다. 패키지가 아기자기한 것이 보는 순간 자연스럽게 호수가 떠올랐다.

"이번에 광고 촬영한 화장품. 엄마 쓰시라고 가져오긴 했는데, 알고 보니까 젊은 여자들이 쓰는 거라네."

오호! 횡재다.

"이거 나 줘."

연석은 화장품을 주섬주섬 챙겨 들었다.

"너 여자 생겼냐?"

"아니. 이게 꼭 필요한 사람이 생각나서 그래."

정석은 가볍게 고개를 끄덕이며 허락했다.

"형, 나도 독립할까? 나도 이제 이십 대 중반인데 아직도 부모님이랑 살면 보기 좀 그렇지?"

"여자 생겼네."

"아직 아니야."

정석은 새삼스럽게 동생을 쳐다봤다. 공부와 운동 그리고 친구. 연석의 즐거움은 일평생 그렇게 세 가지였다. 여자라고는 연예인도 좋아해 본 적 없는 동생이 기특하면서도 걱정스러웠다.

"여주연은 어때? 내가 양보할게. 엄마가 미는 며느릿감이잖아."

말해 놓고 정석은 킥킥대며 웃느라 밥을 먹지 못했다. 두 형제가 언젠가 말한 적이 있었다. 지구에 여자가 멸종해서 여주연만 남으면 차라리 고자가 돼 버리자고. 아니나 다를까 연석은 모과청 병을 들고 으르렁거리고 있었다.

"이게 어디 형한테. 오피스텔 열쇠 하나 얻으려면 즉시 내려놔."

연석은 당장 고분고분해졌다.

"항상 콘돔 챙기고. 네 욕구보다 여자부터 생각해. 나도 아버지한테 제일 먼저 그것부터 배웠어."

형의 조언에 연석은 온몸에 전율이 일었다. 과연 그런 날이 오기나 할까. 가슴이 팡 터져 버릴 것 같았다.

넓은 어깨에 백팩을 메고 걷는 연석의 발걸음이 설렘으로 둥둥 뜬다. 오늘도 따뜻한 캐러멜 마키아토 두 잔을 들고 이른 아침의 한산한 캠퍼스를 씩씩하게 가로지르고 있었다. 공부를 꽤 좋아하는 편이긴 하지만, 1교시도 없는 날에 서둘러 학교에 올 정도는 아니었다.

기숙사에 산다는 이유로 과 사무실의 아침 담당은 거의 호수 차지였다. 연석이 아침형 인간이 된 이유였다. 학교 앞 카페에 들러 캐러멜 마키아토를 주문할 때부터 본격적으로 마음이 급해지기 시작했다. 요즘 문득문득 벅찬 희열이 가슴을 뭉클하게 채웠다. 온 세상의 사랑 노래가 다 제 얘기 같고, 아름다운 첫사랑에 관한 이야기에 심하게 감정이입이 되기도 했다. 가만있다가도 이유 없이 피식피식 웃어 댔다.

한 번에 세 칸, 네 칸씩, 5층까지 단숨에 뛰어 올라갔다.

역시 벌써 나와 있구나.

과 사무실의 문이 활짝 열려 있고 호수가 즐겨 듣는 이문세의 노래가 복도까지 흘러나왔다. 그러나 기대와 달리 깨끗하게 정리된 과 사무실에 호수의 모습이 보이지 않았다.

'교수실 청소 갔나?'

커피와 가방을 내려놓고 두리번거리던 연석은 해성의 책상 위에 펼쳐져 있는 작은 다이어리를 발견했다.

'호수 글씨다!'

날짜마다 빼곡하게 일정이 정리되어 있었다. 대부분 경영학과 행사나 시험과 리포트 일정에 관한 것들이었다. 연석은 실례를 무릅쓰고 호수의 스케줄을 빠르게 훑었다. 수요일. 호수가 유일하게 한가한 요일이었다. 다음 주 수요일 '정동/렘브란트전'. 머릿속에 콱 박아 넣었다.

책상 앞 거창한 회전의자 등받이에는 수정 펜으로 유치한 문구가 쓰여 있었다.

'박해성 조교님석'.

놀고 있네. 겨우 학부 조교 주제에.

연석은 흡사 회장님 의자를 연상시키는 해성의 회전의자 등받이를 보며 비웃었다.

가만히 보니 빈 의자가 아니었다. 길고 넓은 등받이에 가려져 사람이 있는 것을 몰랐다. 몸을 길게 늘여 들여다보니 호수가 잠들어 있었다. 창을 마주 보고 햇볕을 쬐다 곯아떨어진 것 같았다. 가슴에는 영미 문학 시간 교재로 쓰고 있는 제인 오스틴의 작품이 펼쳐져 있었다.

연석은 나무꾼이 되어 선녀 같은 호수를 훔쳐봤다. 깨울까 말까 갈등했지만, 이대로 두고 보고 싶은 마음이 굴뚝이었다. 순간 호수가 반짝 눈을 떠 버렸다. 미처 도망가지 못한 연석은 그대로 호수의 눈과 부딪쳤다.

"깜짝이야. 뭐 하세요."

전혀 놀라지 않은 말투로 호수가 물었다. 그래서 연석도 놀라지 않은 척 답했다.

"쳐다봐."

"사람 처음 보세요?"

"이런 못생김은 처음이라."

호수가 씨익 웃더니 의자를 반 바퀴 돌려 앉았다. 연석이 책상 위에 놓아둔 커피를 당연하다는 듯이 한 모금 마시고는 엄지를 치켜세웠다. 요즘 들어 자주 마주치다 보니 호수도 제법 친숙하게 굴었다.

"해성 오빠보다 더 부지런해요. 다음 학기에는 오빠가 조교 해요."

"그럴까? 너도 계속 수직 알바 할 거지?"

하자. 하자. 나랑 같이 하자.

"저야 뭐 항상 돈이 궁하니까 시켜 주면 하죠. 그런데 워낙 경쟁이 치열해서 말이죠."

자리에서 일어나 거울 앞으로 간 호수가 묶었던 머리를 풀었다. 윤기 흐르는 까만 생머리가 등허리에서 물결쳤다. 연석은 얼굴에 닿은 잔머리와 헝클어진 머리를 싹싹 끌어모아 정돈하는 호수의 뒷모습을 멍하니 바라보았다. 구미호에 홀리는 기분이 딱 이럴지도.

"머리 묶지 마."

"네?"

호수가 몸을 돌리자 긴 머리가 생동감 있게 찰랑거렸다.

"안 묶는 게 더 나은 거 같아."

"얼굴에 머리카락 닿는 게 불편해요. 남자들은 여자 머리 긴 거 엄청 좋아하더라."

"난 아닌데."

"방금 저더러 머리 풀라면서요."

"그나마 그게 더 낫다는 거지. 타인을 위해 여자 표시를 내는 배려심 정도는 있어야 할 것 아니냐."

"아, 뭐예요!"

호수가 토라진 척 연석을 흘겨보더니 다시 거울을 보며 머리를 묶었다.

아쉬워라. 정말 예뻤는데.

"머리띠를 해. 그러면 얼굴에 머리카락 안 닿잖아."

"나중에 여자 친구한테나 이래라저래라 해요. 저는 신경 쓰지 마시고요."

그러게. 진짜 너한테 이래라저래라 하고 싶다.

"여자한테 관심 없어. 참! 이거 너 가져라."

연석은 의기양양하게 웃더니 가방에서 화장품 상자를 꺼냈다. 하나씩, 보란 듯이 책상 위에 진열하고는 턱짓으로 호수를 가리켰다.

"저요? 제 거예요?"

호수의 서늘한 눈이 보기 드물게 반짝반짝 빛났다.

"응. 어쩌다 집에 선물로 들어왔는데. 우리 집에 여자라고는 엄마뿐이거든."

"우와. 이거 되게 좋아 보인다. 이거 정말 제가 해도 돼요?"

"그렇다니까."

호수는 연석이 상상했던 것보다 훨씬 좋아했다. 마음이 뿌듯했다.

"이거 색깔 예쁘다."

호수는 체리 핑크빛 립밤을 열어서 입술에 쓱싹하고 대충 발랐다. 까만 머리에 흰 피부를 가진 호수에게 지나치게 잘 어울렸다. 형이 준 두둑한 용돈보다 약속받은 오피스텔 열쇠보다 저 립밤이 더 마음에 들었다.

"흠! 자, 잘 어울린다."

"그래요? 마침 요즘 입술이 건조했는데. 고맙습니다. 다른 화장품도 고맙고요."

"머리 한 번만 풀어 봐."

"……?"

"그럼 좀 더 낫다니까. 여자 같고."

말을 해 놓고 보니 민망했다. 뜬금없이 머리를 풀어 보라니. 연석은 괜히 헛기침하면서 목덜미를 쓸었다. 하지만 호수는 그게 뭐 별건가 하는 얼굴로 바로 머리를 풀어 보였다.

"어때요?"

어떻긴 뭘 어때. 미쳐 버릴 만큼 예쁘지.

"쪼끔 낫다. 그럭저럭."

"그런가? 그런데 오빠는 잘생겨서 좋겠어요."

"나? 어, 그렇지. 좋아. 호수 같은 못난이는 상상도 할 수 없는 삶의 메리트가 있지."

처음 듣는 말도 아닌데. 일생 당연하게 여겼던 말인데 오늘따라 유난히 기분 좋게 들렸다.

"어휴. 그만해요. 겸손이라고는 없다니까."

야속하게도 호수는 곧바로 머리를 묶어 버리고는 교무과에 볼 일이 있다면서 나가 버렸다.

* * *

연석은 이제 영미 문학 산책 시간은 그냥 감상의 시간으로 생각했다. 아름다운 작품 세계라든가 심금을 울리는 글귀를 감상하는 것이 아니라 이호수 감상. 호수도 오늘은 수업이 지루한지 딴짓이 한창이었다. 노트에 끄적끄적 낙서가 한가득했다. 가만 보니 이것저것 잔뜩 그림을 그려 놓았다. 낙서 수준이라고 부를 수 없을 정도로 그림 실력이 꽤 수준급이었다. 호수의 노트 한 귀퉁이에 연석이 메모를 남겼다.

'그림 잘 그리네.'

호수는 끄덕끄덕하더니 교수님 몰래 손으로 V를 그렸다.

'그림 보는 것도 좋아해?'

끄덕끄덕.

작업을 걸어야 할 찬스가 왔다.

'혹시 미술관 안 갈래? 너 수요일에 한가하지?'

'?'

'렘브란트전 하던데. 렘브란트 좋아해?'

끄덕끄덕.

'나한테 표 있어. 같이 가자.'

표가 있긴 개뿔. 이따 당장 예매해야 한다. 호수가 OK만 해 준다면.

'앗싸! 땡큐!'

노트 위에 호수가 허락의 메시지를 남겼다. 푸흐흐. 웃겨서 그리고 너무 좋아서 연석은 웃음이 터졌다. 교수님이 날카로운 음성으로 연석을 지적했다. 호수는 무슨 일이 있었냐는 듯 냉한 얼굴로 열심히 필기하는 척했다. 고개를 폭 숙이고 터진 웃음을 수습하며 일어선 연석은 무리 없이 원서를 번역했다. 로맨틱이 물오른 감성을 담뿍 담아 교수님을 만족시켰다.

* * *

후생복지관에서 클리어 파일을 골라 계산대로 가던 호수는 액세서리 코너에서 발을 멈췄다.

'머리띠를 해.'

'머리 묶지 마.'

갑자기 연석의 말이 생각났다. 진짜 머리를 풀면 좀 여성스럽고 예쁠까? 생전 안 하던 외모 고민이 들었다. 정신을 차려 보니 손가락이 제멋대로 머리띠를 고르고 있었다. 처음에는 단색의 아무

장식도 없는 것을 보다가 점점 리본이나 보석 장식이 달린 화려한 것들이 눈에 들어오기 시작했다.

"헉! 뭐가 이렇게 비싸."

좀 예쁘다 싶으면 만 원 한 장이 우스웠다. 아르바이트 한 시간을 해도 못 사는데 갖고 싶은 것은 점점 많아진다.

"호수야! 여기서 뭐 해? 머리핀 사려고?"

멀리서 호수를 알아본 룸메이트 성실이 반갑게 다가왔다.

"어? 아니, 그냥…… 머리띠 좀 보고 있었어."

성실은 갑자기 호수의 귓가에 바짝 입을 대고 속닥거렸다.

"야, 여기 거 별로 안 예뻐. 나가서 사자. 대로변에 핸드메이드 숍도 있고 수두룩하잖아."

"거기는 얼마씩 해? 이거가 만 원이라는 데 원래 이래?"

"글쎄. 이렇게 촌스러운 건 본 적도 없어서 모르겠어. 그러니까 밖에서 사자니까. 나도 간 김에 귀걸이 구경해야겠다."

내 눈엔 예쁜데 왜 촌스럽대. 나는 보는 눈도 없는 애구나.

자신의 감각 없음에 상심한 호수는 맥없이 끌려 나갔다. 성실의 말대로 바깥은 예쁜 것들 천지였다. 가만 보니 주연이 하고 다니는 머리핀이나 귀걸이 같은 것들과 비슷한 수준이었다. 후생복지관에서 본 가짜 티 물씬 풍기는 조악한 명품 복제품과 차원이 달랐다. 하지만 역시 가격은 예쁘지 않았다. 진짜 못돼 처먹은 가격들에 호수는 풀이 죽었다.

"성실아, 뭐가 이렇게 비싸? 머리띠가 아니라 왕관이야?"

"그래? 원래 다 이 정도 해. 백화점 가면 머리띠 하나에 십만 원

넘는 것들도 수두룩한걸?"

"그런 거 안 사 봤어."

연신 망설이며 들었다 놨다. 뒤에서 점원이 한숨 쉬는 것이 들렸
다. 성실도 옆에서 호수의 눈치를 살피는 것이 느껴졌다. 너무 오
랜 시간 골라 대서 그대로 나가기도 미안한 상황이 돼버렸다. 어
쩔 수 없이 아무 장식도 없는 검은색의 가느다란 머리띠를 하나
골랐다. 만 원이나 해서 부담스러웠지만, 튼튼해 보여서 오래 쓸
수 있을 것 같았다.

"더 필요한 건 없으세요?"

"네. 이거면 돼요."

"아까 보신 머리띠 손님한테 잘 어울리던데요. 딱 하나 남았어
요. 좀 깎아 드릴게요."

호수는 멋쩍게 웃기만 했다. 머리띠 하나에 몇 만 원이라니. 어
휴, 말도 안 된다.

호수가 계산하는 동안 성실도 귀걸이며 이것저것을 골라 왔다.
계산을 마치고 밖으로 나오자 부끄러움으로 붉어졌던 볼이 빠르
게 식는 것이 느껴졌다.

"호수야."

"응?"

"이거 해 봐."

호수가 여러 번 만지작거렸던, 검은색 새틴으로 감싼 것 위에 작
은 크리스털 조각으로 장식된 머리띠를 성실이 들고 있었다.

"......?"

"전에 나 아플 때 네가 약이랑 죽이랑 사다 줬잖아. 우리 엄마가 너한테 꼭 은혜 갚으라고 했거든. 이거 너무 예쁜데 다른 년이 하면 내가 열 받을 것 같아."

"야, 그거는 정말 별것 아니야. 그리고 이거 너무 비싸."

"걱정 마. 엄마한테 받아 내면 돼. 무남독녀 외동딸이 멀리 떨어져서 걱정됐는데 착한 룸메 생겼다고 엄청 좋아하셔."

성실은 일부러 종알종알 떠들며 호수의 부담을 덜어 주려고 노력했다. 하나로 묶었던 호수의 머리를 풀고 머리띠를 끼워 주더니 예쁘다고 호들갑을 떨며 손뼉을 쳤다.

"괜찮아? 어울려?"

"대박! 완전 네 거다. 그 머리띠는 네 걸로 태어난 거야."

"이렇게 막 받아도 되나? 그런데 진짜 고마워. 염치없지만 잘 쓸게. 사실 너무 갖고 싶긴 했거든."

"알아. 나중에 돈 많이 벌어라. 넌 공부도 잘하니까 꼭 성공할 거야."

호수는 길을 걸으면서 상점 유리창에 비친 제 모습을 계속 들여다봤다. 연석의 말대로 여자 같고 더 예뻐 보이는 것 같았다. 오늘따라 유난히 결이 좋고 탄력 있는 생머리가 자랑스러웠다.

"이호수!"

횡단보도 건너에서 누군가 자신의 이름을 불렀다. 자세히 쳐다보니 해성이 손을 흔들고 있었다. 물론 연석도 함께였다. 갑자기 머리띠를 한 모습이 신경 쓰였다. 연석이 놀리면 어떡하나 싶기도 하면서 예쁘다는 소리도 듣고 싶었다.

"호수야, 저 사람 누구야?"

"우리 과 선배님들."

"잘생겼어! 여자 친구 있어?"

"누구? 오른쪽, 왼쪽?"

"오른쪽, 체크남방."

해성 선배였다. 이유는 모르겠지만 성실이 찍은 남자가 해성이라는 사실에 안심이 됐다.

"온다! 온다! 야, 여친 없으면 나 소개해 주라."

"어? 어…… 그래."

막 길을 건너온 해성이 활짝 웃으며 호수를 들여다봤다.

"머리 풀었네. 예쁘다."

"예쁘죠?"

갑자기 톡 끼어든 성실에게 해성이 눈길을 돌렸다.

"안녕하세요. 호수 룸메예요. 미생물학과 안성실이에요."

"예. 안녕하세요."

연석은 옆에서 빙긋 웃고만 있었다. 호수는 입술을 자근자근 씹으며 긴장을 달랬다.

"우리 호수 예쁘죠. 꼭 올리비아 핫세 같죠?"

"아우. 야, 너 미쳤어?"

성실의 과분한 칭찬에 호수는 발을 구르며 그녀를 말렸다. 말은 그렇게 하면서도 호수의 입매는 웃음기가 가득했다.

"그러네요. 이호수 오늘 예쁘네. 야, 연석아, 호수 머리가 이렇게 길었냐? 친구 말대로 올리비아……."

"핫도그."

"……."

순간 싸늘한 침묵이 감돌았다. 해성은 뭔가 거대한 폭풍이 몰려오기 직전의 고요를 느꼈다. 이, 바보 새끼를 어쩌면 좋지?

"핫세는 너무하잖아. 올리비아 핫도그 어때?"

올리비아 핫도그라니. 호수의 얼굴이 원래보다 더 싸하게 굳어졌다. 해성은 바닥에 시선을 깔며 한숨을 내쉬었고 성실은 뭐 저런 개의 자식이 다 있냐는 눈으로 노려보았다.

* * *

심각하게 풀 죽은 연석을 두고 해성과 정석은 바닥을 구르며 웃느라 난리였다. 간신히 웃음을 수습한 정석은 혼자 진지한 동생을 보자 다시 웃음보가 터져 먹던 나초 칩을 연석에게 집어 던졌다.

"아이! 왜 이래! 엄마가 먹는 거로 장난하지 말랬잖아!"

정석이 던진 나초 부스러기를 일일이 집어 먹으며 연석은 야속한 눈으로 형을 노려봤다. 안 그래도 심란한데 위로는 못 할망정 친구와 짝을 이뤄 비웃기나 하고.

"야! 먹지 마. 집안 망신, 남자 망신. 너는 먹을 자격도 없어."

눈꼬리에 맺힌 눈물을 닦으며 정석은 불퉁하게 윽박질렀다. 아무리 연애 경험이 일천하다지만 그런 대책 없는 드립이라니. 뺨안 맞은 게 어디냐며 위로 아닌 위로를 하다 정석도 빵 터지고 말았다.

"해성아, 그런데 그 호수라는 학생 예뻐?"

"그냥 보통……?"

"엄청 예뻐!"

해성과 연석의 입에서 동시에 나온 대답을 정석은 나름대로 분석했다.

"그래. 그럼 보통 이상이라고 치고."

"연석이 눈에는 예쁜가 보죠."

"그런가 보다. 나 저놈이 저러는 거 처음 본다. 유치원 때부터 여자 떼어 내는 건 봤어도 쫓아다니는 건 처음이야."

자신의 첫 연정을 두고 이러쿵저러쿵 떠드는 소리를 뒤로하고 연석은 침대에 벌렁 드러누웠다. 워낙에 쿨한 녀석이라 그 정도 말장난은 가볍게 넘겨 줄 줄 알았는데 크나큰 오산이었다. 호수의 얼음장 같은 눈빛을 떠올리자 등줄기에 한기가 섰다.

"호수, 진짜 예뻤는데. 그냥 예쁘다고만 할걸. 괜히 웃겨 보려다가……."

"바로 그거야. 안 웃겼거든, 이 등신아."

해성이 던진 나초 칩이 연석의 배 위에 떨어졌다.

"야! 먹는 거 던지지 말라니까! 우리 엄마는 먹는 거 함부로 하는 걸 제일 싫어해!"

요리에 깊은 조예와 애착이 있는 윤나희 여사는 먹거리를 함부로 다루는 걸 용서하지 않았고, 그것을 제일 잘 따르는 것이 연석이었다. 해성이 던진 나초 칩을 주워 먹으며 멍하니 천장을 바라봤다. 내일도 호수의 화가 안 풀려 있으면 어쩌나 그 걱정뿐이었다.

"형!"

"왜?"

"형도 얼굴로 안 되는 여자 있었어?"

"당연하지. 얼굴이면 뭐 다 되는 줄 알았어? 괜찮은 외모가 플러스 요인인 건 부정할 수 없지만, 그게 다는 아니다."

"하긴, 메이퀸 출신인 엄마가 아빠라고 하면 꼴딱 넘어가는 것처럼."

어머니는 키도 덩치도 작고 잘생긴 쪽으로는 거리가 있는 아버지를 무척 사랑했다. 진 씨 형제는 다행히 외가의 유전자를 타고나 남다른 외모를 갖게 되는 행운을 누렸다. 하지만 모두가 찬양하는 그 외모를 어머니만 불평했다. 왜 저렇게 흔하게 생겼냐면서 가끔 짜증스러워 했다.

가만있어도 여자들이 따르는 것이 귀찮았던 연석의 인생 최대 난관이었다. 호수는 도대체 뭘 좋아하는 거야. 차가운 눈으로 자신을 노려보다 말없이 머리띠를 빼고 질끈 머리를 묶던 호수. 생각해 보니 울지 않은 것만 해도 다행이었다.

호수가 그렇게 화려한 액세서리를 한 모습은 처음이었다. 흔한 귀걸이나 목걸이는 물론 머리핀을 한 것도 본 적이 없었다. 정말 큰마음 먹었다는 걸 이제야 깨달았다. 연석은 급히 핸드폰을 켜고 메시지를 썼다. 지웠다. 다시 썼다. 고민하다 지웠다. 수십 차례 쓰고 지우기를 반복한 끝에 겨우 발신했다. 베개에 얼굴을 파

묻고 괴로움을 달래던 연석이 문득 선언했다.

"형, 나 아무래도 호수를 사랑하나 봐."

"……."

고요한 침묵이 의아해 고개를 들어 보니 정석이 침대 밑에 쓰러져 있었다. 자세히 보니 소리 죽여 웃느라 얼굴이 파랗게 질려 있었다.

"이게 웃겨? 형은 이게 웃기냐고!"

정석은 아예 소리 높여 웃었다. 덩치가 산만 한 동생이 마냥 귀여웠다. 어느새 이렇게 커서 뒤늦은 열병을 앓는 건지 대견하기까지 했다.

"그래요, 형. 어쩌면 연석이가 형보다 먼저 장가갈 줄 누가 알아요?"

정석은 웃음을 멈췄다. 맥주를 마시며 심드렁하게 내뱉는 해성의 말이 이상하게 가슴에 와 닿았다. 왠지 해성이 저 녀석이 제일 먼저 장가를 가고 자신이 제일 마지막까지 남을 것 같은 불길하고 확실한 예감이 들었다. 갑자기 숙연해진 정석을 눈치채지 못한 해성이 혼자 중얼거렸다.

"그런데 호수가 갑자기 멋을 부리네. 생전 안 하던 짓을 하고 말이야. 가을 타나?"

"머리띠 좀 한 게 무슨 멋이야……."

연석은 불현듯 아침에 있었던 일이 떠올랐다. 머리를 풀면 더 예쁘다고 했었다. 머리띠를 해 보라고 한 것도 자신이었다. 오호라, 이호수. 귀여운 녀석. 이 녀석을 어쩌면 좋지? 연석은 불안 속에

싹트는 희망의 떡잎을 발견했다.

* * *

"호수야, 너 메시지 들어오는 것 같던데."

"그래?"

막 샤워를 마치고 들어온 호수는 침대 위에 대충 던져 놓은 핸드폰을 확인했다.

[호수야, 정말 미안해. 너 오늘 너무 예뻤어. 정말이야. 아까 그 미친 소리는 잊어 줘. 너무 예뻐서 내가 헛말이 나온 거야. 내가 여자들한테 말하는 재주가 없어서 실수했어.]

글자에서 다급한 심정이 느껴졌다. 연석에게 온 사과문을 읽고 난 호수는 가만히 앉아서 생각에 빠졌다. 사실 자신도 내내 고민하고 있었다. 별일 아닌데 너무 싸늘했나 싶었다. 안 그래도 싸가지 없게 생겼는데 얼마나 쌀쌀맞아 보였을까 샤워하는 내내 반성했었다.

"성실아."

"왜?"

"그…… 있잖아. 여자한테 말하는 재주가 달리는 남자 있잖아."

"응."

"그건 왜 그런 걸까?"

손톱에 정성스럽게 매니큐어를 칠하던 성실이 머리를 굴리느라 잠시 고개를 들었다.

"글쎄…… 여자 경험이 별로 없어서? 보통 모솔들이 그렇잖아."

"잘생겼는데?"

"그래? 그럼 뭐…… 나름대로 여자 꼬시는 스킬인가?"

여자 꼬시는 기술이라고? 호수는 메시지를 다시 한번 찬찬히 들여다보며 연석의 진심을 읽어 보려 노력했다.

"호수야, 너도 칠해 줄까?"

고개를 들어 보니 성실은 여태껏 심혈을 기울여 칠한 손톱을 지우고 있었다.

"야, 그걸 왜 지워? 아깝게!"

"에휴. 우리는 항상 실험이 있잖아. 그래서 이런 거 칠하면 안돼. 나 대신 네가 해라. 대리 만족 좀 하게."

성실은 네일 케어 용품들을 정리해서 호수의 침대로 건너왔다. 생긴 것처럼 뼈대가 가느다란 호수의 손을 요리조리 살피던 성실이 은근히 물었다.

"너 아까 그 똥멍청이 생각하는구나."

"응?"

"오늘 산 머리띠 엄청 잘 어울리고 예뻤어. 그 바보 같은 놈 말 듣지 말고 네가 하고 싶은 대로 해."

"그 선배님 바보 아니야. 똑똑해."

얘, 뭐래…….

성실은 은근히 연석의 편을 드는 것 같은 호수를 유심히 쳐다보았다. 좋아하나? 그렇다면 걱정이었다. 꽤 잘생기고 허우대도 튼실한 것이 여자들이 줄을 설 상이었다. 마음고생을 부르는 타입이랄까. 차라리 서글서글하고 똘똘이 스머프처럼 지적으로 생긴 해성이 연애하기에는 최적이라고 생각했다.

* * *

넓은 열람실에 들어선 연석은 큰 키를 이용해 주변을 샅샅이 둘러봤다. 역시 예상대로 창가 옆 해가 잘 드는 자리에 호수가 있었다. 창가와 광합성을 사랑하는 아이다웠다.

연석은 성큼성큼 다가가 조용히 호수의 옆에 착석했다. 호수는 리포트에 필요한 자료를 베끼느라 여념이 없어 곁에 누가 왔는지 신경도 쓰지 않았다.

연석은 본격적으로 자세를 잡고 호수를 감상했다. 어? 오늘은 손톱에 예쁜 색을 칠했다. 가늘고 하얀 손가락에 연한 핑크색이 사랑스럽게 어울렸다. 저 손에 반지 하나 끼워 줄 날이 오기나 할까? 생각하니 긴 한숨이 터져 나왔다. 인기척을 느낀 호수가 흘깃 옆을 쳐다봤다. 연석과 눈이 마주치자 흠칫 놀란 눈이 말똥하게 커졌다. 연석은 펜을 들어 호수의 노트에 끄적였다.

'호 호 호 ^0^'

호수가 피식 웃었다.

'아직 많이 남았어?'

고개를 끄덕인 호수가 다시 책으로 눈길을 돌렸다. 연석은 다시 노트에 뭔가를 썼다.

'湖水'

연석이 끄적인 '호수'라는 한자를 한참 쳐다보던 호수가 크게 X
자를 긋더니 옆에 다른 한자를 적었다.

'蝴水'

연석의 눈이 커다래졌다. 호수가 그 호수가 아니었다니.

'휴게실 가자.'

연석이 호수의 옷소매를 잡아끌었다. 호수는 못 이기는 척 자리
를 정리하고 연석을 따라 나갔다. 연석은 자판기에서 캔 음료를
뽑아 주둥이를 깨끗하게 닦은 후 뚜껑을 따서 호수에게 건넸다.
그 일련의 절차를 유심히 보던 호수가 내심 감탄했다. 저밖에 모
르게 생겼는데 가끔 보면 굉장히 섬세하고 자상한 면이 있는 남
자였다. 성실은 해성 같은 스타일이 연애하기 좋다고 했지만, 자
신이 느끼기에 해성도 만만치 않은 연애 고자로 보였다.

"와! 나는 여태껏 네 이름이 물이 있는 호수인 줄만 알았잖아."

"다들 그래요. 그런데 아주 틀린 것도 아니에요."

"나비와 물…… 무슨 뜻이 있는 거야?"

"태몽이었대요. 화려한 호랑나비가 물을 박차고 날아오르는 꿈
을 아빠가 꾸고 나서 이름을 지었대요. 아들이건 딸이건 무조건
이름은 나비 호에 물 수라고."

"그렇구나. 호수는 나비였구나. 나비야. 야옹."

"오빠는 그 의식의 흐름대로 말하는 것 좀 고쳐요. 거기서 왜 야
옹이 나와요."

"네가 귀여우니까. 귀여움. 하면 고양이지."

호수는 일부러 못 들은 척 딴청을 피웠다. 연석에게 대놓고 귀엽

다는 말을 들으니 어떤 반응을 보여야 할지 당황스러웠다.

"왜 머리띠 안 하고 나왔어?"

"얼굴형이 핫도그 같을까 봐요."

"아직도 화났구나. 미안해. 근데 정말 쓸데없는 장난이었어. 난 웃으라고 한 말이었거든. 밤새 반성 많이 했어."

호수는 마지못해 용서하는 생색을 내며 고개를 주억거렸다.

"그러니까 그런 실없는 것 좀 하지 마세요. 여자애들 모아 놓고 담배 연기 쇼나 하고."

"야! 그건 정말 오해다. 내가 그런 사람이 아니거든. 그건 해성이가 시킨 거야."

연석이 강하게 반발하며 결백을 주장했다.

"정말요?"

"그렇다니까? 그런 유치한 놀이는 군대에서 다 끝내고 나왔지."

"그래요. 상당히 복학생 느낌 물씬 풍기는 짓이었어요."

연석의 표정이 사정없이 구겨졌다. 제대하고 복학하면서 제일 신경 쓴 부분이 바로 그 '복학생' 티 안 나게 구는 일이었다. 완벽한 자신의 스타일에 해성이 초를 쳤다.

"오빠! 연석 오빠!"

교태로운 목소리가 도서관 중앙 로비에 울렸다. 멀리서도 한눈에 시선을 끄는 주연이 방긋 웃으며 다가오고 있었다. 언제나 그랬지만 오늘따라 주연은 더 예뻐 보였다. 호수는 지금까지 신경 쓰지 않았던 주연의 차림새가 눈에 들어왔다. 머리끝에서 발끝까지 저렇게 예뻐지려면 얼마나 공을 들여야 할까 부러우면서도 엄두가 안 났다.

"둘이 여기서 뭐 해?"

주연은 웃고 있었지만, 목소리는 불친절했다. 멀리서부터 지켜본 바 연석은 가관도 아니었다. 호수를 향해 구부정하게 몸을 숙이고 웃음이 끊이지 않는 꼴이 확실히 수상했다. 게다가 거의 무표정으로 지내는 호수마저도 웃고 있었다. 저 둘을 그대로 두는 것이 불안했다.

주연의 속도 모르고 호수는 스스럼없이 웃으며 칭찬했다. 고급스러운 원피스에 앙증맞은 손가방이 잡지에서나 보는 모델 같았다. 은은한 펄이 반짝이는 눈 화장과 상큼한 향수 냄새가 예쁜 여자의 정석 같았다.

"주연아, 오늘 되게 예쁘다. 어디 가니?"

"어. 오늘 중요한 가족 모임이 있어서. 자리가 자리니만큼 청바지 나부랭이 입고 나갈 수는 없거든."

그러면서 호수가 입은 청바지와 빈티지한 남방을 한심하다는 듯이 훑었다. 잇새로 비웃음을 흘리는 입매가 얄미웠다.

"오빠도 알죠?"

"뭘?"

"어머, 어머님께 못 들으셨어요? 오늘 우리 집하고 오빠네 집하고 오랜만에 저녁 식사한다고."

"아! 그래. 그냥 밥 먹는 거잖아. 자주 있는 일이라서 나는 청바지 나부랭이 입고 갈 생각이었지."

주연은 조금 전 호수를 얕잡아 본 것을 은근히 꼬집는 연석을 흘겨보며 뺙, 소리를 질렀다.

"오빠!"

연석은 눈 하나 깜빡하지 않고 계속 말을 이었다.

"나는 너 보고 깜짝 놀랐다."

"왜요?"

"대학교에 학부모 육성회라도 있나 싶어서. 뒤에서 보니까 옷차림이 딱 우리 엄마더라고."

주연은 입술을 파르르 떨며 연석과 호수를 노려봤다. 그와 그의 부모님께 잘 보이려고 한껏 차려입은 것도 몰라주고 호수 앞에서 망신을 준 연석이 야속했다.

* * *

"이거 미안해서 어쩌나. 주연 아버님, 저희 아들 녀석들은 못 나왔어요. 이제 머리 굵어서 이런 자리는 요리조리 피할 생각만 한다니까요."

나희는 미리 기다리고 있던 주연네에게 양해를 구하며 자리에 앉았다. 사실 애들이 어린것도 아니고 매번 자식들을 대동하길 바라는 주연네의 바람이 불편했다. 한창 인기몰이 중인 정석은 집에서도 보기 힘들고, 연석도 나와 봤자 밥만 먹고 가기 바빴다.

"어머, 어떡해. 우리 주연이가 오빠들 엄청 보고 싶어 했는데."

주연의 엄마 인경이 딸의 눈치를 보며 아쉬워했다.

"정석이는 TV로 보고, 연석이는 학교에서 자주 보잖니. 그치,

주연아?”

나희는 친구인 인경이 꼬박꼬박 제 딸을 데리고 나와 눈도장을 찍는 이유를 알고 있었지만, 일부러 가볍게 생각하려 했다. 어려서부터 봐 온 주연이 예쁘고 귀엽긴 했다. 하지만 딱 거기까지. 자라면서 아이들이 자연스럽게 감정이 생길 줄 알았는데 아들들은 무관심을 넘어서 질색을 하니 억지로 밀어붙일 수가 없었다.

“연석 오빠는 나올 것처럼 말했는데. 아까 학교에서 봤거든요.”

나희는 우아하게 웃으며 실망한 티를 물씬 내는 주연을 달랬다.

“그 녀석이 갑자기 조별 과제 모임이 있다고 절대 빠질 수 없다고 난리더라고. 그리고 딸하고 달리 아들은 여간해서 말을 안 들어. 주연이 혼자 심심하겠네. 미안해.”

“그깟 조별 과제, 다른 조원들한테 하라고 하면 되는데 굳이⋯⋯.”

주연의 퉁명스러운 대답에 규영이 끙, 앓는 소리를 냈다. 명문대씩이나 다니는 사람 입에서 저런 무책임한 말이 나왔다는 것이 그의 심기를 거슬렀다. 나희는 남편의 손목을 잡고 은근히 힘을 줬다. 강직한 규영이 입바른 소리를 해서 분위기를 망칠까 싶어 조마조마했다.

“연석이가 조장이라고 하더라. 이해해 줘.”

나희의 사과에도 불구하고 주연은 삐진 얼굴 그대로 대답도 없었다. 나희는 속으로 저, 썩을 버르장머리라고 외치며 억지 미소를 지었다. 꼬이는 심사를 달래며 급히 화제를 전환했다.

“그나저나 인경이 너는 좋겠다. 이렇게 딸이 예쁘게 잘 자라서,

벌써 내년이면 졸업이네."

"그러게. 내 눈에는 아직도 아기 같은데 벌써 시집갈 나이가 다 됐지 뭐니."

"얘는. 요새 누가 그렇게 이른 나이에 결혼하니."

은근히 주연과 두 아들 중 하나를 이어 보려는 상대방의 속내를 읽은 나희는 이놈의 모임을 없애 버려야겠다고 마음먹었다.

* * *

"날씨 좋다."

호수는 미술관 앞 벤치에 앉아 오랜만의 쾌청한 날씨를 만끽했다. 하늘은 새파랗고 나뭇잎들은 슬슬 옷 색깔을 바꾸는 중이었다. 유난히 짧은 계절을 아쉬워할 만한 날이었다. 평일 오전의 미술관은 한산했다. 느긋하게 그림을 감상할 수 있어 다행이라고 생각하며 곧 도착할 연석을 기다렸다.

'우린 어려서부터 집안끼리 약속되어 있어. 헛물켜다 울지 말라고 해 두는 소리야.'

뭐야, 나는 정말 연석 선배한테 별 마음이 없는데.

주연에게 들은 경고가 떠오르자 기분이 착잡했다. 그냥 약속을 깰 걸 그랬다. 주연이 한 말에 발끈해서 오기로 나온 것이 시간이 지날수록 마음에 걸렸다. 쓸데없는 오해를 산 것도 자존심 상했다. 오늘이 처음이자 마지막이다. 다시는 연석과의 개인적 시간을 갖지 말자고 결심했다.

미술관으로 향하는 오솔길 끝에 연석이 보였다. 늦었다고 생각하는지 열심히 뛰어오고 있었다. 그것을 본 호수의 얼굴에 잔잔한 웃음이 떠올랐다. 이런 건 무슨 마음일까. 문득 의문이 들었다. 해성도 좋은 선배고 편한 사람인데 연석은 말로 표현하기 힘든, 조금 다른 느낌이었다. 엉뚱하게 떠오른 고민이 끝나기 전에 코앞에 도착한 연석이 가쁜 숨을 몰아쉬었다.

"많이 기다렸지?"

"아니요. 잠깐 쉬세요. 뭐 하러 뛰어오세요."

벤치에 털썩 주저앉은 연석은 가방에서 생수병을 꺼내서 목을 축였다.

"머리 풀었네. 예쁘다."

칭찬을 들었음에도 호수는 표정 없이 고개만 끄덕였다. 수줍어한다든가 멋쩍어한다든가 몹시 부끄러워하면서도 좋아한다든가, 보통 여자애들은 그런다고 했는데. 역시 호수는 어렵다. 저 까만 머리에 하얀 얼굴과 냉기 흐르는 눈동자가 사람을 미치게 하는 것 같다. 저러다 한 번씩 웃으면 그게 또 그렇게 예쁠 수가 없다.

"렘브란트를 좋아하는 거야?"

"음…… 그냥 그림 보는 걸 좋아해요. 어렸을 때부터 취미예요. 오늘은 오빠 덕에 공짜로 감상하니까 점심은 제가 살게요."

"아니야! 내가 보자고 했으니까 점심도 내가 사야지. 돈가스 어때? 알아보니까 이 근처에 유명한 집 있던데."

"저 돈가스 별로예요. 질렸어요."

"……?"

"주말마다 돈가스집에서 알바 해요. 벌써 3년째예요."

3년을 주말마다 쉬지도 못했다니. 안쓰러워 죽겠다.

"아…… 그래. 진짜 지겹겠다."

"국수 먹어요. 저는 그림 보고 나면 유림국수 가거든요. 냄비국수 맛있어요. 대신 커피는 제가 살 수 있게 해 주세요."

"그래. 그러자."

오늘의 호수는 유난히 고요했다. 원래도 잘 웃지 않지만 뭔가 달랐다. 그동안 우여곡절은 있었지만, 나름대로 가까워진 것 같았는데 다시 멀어진 느낌이었다.

연석은 김이 새고 말았다. 호수는 정말 그림만 봤다. 오디오 가이드까지 대여해서 작품마다 설명을 꼼꼼하게 듣고 있으니 말을 걸 틈이 없었다. 도란도란 정답게 얘기하며 그림을 감상할 꿈에 부풀었던 연석은 꿀 먹은 벙어리가 되어 호수만 따라다녔다.

장장 한 시간 반에 걸친 감상을 마치고 나서도 호수는 묵묵했다. 연석이 하는 말에 신경 써서 대답해 주는 것은 고마웠지만, 분명히 겉돌고 있었다. 좋아한다던 국수를 먹으면서도 호수의 표정은 별로였다.

"호수야, 오늘 뭐 안 좋은 일 있어?"

"아니요. 제가 너무 말이 없었죠? 그림이나 영화 볼 때 혼자 보는 버릇이 돼서. 죄송해요."

"아니야. 이제부터 재밌으면 되지. 국수 먹고 또 뭐 할래? 영화 어때?"

호수가 난감한 얼굴로 연석을 쳐다봤다.

"저…… 기숙사에 일찍 들어가 봐야 해요. 해야 할 과제가 많아서."

연석의 기름한 눈매가 서늘하게 식었다. 선을 긋는 게 느껴졌다.

"너, 무슨 일 있지? 나하고 있는 게 싫어? 불편한데 억지로 나온 거야?"

"그런 거 아니에요. 저야말로 죄송해요. 저 아니었으면 더 재미있게 시간 보내셨을 텐데."

"됐어. 어차피 너 아니면 보지도 않았을 전시회야."

시종일관 따뜻했던 연석의 분위기가 착 가라앉았다. 호수의 가슴이 덜컹 흔들렸다. 그의 말에서 다른 의미가 읽히는 것이 착각이기를. 호수는 싸늘해진 분위기를 바꾸려 하지 않았다. 그냥 오늘 이대로 마무리 짓는 것이 더 낫다고 판단했다. 그랬구나. 내가 다른 마음이 있었구나. 주연이가 그래서…….

바란다. 오늘 잠시 헷갈린 그의 말도, 그동안 조금 흔들릴 뻔한 마음도 고이 접을 수 있기를. 저 사람은 그래야 하는 사람이다. 이제야 보였다. 진연석도 여주연처럼 어디서나 빛나는 부류라는 것이.

"어서 먹어. 아니다 천천히 먹어. 체하면 안 되니까. 먹고 나서 데려다줄게."

다시 연석의 말투가 부드러워졌다. 호수는 조용히 고개를 저으며 거절했다.

"아니에요. 혼자 갈……."

"쫌!"

연석이 버럭 화를 냈다. 높아진 소리에 주변 사람들의 시선이 모였다. 호수의 눈동자도 당황으로 굳어졌다. 한 번도 저렇게 신경질 내는 모습을 본 적이 없었다. 그의 옷에 콧물 범벅을 해놨을 때보다 더 화나 보였다.

"그냥 좀……. 그러자."

어딘지 괴로워 보이는 그를 말릴 수 없었다. 호수는 아주 조금 더 욕심을 냈다. 오늘까지만이라고.

Chapter 3

캠퍼스 연인

"진연석, 부탁 좀 하자."

정일찬 교수가 수업을 마치고 나가는 연석을 불러 세웠다.

"네, 교수님."

"이것 좀 과 사무실에 가져다 놔라. 해성이한테 말해 뒀으니 그냥 가져가면 알아서 할 거다."

과 사무실로 향하는 연석의 마음은 복잡했다. 그날 이후로 호수를 보지 못했다. 아무래도 자신을 싫어하는 것 같아 연석은 일부러 피해 주고 있었다. 자신이 호수를 좋아한다고 해서 싫다는

100

사람을 곤란하게 하고 싶지 않았다. 보고 싶고, 보기 싫고. 걸음마다 마음이 오락가락한다. 쪼그마한 게. 아기같이 생겨서는, 냉정한 녀석. 아침마다 마키아토 안 먹어도 괜찮았나? 화장품은 잘 바르고 있나? 과 사무실이 가까워져 올수록 가슴이 둥둥 울렸다. 호수를 어떻게 봐야 할지, 무슨 말부터 할지, 자연스러울 수 있을지. 괜스레 긴장됐다.

5층 복도가 떠들썩했다. 과 사무실 문이 활짝 열려 있고 굵직한 목소리들이 수다스럽게 웃고 떠드는 소리가 가득했다. 연석의 오만 걱정이 무색하게 호수는 없었다. 아래 학번 후배 녀석들이 공간을 점령하고 있었다. 연석이 들어가자 그를 향한 인사말들이 쏟아졌다.

"안녕하세요, 선배님."

"오랜만이에요, 형."

"잘 지내셨어요?"

연석은 대충 답을 해 주고 해성의 책상 위에 리포트 뭉치를 내려놓았다.

"해성이는? 왜 너희들만 있어?"

"잠깐 경영대학원에 일 있다고 다녀오신댔어요."

"연석이 형, 제대하셨다면서요. 부럽습니다."

누구지? 연석은 낯은 익지만 이름은 모르는, 기억도 희미한 후배를 멀거니 쳐다봤다.

"헉! 형님! 혹시 저 까먹으신 거예요? 채호성이요. 저하고 연합 MT 때 밤새 술 마셨는데."

"그런 놈이 너 하나겠냐? 휴가 나왔어?"

"예. 이제 이병이에요. 왜 이렇게 시간이 안 가나 몰라요."

호성은 짧은 머리를 쓸어 올리며 엄살을 부렸다.

"그래도 시간은 간다. 신나게 놀다가 들어가라."

연석은 온 김에 해성이나 보고 가야겠다고 자신을 속였다. 실은 호수가 궁금했으면서. 해성의 책상에 앉아 방금 받아 온 리포트들을 들춰 봤다. 1학년들이라 그런지 내용에 허점이 많았다.

"여주연은 여전히 예쁘더라."

"걔야 뭐 매일 리즈 갱신이지."

한심한 놈들. 모이면 여자 얘기다. 연석은 피식 웃으며 후배들이 하는 얘기를 들었다.

"호성이 너는 주연이 별로 관심 없었잖아. 너는 호수였잖아."

리포트를 넘기던 연석의 손이 멈췄다. 새삼 고개를 들어 호성을 눈여겨봤다.

"미친놈처럼 따라다녀서 오래 사귈 줄 알았는데 백일도 못 채우냐."

저놈이 호수하고 사귀었다고? 처음 듣는 얘기였다. 연석의 눈이 가늘어졌다.

"야, 말도 마, 이호수. 어후! 걔는 연애 고자. 아니지 여자니까 연애 목석이야."

"원래도 좀 싸하잖아."

"그래도 호수는 착하지. 여주연은 너무 여우야. 지가 이쁘고 인기 많은 걸 알아서 사람 이용해 먹는다니까."

"착하면 뭐 해. 여자가 나긋나긋한 맛이 없어. 무슨 막대기야. 키스하는데 참 나! 어찌나 딱딱하게 굳어서 떠는지. 내가 죄짓는 줄 알았다니까."

"너무 그러면 재미없지. 그래서 키스밖에 못 했어? 채호성이 거기서 끝낼 놈이 아니잖아."

이 미친놈들이! 연석이 자리에서 벌떡 일어났다. 더 들어 줄 수도 참을 수도 없었다.

"야!"

과 사무실을 쩌렁쩌렁 울리는 고함이 들렸다. 연석은 자신은 입도 떼지 않았는데 이게 무슨 일인가 잠시 당황했다. 출입문에 해성이 야차 같은 얼굴을 하고 서 있었다.

"아오! 저 개새끼들."

연석은 후배들을 헤치고 흥분한 해성에게 다가갔다. 붉으락푸르락 뻗치는 화를 주체 못 해 씩씩거리는 해성의 어깨를 붙들었다.

"박해성, 여기 지키고 서 있다가 혹시 호수가 오면 다른 데로 데려가."

연석의 눈동자가 새까맣게 짙어져 있었다. 서늘한 눈꼬리에서 성질이 느껴졌다. 해성은 곱지 않은 시선으로 후배들을 둘러본 뒤 고개를 끄덕였다. 연석은 과 사무실의 문을 닫고 잠금쇠를 걸었다.

"다들 똑바로 들어."

"형, 왜 문을 다 잠그시고."

문 앞에 버티고 선 연석의 분위기가 예사롭지 않자 호성을 비롯한 녀석들은 슬금슬금 눈치를 보기 시작했다. 큰 키와 넓은 어깨가 굳은 얼굴과 어우러져 위협적으로 느껴졌다. 연석은 끓어 넘치는 분노를 다스리기 위해 한동안 침묵했다. 내쉬는 숨결이 거칠었다. 호성의 명치를 세게 쥐어박고 싶어 주먹이 펄떡거렸다. 하지만 처음 생각과 달리 호수에 대한 개인적 감정을 내려놓고 옳고 그른 것만 따지자고 마음을 고쳐먹었다.

"너희들, 꽤 좋은 머리로 양질의 교육을 받은 놈들이. 수준이 그것밖에 안 돼?"

"무슨 말씀이세요?"

"그런 저급한 말을 지껄이면서 도덕적으로 아무 거리낌이 없어?"

"아, 형! 그냥 남자들끼리 우스갯소리 한 걸 가지고 왜 이러세요?"

모두 연석이 지나치게 심각하게 나온다는 말투였다. 잠깐 즐기고 넘어가면 기억도 안 날 일인데 왜 저렇게 꼰대질인가 불평 섞인 눈빛들이었다.

"우스갯소리 좋지. 그런데 버젓이 함께 공부하고 있는 동기를, 그것도 네가 한때 좋아했던 사람을 우습게 만드는 게 재미로 할 일이야?"

호성은 어이없다는 듯 코웃음을 치며 대들었다.

"아니. 형, 호수하고 무슨 관계라도 있어요?"

"여기서 그게 뭐가 중요해?"

"생각할수록 이상하시네. 이호수의 현 남친이라도 되시냐고요. 지금 딱 보니까 호수 얘기했다고 화나신 거 같은데요."

"그 대상이 내가 잘 아는 호수라서 더 화난 건 맞아. 하지만 지금 하는 말은 객관적으로 너희가."

연석의 말은 더 이어지지 못했다. 호성이 벌떡 일어나더니 큰 소리로 웃으면서 말을 잘라 버렸다.

"와! 이호수, 진짜 대단하다. 그 꼴에 조건이며 수준 따져 가며 노나 보네. 그동안 반성하고 좀 부드러워졌나?"

호성이 주변을 둘러보며 동의를 구했지만, 모두 시선을 피했다. 분명 호성의 언행은 선을 넘어가고 있었다. 호수에 대한 치졸한 감정을 드러내는 것에 덮어놓고 편을 들 수는 없었다. 게다가 연석이 이렇게 나서는 모양이 호수에게 개인적 호감이 있다는 증거로 느껴졌다. 그대로 뒀다가는 큰 싸움으로 번질 우려가 있었다.

"채호성, 그만해라. 연석이 형, 저희가 죄송했습니다."

무리 중 하나가 나서서 정중히 사과했다.

"나한테 죄송할 거 없어. 앞으로 다들 어디서나 이런 문제는 조심하고 살도록 해."

"시발. 교장 선생님 나셨네. 호수하고 자기라도 했어요?"

모두의 입에서 한숨이 쏟아졌다. 저 속 좁은 놈이 기어이 일을 치는구나 싶은 탄식이었다.

"채호성, 그만하라고 했다."

내내 조용했던 연석의 목소리가 높아졌다.

"형한테는 잘 앵기나 보네. 끼고 도는 거 보니까. 윽!"

한편 문밖에 있던 해성은 귀를 문에 바짝 대고 안쪽의 상황을 가늠하느라 속이 탔다. 자신도 순간적으로 욱하는 마음에 후배들에게 소리를 질렀지만, 연석이 문까지 걸어 잠그자 가슴이 덜컹했다. 당장에 육탄전이 일어날 줄 알고 간이 바짝 졸았던 것이 소용없이 지나치게 고요했다. 귀를 대봐도 두런거리는 소리만 들리고 정확히 뭐라 하는지 알 수가 없었다.

"잘 타이르고 끝내는구나. 하긴 이 정도 오지랖만 해도 진연석답지 않지."

해성이 가슴을 쓸어내리며 안심함과 동시에 안에서 큰 소리가 터져 나왔다. 죄다 연석을 말리는 소리였다. 의자 같은 집기가 쓰러지는 둔탁한 소음까지 섞여 있었다. 기어코 일이 터진 모양이었다. 해성은 잠긴 문고리를 비틀다 문을 두드리면서 소리를 질렀다.

"야! 문 열어! 빨리 문 열란 말이야!"

타 학과에서 문을 열고 내다보기 시작했다. 아예 나와서 무슨 일이냐고 우려 섞인 질문을 하는 이들도 있었다.

"해성 오빠?"

혼란한 소리를 뚫고 호수의 목소리가 들렸다. 파랗게 질린 해성을 쳐다보며 안에서 일어나는 소란에 관해 묻는 얼굴로 서 있었다. 해성은 잠시 갈등했다. 연석이 부탁한 대로 호수를 이곳에서 멀찍이 떼어 놔야 할지 열쇠를 빌려야 할지.

"문이 잠겼어요?"

해성의 고민이 끝나기도 전에 호수는 손에 들고 있던 열쇠를 사용했다. 문이 열림과 동시에 둔탁한 소리와 애처로운 신음과 뜯어말리는 소란이 쏟아져 나왔다. 문이 활짝 열렸음에도 안에서 벌어지고 있던 일은 정신없이 진행 중이었다.

"호수야!"

해성은 큰 소리로 호수의 이름을 불러 버렸다. 연석의 이성을 되찾기 위한 최선의 방법이라고 판단했다. 해성의 생각은 옳았다. 막 호성의 옆구리로 꽂히려던 연석의 주먹이 멈췄다.

"이게 무슨 일이에요."

호수는 놀란 마음을 진정하며 아수라장으로 걸어 들어갔다.

"네가 왜 여기 있어?"

연석은 문밖에 선 해성을 노려보며 호수에게 물었다.

"제가 수직 설 시간이라서요. 그런데 지금 싸우고 있었어요? 왜요?"

"그럴 일이 있었어. 넌 상관할 일 아니야."

"과 사무실이 엉망이 됐잖아요. 이제 제가 상관할 일이에요."

"내가 다 치울게."

나뒹구는 의자를 바로 세우던 호수는 바닥에 머리를 감싸고 웅크리고 있던 호성을 알아봤다.

"채호성? 너는 또 왜 이래?"

호성은 고개를 들지 못하고 쌍욕만 지껄이고 있었다.

"맞았어? 다쳤어?"

호성은 얼굴을 살피려고 뻗는 호수의 손을 매정하게 내려치고는 연석을 노려봤다. 호성의 얼굴은 상처 하나 없이 말끔했다. 녀석을 살피려 드는 호수를 보는 연석의 미간이 좁아졌다. 저런 질 떨어지는 녀석에게 아직도 마음이 남은 것인지 기가 찼다.

"군인이라서 얼굴은 손 안 댔다. 생각 같아서는 그 주둥이를 영영 못 쓰게 뭉개 버리고 싶었는데. 도덕적 고자 새끼."

날카롭게 쏘아붙인 연석은 가방을 챙겨 들고 복도로 나왔다. 싸움 구경을 하러 나온 사람들이 수군거리며 연석의 얼굴과 과 사무실 안을 기웃거렸다. 사람들을 헤치고 나가던 연석은 해성의 뒷덜미를 잡아채 끌고 나가는 것도 잊지 않았다.

* * *

흡연 구역에 들어서기도 전에 연석은 담배를 입에 물었다. 폭력을 썼다는 자괴감과 호수에게 들켰다는 부끄러움에 머리가 복잡했다. 연달아 몇 모금 깊이 빨아들이고 나자 흥분이 조금 가라앉았다.

"다 말해 봐."

"뭘?"

"진짜로 저 새끼하고……."

연석은 더 말하고 싶지 않았다. 호수에게 벌써 다른 놈이 있었다는 것을 입에 담고 싶지도 않았다. 채호성만 속이 좁은 게 아니구나. 머리는 이해해도 가슴은 쓰렸다.

"호수하고 사귀었냐고?"

연석은 대답 없이 담배 연기만 길게 내뿜었다.

"나도 자세히는 몰라. 호수한테 직접 들은 건 없으니까. 저 자식 군대 가기 전에 꽤 시끄러워서 모를 수가 없었을 뿐이지."

대다수가 여주연을 여신처럼 떠받들 때 무엇 때문인지 호성은 호수에게 꽂혔다고 했다. 가장 유력한 설은 호성이 조별 과제를 하면서 호수의 영리함과 의외의 상냥함에 빠졌다는 소문이었다. 호성은 들이대는 것도 요란했다. 상경대 건물이 들썩일 정도였다. 몇 달 동안 호수에게 지극정성을 쏟은 덕에 허락을 받았다. 그리고 정성을 들인 시간보다 더 짧은 시간이 지난 후 호성은 제 입으로 호수와 깨졌다고 떠들고 다녔다.

"그때 진짜 추잡스러웠어."

해성은 담배를 비벼 끄며 고개를 내저었다. 과거를 생각하는 얼굴이 뭐 씹은 표정이었다.

"누가?"

"채호성 저 자식이지 누구긴 누구야."

"왜?"

"자기가 해 준 생일 선물보다 싼 걸 받아서 기분 나빠서 찼다고 어찌나 떠들던지. 호수 사정이 좀 그렇잖냐. 잘은 몰라도 호수는 최선을 다했을 거야."

"그게 헤어진 이유라고?"

기가 막힌 연석은 헛웃음을 멈출 수 없었다. 그냥 얼굴까지 패 버릴 걸 그랬다는 후회가 들었다.

"더 때릴 걸 그랬어. 네가 호수 이름 부르는 바람에 놀라서 그만뒀잖아."

갑자기 해성의 얼굴이 해쓱해졌다. 우리 학교 학생들이 이렇게 준법정신이 투철했었나. 당연한 일인데 막상 닥치자 어이가 없었다.

"진연석, 너 좆 된 것 같은데. 아닌가? 채호성이 좆 된 건가?"

멀찍이서 경찰이 다가오고 있었다. 싸움 구경을 하던 몇몇 사람들이 연석을 손가락으로 가리키고 있었다. 담배꽁초를 정리한 연석은 여유롭게 웃으며 뇌까렸다.

"잘됐네. 채호성, 영창이나 보내 버려야겠다."

* * *

싸우는 소리를 들은 타 과에서 경찰에 신고하는 바람에 일이 커졌다. 당시 증인들은 별일 아닌 잠시 잠깐의 다툼이라고 증언했지만 호성의 신분이 군인인 관계로 일이 꼬였다. 양쪽 부모들이 나서고 서로 합의를 하는 선에서 마무리하려 했지만 호성이 군 검찰로 넘어가게 되면서 어려워졌다. 호성의 부모들이 책임지라고 따지면서 어른들 싸움으로까지 번지는 상황이었다.

경영학과는 흥미진진한 소문으로 연일 떠들썩했다. 호수를 사이에 둔 삼각관계로 큰 싸움이 났다는 소문이 일파만파 퍼졌다. 게다가 그중 한 남자가 무려 진연석이라는 사실에 모두가 경악했다. 모두 은연중에 연석의 짝은 주연이라고 알고 있었다. 주연이 그동안 일부러 흘리고 다닌 말들을 아무도 의심하지 않았다. 그 둘은 잘 어울렸고 집안끼리 잘 안다는 사실 때문에 당연하게 여겨졌다.

호수가 강의실로 들어오자 웅성거리던 소음이 일시에 그쳤다. 그 이유를 잘 알고 있는 호수는 아무 일도 없는 것처럼 자리에 앉아 책을 펼쳤다. 전혀 사실이 아닌 일에 동요하지 않기로 마음먹고 강의실에 들어온 참이었다.

"이호수."

주연이 앞자리에 앉으며 호수를 돌아봤다. 오늘 강의 진도를 읽고 있던 호수가 고개를 들고 여상한 눈으로 주연을 쳐다봤다.

"호수, 너 미쳤어?"

"뭐?"

갑자기 나타나 다짜고짜 힐난하는 주연을 이해할 수 없었다. 호수도 고깝게 눈을 치뜨고 주연을 노려봤다. 나직하게 주고받는 대화와 심상치 않은 분위기 탓에 모두의 관심이 쏠렸다.

"내가 말했지? 네가 지금 무슨 일을 저지르고 다니는지 알아?"

"도대체 무슨 말이야. 나한테 왜 이래?"

"연석 오빠한테 그러지 말라고 내가 부탁했잖아. 너 때문에…… 오빠가…… 흐흑."

느닷없이 주연이 눈물을 흘리기 시작했다. 다시 웅성거리는 소음이 호수와 주연을 둘러쌌다. 수군거리는 소리 속에 주연과 호수 그리고 연석의 이름이 섞여 있었다. 호수는 울컥 짜증이 일었다. 공개적인 장소에서 뭐 하는 건지, 주연의 뻔한 속내가 소름 끼쳤다.

"나야말로 얘기했잖아. 나는 그런 생각이 전혀 없다고. 나한테

이럴 시간에 연석 선배한테 가서 물어."

"진짜야?"

"그렇다니까. 소문도 다 거짓이야. 나는 두 사람이 왜 싸웠는지 전혀 몰라. 같이 있던 애들도 아니라고 했잖아."

"둘이 밖에서 따로 만난 적도 없어?"

"그건……."

미술관에서 딱 한 번. 그것이 마음에 걸려서 호수는 머뭇거렸다.

"그것 봐!"

주연이 본격적으로 흐느끼기 시작했다. 주연의 속셈을 알면서도 호수는 어쩔 도리 없이 당했다. 강의실 분위기가 이상해졌다. 호수를 보는 시선이 호의적이지 않았다.

고개를 숙인 주연은 입매를 비틀며 웃었다. 꼴값도 못 하는 계집애가 감히 눈은 높아서 연석을 넘보는 것을 용납할 수 없었다. 평생 꿈인 진연석을 갑자기 튀어나온 거지 같은 호수에게 뺏기고 싶지 않았다.

"호수야, 내가 이렇게 부탁할게. 제발 오빠한테 떨어져 줘."

누가 봐도 피해자답게, 주연은 서글프게 사정했다. 호수는 빠르게 판단했다. 어차피 자신이 뭘 어떻게 하고 어떤 주장을 하건 제대로 먹히지 않을 거라고. 하지만 여주연의 원맨쇼에 놀아나고 싶지는 않다고. 호수는 열연하는 주연을 아랑곳하지 않고 다시 책에 시선을 두며 조용히 경고했다.

"여주연, 연석 선배가 네 마음대로 안 되는 걸 내 탓으로 돌리지 마. 나는 분명히 말했어. 아무 사이 아니라고. 내가 이런 변명하고 있는 것도 상당히 짜증 나. 유치한 쇼 그만하고 네 자리로 돌아가 줘. 정신 사나워."

호수는 일부러 책을 큰 소리 나게 넘겼다. 얼굴은 무심하게 가장했지만, 뒤통수가 화끈거렸다. 자신을 향해 숙덕거리는 시선을 모른 척하기가 생각보다 힘들었다. 자신이야말로 연석에게 찾아가 따지고 싶었다. 도대체 왜 일을 이렇게 만든 거냐고. 멱살이라도 잡고 흔들고 싶었다.

* * *

"헉! 깜짝이야!"

이른 아침, 오랜만에 집에 들른 정석은 현관 입구에서 얼차려를 받는 동생 연석을 보고 놀라 뒷걸음을 쳤다. 꽤 오래 그러고 있었던 모양인지 원산폭격을 하는 연석의 얼굴이 시뻘건 것이 당장 터질 것 같았다. 바닥에 쭈그리고 앉은 정석은 연석에게 작은 소리로 물었다.

"뭐야? 너 왜 이러고 있어?"

무슨 잘못을 저질렀길래 아버지가 벌을 줬나 의아했다. 형제는 중학교 시절 이후로 딱히 아버지에게 혼날 일을 저지른 적이 없던 터라 더 궁금했다. 특히 형제간에 다투지 않는 이상 크게 화를 내지 않는 아버지였다. 연석은 끙, 하고 입을 열더니 부들부들 떨리는 목소리로 물었다.

"혀어엉, 지금 몇 분이야?"

"어? 7시 58분."

"2분만 있으면 끝나거든. 그때…… 얘기하자."

시계를 한 번 더 확인한 정석이 고개를 주억거리며 일어섰다. 달그락 소리가 들리는 주방으로 들어가자 윤나희 여사가 도우미 아주머니와 아침을 차리느라 분주했다.

"엄마, 쟤 왜 저래요? 아빠는 출근하셨죠?"

"벌써 출근하셨지. 그냥 시간 다 채웠다고 하고 와서 밥이나 먹을 일이지. 하여튼 저 녀석도 융통성이라고는 없어. 너부터 앉아서 먹어. 연석이도 이제 올 거야."

나희는 불만스럽게 혀를 차며 안쓰러운 마음을 털어내 보려고 했다. 원산폭격 정도야 건장한 아들 녀석에게 별것 아니라는 것을 알지만 그래도 마음은 그런 게 아니었다.

"도대체 무슨 잘못을 했길래. 아버지가 화 많이 나셨나 보네?"

"아니. 화는 많이 안 나셨는데 그래도 잘못은 했으니까. 글쎄 저놈이 학교에서 주먹다짐했단다."

정석의 눈이 놀라움으로 크게 떠졌다. 전혀 생각지 못한 사건에 벌어진 입이 다물어지지 않았다.

"네? 나이가 몇인데 인제 와서 안 하던 짓 하네요."

"그러게나 말이다. 그래도 잘 해결됐어. 큰일은 아니니까 너도 걱정하지 마."

먹음직한 들깨토란탕이 구수한 향을 풍기며 식탁에 올랐다. 정석이 입맛을 다시며 수저를 드는데 연석이 들어오며 엄살을 떨었다.

"아…… 머리통 아파."

"대학생씩이나 돼서 주먹질이나 하고."

"어휴, 말도 마라. 휴가 나온 후배를 때려서 수습하느라 아버지가 생전 안 하던 아쉬운 소리를 하고 다녔어."

결국, 가벼운 다툼이었던 것으로 합의를 하고 호성이 군 검찰에서도 공소권 없음 처분을 받는 것으로 일단락되었다. 어차피 그냥 둬도 그렇게 해결될 일이었건만 호성의 집에서 강력하게 요구하는 바람에 연석의 아버지 규영은 비위에 맞지도 않는 로비를 해야 했다. 군 고위급 간부로 있는 인척을 통해 최대한 빠르게 일을 처리해 주고 두둑한 합의금을 치르고 나서야 조용해졌다.

앞뒤 사정을 듣고 난 정석도 동생에게 잘 패 줬다고 말할 뻔한 것을 간신히 참았다. 어쨌든 다 큰 녀석이 함부로 주먹을 휘둘렀고 그 탓에 부모님을 걱정케 했으니 칭찬할 노릇은 아니었다.

"엄마, 이 국 되게 맛있다."

번죽거리며 웃는 연석을 향해 나희는 눈을 흘기며 뾰족하게 소리쳤다.

"시끄러워! 하여튼…… 쓸데없이 정의롭고 그래. 아버지 닮아 그런 거니?"

"글쎄요."

연석은 히죽거리며 대답을 얼버무렸다. 제 일 아니면 무슨 일이 생기든 주변에 특별히 관심이 없는 것이 본래의 연석이었고 그것은 윤나희 여사를 쏙 빼닮은 성격이었다. 정의로운 오지랖은 정석와 규영만으로도 골치가 아프다는 나희의 푸념을 귓등으로 흘리며 연석은 며칠 보지 못한 호수를 떠올렸다. 혹시 안 좋은 소문이라도 퍼져서 힘들어하는 건 아닌지, 오직 그 걱정뿐이었다. 오랜만에 이른 등교를 해야겠다고 마음먹으며 수저질에 속도를 붙였다.

* * *

연석은 카페 계산대 위에 있는 쿠키 두 개를 골라 들어 보이며 커피를 주문했다.

"캐러멜 마키아토 한 잔, 카푸치노 한 잔. 따뜻하게 테이크아웃 할게요."

직원에게 내미는 신용카드를 가로막는 손이 있었다. 해성이 나타나 능글맞게 웃으며 〈가을 신메뉴 출시〉라고 쓰여 있는 메뉴판을 가리켰다.

"친구, 나는 저기 저 '건강 가득 오곡라떼'로 부탁해."

"어르신도 아니고 오곡은 무슨. 따뜻한 거?"

"응. 따수운 거. 호수가 추천한 거거든?"

빈정거리던 연석은 엄지를 들어 올리며 가식적이면서도 긍정적인 미소를 지었다.

"모름지기 건강이 우선이지. 들으셨죠? 한 잔 더 추가요."

직원이 계산하는 동안 연석은 '건강 가득 오곡라떼'를 중얼거렸다. 어쩌면 아침에는 커피 대신 저것이 더 낫겠다는 생각이 들었다. 음료를 받아 들고 카페를 벗어나자 해성이 키득거리며 연석을 쳐다봤다.

"두부를 준비 못 했네. 미안하다. 이따 점심으로 순두부찌개라도 먹을래?"

"미친놈, 며칠 시끄러웠지?"

"그럼 고요할 줄 알았어?"

"우리 호는?"

"호? 우웨엑! 방금 그거 애칭 뭐 그런 거야? 네 맘대로?"

연석은 뻔뻔한 얼굴로 어깨를 으쓱했다. 얼결에 나온 소리지만 마음에 들었다. 어중이떠중이 다 불러 대는 '호수' 말고, 제 마음에 들어온 간지러운 나비를 부르기에 그보다 잘 어울리는 이름은 없다고 생각했다.

"시끄럽게 굴지 마. 그래서 호수는 어떠냐고."

"솔직히 모르겠다. 호수는 워낙에 티를 안 내는 녀석이고, 내가 너희 둘과 친하다 보니 다들 내 앞에선 입조심하거든."

연석은 은행잎이 노랗게 변하기 시작하는 캠퍼스를 걸으며 생각에 잠겼다. 이왕 이렇게 된 거 호수에게 솔직하게 마음을 전해 보는 게 어떨까. 갑자기 근거 없는 용기가 스멀스멀 피어났다. 그러다가도 쌩하게 저를 쳐다보며 인상을 찌푸리지 않을까 덜컥 겁이 나기도 했다. 그러면 가볍게라도 인사하고 웃으며 지낼 기회마저 사라지지 않을까. 도로 용기가 고개를 숙였다.

"뭘 생각 하냐? 책임이라도 지려고? 이렇게 말하니까 좀 웃기네. 막 너희 둘이 결혼할 것 같고."

결혼? 연석의 고개가 꺾였다. 슬며시 올라가는 입꼬리를 감출 수 없어 바닥만 보고 걸었다. 그러면서 또 욕심이 피어올랐다. 그냥 확, 질러 버리면 속이라도 시원할 것 같았다. 해성은 따뜻한 오곡라떼를 홀짝거리며 그런 친구의 풋 익은 연심을 훔쳐보았다. 이 귀여운 산짐승 놈의 목에 줄을 달아서 끌고 다니며 조련할 여자는 이호수뿐이겠구나 싶었다. 그리고 결정적 한마디를 남겼다.

"참, 오늘 아침은 호수 없다. 정 교수님 따라 학회 세미나 갔어. 오후에 와."

"이 자식아, 그걸 왜 이제 말해!"

일부러 호수하고 같이 마시려고 카푸치노를 참고 있던 연석의 얼굴이 무참하게 일그러졌다.

* * *

학과장실 창문턱에 걸터앉아 열을 내며 응원하는 해성의 뒤로 밝은 목소리가 들렸다.

"뭐 하세요?"

"어이! 호수, 호수, 이호수! 잘 다녀왔어?"

"네. 세미나 끝나고 엄청 맛있는 스테이크도 얻어먹었어요."

그래서 기분이 좋았구나.

해성은 정일찬 교수의 책상에 너저분하게 쌓여 있는 책을 책장에 꽂으며 콧노래까지 부르는 호수를 보며 웃었다.

"근데 여기서 뭐 하세요? 무슨 일 있어요?"

"너도 와서 응원해. 지금 우리 과하고 무역학과하고 농구한다."

"근데 왜 여기서 보세요?"

"운동장은 해가 뜨겁고 과 사무실에서는 잘 안 보이거든. 정 교수님 방이 명당이지."

정리를 마친 호수가 창가로 다가와 밖을 내다봤다. 농구장은 예상보다 훨씬, 응원의 열기로 뜨거웠다.

"누가 이기고 있어요?"

"동점이야. 지금 중요해. 아우! 저걸 놓쳐!"

해성은 두 주먹을 불끈 쥐고 마구 고함을 질렀다. 거기서 공을 왜 뺏기냐, 슛 거리가 그거 밖에 안 나오냐. 잔소리가 대단했다. 그럴 거면 본인이 좀 가서 뛰지. 호수는 피식 웃으며 해성의 곁에 자리를 잡았다.

한눈에 그가 보였다. 아, 이제 학교에 나오는구나. 일은 잘 해결된 건지. 정말 자신 때문에 그런 일이 생긴 건지. 물어보고 싶은 것은 한가득. 하지만 자신을 두고 뒤에서 수군거리던 소리와 눈들 때문에 용기가 나지 않았다. 해성에게 물어볼까 싶다가도 알 수 없는 두려움이 말렸다. 도끼병이 생겼는지 아니면 주연 때문에 착각에 빠지게 된 건지. 정말 연석이 자신을 마음에 뒀다는 대답을 들을까 봐 무서웠다. 자신은 지금 그렇게 한가롭게 지낼 상황도 아니고 이미 한 번, 과 CC로서 더러운 꼴을 충분히 겪었기에 자중하고 싶었다.

농구 코트 위의 움직임이 격렬해졌다. 경기 막바지라 그런지 연이은 패스와 드리블이 현란했다. 공이 연석에게 넘어가자 응원의 함성이 깨질 듯이 요란해졌다. 여자애들이 서로 손을 맞잡고 발을 구르는 것도 보였다. 연석이 강한 어깨로 상대 팀원들을 제치고 원 드리블로 중앙 돌파하는 것이 보였다. 호수도 마른침을 삼키며 지켜보았다. 연석이 레이업 슛을 할 것처럼 페이크를 쓰더니 다른 팀원에게 어시스트했다.

"연석이 잘하지? 저 새끼는 진짜 사기 캐릭터야. 한 점이라도 넣자. 제발!"

해성이 손나팔을 만들어서 신경질적인 응원을 했다. 몇 초 안 남은 상황에 속이 어지간히 타는 모양이었다.

"저는 농구는 잘 몰라서……."

그러면서도 호수의 눈은 연석만 따라다녔다. 그가 골을 넣건 못 넣건, 하나도 중요하지 않았다. 땀에 젖은 앞머리를 팔로 쓱 하고 쓸어 올리고 공이 도는 방향을 매서운 눈초리로 쫓는 모습이 느린 화면처럼 느껴졌다.

"글렀네. 연장전 들어가겠어."

해성이 주절거리는 순간 연석이 자신에게 패스된 공을 여유롭게 쏘아 올렸다. 몸을 살짝 띄운 연석이 긴 팔을 머리 위로 쭉 뻗어 손목을 가볍게 털었다. 그의 손을 떠난 주황색 농구공이 긴 포물선을 허공에 그리며 바스켓을 향해 날아갔다.

텅! 철썩! 3점 슛이었다. 경기 종료 휘슬이 울리자 농구 코트는 함성으로 아수라장이 되었다. 괴성을 지르며 펄쩍펄쩍 뛰는 해성의 얼굴도 흥분으로 벌겋게 달아올라 있었다. 호수도 덩달아 손뼉을 치며 큰 소리로 웃었다. 연석은 경기를 끝낸 무역학과 팀원과 악수를 하더니 입고 있던 티셔츠를 홀렁 벗어 버렸다. 호수가 콧물을 잔뜩 묻혔던 그 티셔츠였다.

탄탄한 근육으로 꽉 짜인 상체가 드러났다. 남자들의 부러움 섞인 야유와 여자들의 감탄 섞인 환호가 쏟아졌다. 그러거나 말거나 연석은 벗은 티셔츠로 땀에 흠뻑 젖은 머리를 툭툭 털어 말렸다.

"진연석! 팬 관리 때려치워라!"

해성이 창턱에 매달려 비꼬는 소리를 질렀다. 연석이 고개를 들었다. 허공에 주먹질하는 해성을 보고 피식 웃던 연석의 얼굴이 환하게 밝아졌다. 창가에 빼꼼히 드러난 호수의 작은 얼굴을 본 연석은 소년처럼 순진하게 웃었다. 긴 팔을 크게 휘저으며 호수를 향해 아는 척을 했다. 그 모습이 너무 해맑고 자연스러워서 호수는 어떤 계산을 할 여지도 없이 따라 웃었다. 소극적으로 손을 흔들었다. 들고 있던 티셔츠를 목에 건 연석은 두 손을 입에 대고 소리쳤다.

"호야! 잘 지냈니?"

가볍게 젓고 있던 호수의 손이 느릿하게 떨어졌다. 어쩐지 너무 가깝게 들리는 제 이름이 낯설게 가슴속에 쳐들어왔다. 그게 뭐라고. 겨우 이름을 부른 건데. 가슴이 제멋대로 곤두박질쳤다. 그리고 이내 하늘 높이 솟아올라 화려한 폭죽이 되어 터지더니 가슴에 후드득 불꽃을 떨어뜨렸다. 송이송이 떨어진 불꽃은 뜨거운 화인이 되어 깊이 파고들었다. 시야 가득 한 남자가 보였다. 호수는 화들짝 놀라 창을 등지고 돌아섰다. 태어나서 처음 느끼는 기분 좋은 두려움이었다.

샤워를 마치고 방으로 들어오는 연석의 얼굴에 해성이 던진 푹신한 물체가 날아와 부딪혔다. 그것이 바닥에 떨어지기 전에 재빨리 낚아챈 연석은 갈아입을 옷인 것을 확인하고는 펼쳐 보았다. 아무래도 사이즈가 빠듯해 보였다.

"야, 이거 나한테 끼겠어."

"어쩔 수 없어. 그나마 나한테 좀 큰 거야."

고개를 갸우뚱한 연석은 채 말리지 못해서 몸의 굴곡을 타고 흐르는 물방울을 수건으로 닦았다. 해성은 같은 남자인데도 눈길이 가는 연석의 몸을 훑으며 제 몸을 더듬어 봤다. 어디 가서 빠지지 않는 기럭지긴 했지만, 역시 단단함이 문제였다.

"아무래도 학교 근처로 빨리 이사해야겠어. 이런 게 불편해."

"핑계 좋다. 가끔 옷 갈아입으려고 학교 근처로 이사한다니."

책상에 턱을 괴고 앉은 해성이 비웃음을 흘렸다. 대중교통은 심심풀이로 가끔 이용하는 놈이!

고급 스포츠카로 이삼십 분이면 주파하는 통학 거리를 불평하는 연석의 속내가 의심스러웠다. 학교 근처로 이사 온다고 견고한 성의 성주인 호수가 성문을 열어 줄 거라 기대하는 건가. 친구의 순진함이 걱정스러웠다.

"그냥 호수한테 들이대 봐."

"……그 생각도 해 봤는데. 혹시 싫다고 하면. 그러면 앞으로 얼굴 보기 껄끄러워지잖아."

연석의 얼굴이 시무룩 어두워졌다. 마치 조금 전 들이댔다가 대차게 까인 사람 같았다. 이놈이 눈치를 보다니. 자뻑 정신으로 일관되게 살아 온 진연석이 맞는지 헷갈릴 지경이었다.

"그 정도야?"

"뭐가?"

"그 정도로 진지했던 거야?"

대꾸할 가치가 없다고 생각했는지 연석은 말없이 옷을 갈아입었다. 불편한 표정으로 거울 앞에 선 연석은 어깨가 빠듯하게 끼는 맨투맨이 마음에 안 드는지 와락 얼굴을 구겼다.

"이것 봐. 이래서 이사 와야겠어."

"말해 뭐하냐. 굉장한 설득력이다."

꼭 끼는 옷감 위로 근육의 결을 생생하게 드러내고 있는 연석을 보며 해성은 고개를 내저었다. 몸은 다 큰 장정인데 생각하는 건 제 사촌 동생인 초딩과 별반 다르지 않으니 걱정스러웠다.

"박해성, 상비약 없어? 나 여기 까졌는데."

연석이 손의 상처를 들여다보며 약간의 엄살을 떨었다. 운동하다 땅에 쓸린 상처가 생각보다 깊어 소독이라도 해 줘야 할 것 같았다.

"그 정도로 무슨 상비약씩이나. 여긴 없고 과 사무실에 있어. 가서 발라."

그리고 과 사무실에 호수도 있다는 말은 하지 않았다.

* * *

"어라! 호수가 있었네!"

이미 다 알고 있었으면서 몰랐다는 듯이. 해성의 어색하게 높아진 목소리에 놀란 호수가 고개를 들었다. 동네 노는 형처럼 따악 맞는 티셔츠를 입은 연석이 두리번거리며 들어오다 호수와 눈이 마주쳤다. 흠칫 놀란 호수는 숨을 들이마신 채 정지했다. 해맑게 웃으며 '호야!'라고 부르던 연석의 모습이 환영처럼 스쳐 지나갔다. 얼굴이 달아오르기 시작했다.

"진짜 호수가 있었네."

스스럼없이 웃으며 인사하는 연석과 달리 머릿속이 하얗게 비어 버린 호수는 엉거주춤 서 있기만 했다.

"호수야!"

"네? 네!"

"연석이한테 상비약 상자 좀 찾아 줘라! 나는 오늘 저녁에 교수 회의 뒤풀이 장소 섭외 때문에 밖에 좀 나갔다 와야 해!"

"네!"

해성과 호수는 똑같이 어색하게 높은 옥타브로 대화를 했다. 연석은 뜬금없이 격앙된 어조로 대화하는 두 사람을 의아한 눈으로 번갈아 쳐다봤다. 해성이 자리를 비우고 나서도 호수는 우두커니 서 있기만 했다.

"호수야, 나 약 좀."

"아! 네!"

번뜻 정신을 차린 호수는 책상의 제일 아래 서랍에 넣어둔 약통을 들고 왔다.

"어디 아프세요?"

"아까 농구 하다가 좀 까졌는데 혹시 몰라서 소독이라도 해 두려고."

약통을 여는 연석의 손을 보니 새끼손가락 아래, 손날 부분이 쓸리다 못해 움푹 패어 있었다. 호수는 제 살이 까진 것처럼 손발 끝이 저릿했다. 자신도 모르게 입술이 씰그러졌다.

"많이 다쳤는데요. 소독만 해서 안 되겠어요. 여기 이 연고하고 밴드까지 붙이세요."

"그래, 고맙다."

연석은 새끼손가락에 끼고 있던 반지를 빼놓았다. 독특하고 정교한 문양이 반지 전체에 레이스처럼 섬세하게 조각된 은반지였다.

"원래 반지 끼고 다니셨어요? 처음 봐요."

"이거? 몇 년 전부터 끼고 있었는데. 나한테 관심이 없네. 스페인 여행 갔다가 골동품 상점에서 산 거야. 이거 돌아가기도 해."

연석이 반지를 손가락으로 굴리자 가운데 부분이 바퀴처럼 돌아갔다.

"독특해요. 그런 거 처음 봐요."

갑자기 연석은 침묵했다. 한동안 반지만 굴리며 생각에 잠겨 있었다.

"뭐해요? 빨리 치료하지 않고?"

호수가 채근하는 소리에 정신을 차린 연석이 치료를 시작했다. 소독약이 묻은 솜을 갖다 대자 당장에 하얀 거품이 끓어올랐다.

오만상을 찡그린 호수가 입술을 동그랗고 오므리고 호호 부는 시늉을 했다. 연석은 그런 호수가 귀여워 빙긋 웃었다.

"보지 마. 징그럽잖아."

"아니, 그런 게 아니라. 너무 아파 보여서……."

연석은 상처 위에 연고를 듬뿍 짜 놓고 밴드를 갖다 붙였다. 연고의 양이 너무 많아 밴드가 붙지 않고 겉돌았다. 하나 실패하더니 두 번째로 갖다 붙이는 것도 어설펐다. 계속해서 연고는 번지고 밴드는 엉겨 붙었다.

"아니. 연고를 그렇게 막 떡칠을 하면. 밴드도 큰 걸 붙여야지. 하아…… 아니요. 그러니까."

어설픈 연석을 보다 못한 호수가 약통을 제 앞으로 끌고 왔다.

"손 이리 내 봐요."

"어?"

연석이 머뭇거리는 사이 호수가 그의 손을 가져왔다. 마구잡이로 번진 연고를 솜으로 닦아 냈다. 자세히 보니 상처가 상당히 깊었다. 혹시 잘못 건드려 연석이 아플까 봐, 호수의 손길은 신중하고 꼼꼼했다. 순간 머리 위에서 연석이 크게 침을 삼키는 소리가 들렸다.

그가 내쉬는 숨소리가 이마에 부딪혀 흩어졌다. 그에게서 갓 씻은 비누 냄새가 솔솔 풍겼다. 너무 가까웠다. 호수는 아랫입술을 잘근잘근 씹으며 긴장된 마음을 숨기려고 노력했다. 바보같이 손이 떨리지 않을까 새로운 걱정이 호수를 불안하게 했다. 면봉으로 상처 부위에만 연고를 얇게 바르고 밴드를 단단하게 붙였다.

다행히 손도 떨지 않고 버벅거림 없이 일을 마친 안도감에 한숨이 터져 나왔다.

"다 됐어요. 이제 밴드도 잘 붙었죠?"

하필 목소리가 떨렸다. 일부러 밝고 가볍게 말하려고 했는데 망했다. 호수는 잔기침 소리를 내며 약 상자를 정리했다.

"정리는 내가 할게."

연석의 목소리도 뭔가 억눌린 듯 답답하고 진지하게 들렸다. 흘러내린 잔머리를 귀 뒤로 넘기던 호수는 자신을 뚫어져라 보는 연석의 새까만 눈동자를 보고 말았다. 옴짝 못 하게 붙들렸다. 꽝꽝 얼어붙은 겉모습과 달리 가슴은 사정없이 너울거렸다. 그의 짙고 깊은 눈. 어떤 뜻을 품은 저 눈.

호수는 차라리 말끄러미 쳐다보기로 했다. 사실 마음먹은 대로 고개가 돌아가지도 시선이 떨어지지도 않아서 어쩔 수 없이 택한 길이었다. 오롯이 단둘인 공간. 주변을 둘러싼 대기의 흐름도 멈춰 버린 믿을 수 없는 시간이었다. 연석의 시선이 천천히 움직였다. 조금 전까지 질끈 물고 있어 붉게 부푼 호수의 입술 위에 머물렀다.

남자도 속눈썹이 길 수 있구나. 엉뚱한 생각에 빠진 순간 가까이 다가온 콧날이 볼을 스쳤다. 호수의 눈꺼풀이 가라앉으며 무의식적으로 입술이 벌어졌다. 내쳐 말캉하게 부딪혔다. 너무 부드럽고 푹신한 입술의 감촉에 놀라 눈물이 핑 돌았다. 그제야 호수의 눈동자가 크게 떠지고 속눈썹이 파르르 떨렸다. 정신이 돌아온 호수는 급히 팔을 뻗어 단단하게 버티고 있는 연석의 어깨를 밀어냈다. 호수에 빠져 헤매던 연석의 정신도 돌아왔다.

 아! 대체 무슨 짓을 한 거야.

 자신을 생경하게 쳐다보는 호수의 차가운 눈동자에 가슴이 덜 컥 내려앉았다. 염려가 지나쳐서 좋아한다는 말도 망설이던 주제 에 입술부터 실례했으니 낭패였다.

 미…….

 하려던 말을 꿀꺽 삼킨 연석의 표정이 어딘지 결연해 보였다. 미 안하다는 말은 하고 싶지 않았다. 그건 실수라는 뜻이고 호수를 우습게 만드는 말이었다.

 "진심이야."

 "……!"

 "정말이야. 실수 아니야. 진심이야."

 호수는 자리에서 벌떡 일어났다. 급하게 뒤따라 일어난 연석 은 출입문을 막아섰다. 이대로 호수가 오해하게 내버려 둘 수 없 었다.

 "호수야, 많이 놀랐지? 내가 순서를 엉망으로 만들었네. 사실 은 나."

 "오빠, 여자 있잖아요."

 앙칼지게 튀어나온 제 목소리에 호수도 놀랐다. 게다가 바람난 남자 친구를 원망하는 기분까지 들어 당황스러웠다.

 "뭐?"

 호수는 외면하며 책상으로 돌아가 가방을 정리했다. 쿵쾅거리 며 책을 정리하고 닥치는 대로 가방에 쓸어 담았다. 연석이 다급하게 쫓아와 물었다.

"그게 무슨 소리야? 내가 여자가 있다니?"

"거짓말쟁이."

또! 토라진 말투가 튀어나왔다. 호수는 제 감정을 다스리지 못하고 오히려 휘둘리고 있었다. 정신을 차리기 위해 체머리를 흔드는 호수를 보고 연석은 더 애가 탔다. 저를 거절하려고 호수가 독한 마음을 먹는다고 판단했다.

"이호수! 도대체 무슨 말이야?"

"여주연이요."

"……?"

걔가 왜 여기서 나오지? 연석은 아무 연관도 없는 이름 앞에서 멍청한 얼굴로 눈만 껌뻑였다.

"집안끼리 오래전부터 약속되어 있다던데요."

연석은 잠시 현실 감각을 잃었다. 전혀 예상치 못한, 금시초문인 소식이 저와 연관됐다는 사실이 와 닿지 않았다. 남의 얘기를 듣는 기분에 헤매던 것도 잠시, 순간적으로 여주연의 앙큼한 웃음이 떠오르면서 퍼즐이 맞춰졌다.

"하! 누가 그래?"

호수는 투덜거리며 그를 지나치려 했지만, 그의 커다란 몸에 길이 막혔다.

"누가 그랬어? 혹시 여주연이 그런 소리 하고 다녀?"

"그럼 아니라고요?"

"어. 아니야. 절대 아니야. 지금 여주연 데려올게. 네 앞에서 확인시켜 줄게."

당당하게 찾아와 따지던 모습이 거짓말이라고? 제 남자에게 꼬리 쳤다고 동기들 앞에서 망신을 준 것이 혼자만의 연극이었다고? 자신의 것에 눈독 들일 생각 말라고 은근하게 압력을 가하던 주연의 뻔뻔함이 놀라웠다. 극심한 피로감이 몰려왔다. 눈앞의 남자와 사귀든 말든. 어쨌든 가깝게 지내면 어떤 식으로라도 시달림을 받겠구나. 맥이 탁 풀렸다. 허무하면서 암담했다.

"아니에요. 그러거나 아니거나 제 입장은 똑같아요."

호수는 기운 빠진 목소리로 연석의 마음을 밀어냈다.

"나도야."

호수와 달리 연석의 목소리는 단호하고 힘이 넘쳐났다.

"네가 그러거나 말거나. 내 입장은 똑같아."

연석은 출사표를 던졌다. 사내가 입을 맞췄으면 신랑은 못 돼도 남자 친구는 돼야 할 일이었다. 확신에 찬 연석의 올곧은 눈이 갈등으로 떠는 호수를 붙들었다.

"기다릴게. 네가 마음의 준비가 될 때까지."

* * *

시원한 보폭을 자랑하며 복도를 지나는 연석에게 선망과 감탄의 시선이 몰려들었다. 몸에 착 감기는 고급스러운 맞춤 슈트를 입은 연석은 그러한 시선을 당연하게 즐겼다. 함께 걷는 해성의 긴장한 표정과 사뭇 대조적이었다.

"박 비서, 회의 끝나고 바로 식사했으면 싶은데 오늘 메뉴가 어떻게 되지?"

해성은 번뜩이는 안경테를 추켜올리며 비장한 어조로 답했다.

"왕돈가스 정식을 추천합니다. 대표님의 초딩 입맛을 충분히 만족시킬 메뉴라고 생각합니다."

연석은 손가락을 경쾌하게 튕기며 고개를 끄덕였다.

"OK! 식권은 내가 준비하도록 하지."

실컷 장단을 맞추던 해성은 비릿하게 코웃음을 쳤다. 이 바보스러운 모습을 혼자 보고 있자니 아쉬웠다.

"이 푼수 같은 꼴을 호수가 봐야 하는데. 진연석이 이렇게 꼴통인 걸 걔가 알아야 하는데."

순간 표정이 심각해진 연석이 복도 한가운데 우뚝 멈춰 섰다. 해성은 살짝 걸음을 물리며 연석에게 떨어졌다. 혹시 한 대 치려고 저러나? 호수에 관해서라면 미친놈이 따로 없다는 것에 생각이 미치자 별걱정이 다 들었다.

"그러게. 호수가 '벤처 경영과 마케팅' 수업을 안 듣는 게 원통하네. 나 오늘 더 멋있지? 이걸 호야한테 보여 줬어야 했는데. 아깝다."

"오늘은 과 사무실 안 오시려고?"

"가야지."

무슨 소리냐는 듯 연석의 눈썹이 비뚜름하게 치켜 올라갔다.

"그럼 이따가 보여 주면 되잖아."

"이 오빠가 프로페셔널하게 발표하는 모습을 보면 좀 반하지 않을까 싶어서."

굉장히 애석한 모습을 감추지 못하고 강의실로 들어가자 오늘 발표를 함께 할 조원들이 두 사람을 반겼다. 연석은 자신만만한 목소리로 화답했다.

"후배들 긴장 풀어라. 나만 믿어. 나는 항상 운이 좋거든. 물론 실력도 죽이지."

뻔뻔하지만 틀린 말이 아니니 뭐라 할 수도 없고. 해성은 이죽거리고 싶은 마음을 누르며 조원들을 독려했다.

"우리 조는 다행히 팀워크가 좋아서 결과도 좋을 거야. 준비한 대로만 하면 문제없어."

정리된 발표 자료를 나눠 가지던 조원들이 밝게 웃으며 고개를 끄덕였다. 연석이 발표 잘한다는 사실은 이미 검증된 바였고, 준비하는 내내 잡음이 없었던 보기 드문 팀플레이였다. 최하 A 학점은 떼놓은 당상이라고 예상했다.

"진짜 선배님들 믿고 이 주제를 택하긴 했지만, 너무 어려웠어요. 호수가 좀 도와줬기에 망정이지. 어휴."

"야, 여주연이 우리 조 아닌 것만 해도 다행이야."

한 명이 눈살을 찌푸리며 과장되게 진저리까지 쳤다.

"하긴. 그쪽 조는 벌써 난리더라. 이번에도 여주연 무임승차로 분열 일어나서 싸우고 난리야."

"호수가 도왔다고?"

"네. 호수가 자료 취합하고 정리하는 데 도사예요. 조별 수업할 때 다들 호수랑 같이하려고 난리잖아요."

역시 우리 호야 최고다. 연석의 입가에 흐뭇한 미소가 큼지막하게 걸렸다.

"근데 이건 뭐냐?"

연석은 후배들 자리마다 놓여 있는 프린트물을 들고 유심히 살펴보았다. 시험 족보라고 해도 좋을 만큼 환상적으로 정리된 노트 필기 복사물이었다. 글씨체부터가 주인의 빈틈없는 성격을 말해 주고 있었다.

"그거 호수 노트 복사한 거예요. 한번 훑어보고 시험 보면 좋거든요."

"야, 여주연은 호수한테 그 난리를 쳐 놓고도 호수가 한 필기들 다 갖고 있더라."

"진짜? 걔 정말 뻔뻔하다."

후배들의 대화에서 심상치 않은 기운을 느껴졌다.

"왜? 무슨 일 있었어?"

연석은 일부러 무심한 것처럼 표정을 꾸미고 남의 일인 듯 가볍게 물어봤다.

"아니…… 둘이 좀 그런 일이 있었어요."

그제야 서로 연석의 눈치를 보기 시작했다. 말을 하다 보니 분란의 핵심인 사람이 함께였다.

"뭔데?"

해성도 궁금함을 참지 못하고 캐물었다. 눈치를 보니 경영학과에서 모르는 사람이 거의 없는 사건이 벌어진 것 같았다. 어물거리며 망설이던 후배 하나가 총대를 메고 입을 열었다.

“차라리 말 나온 김에 물어볼게요. 연석 오빠, 진짜로 양다리예요?”

“뭐? 양다리? 내가?”

황당한 소리에 억울해진 연석의 눈이 황소 눈망울처럼 커졌다.

“네. 주연이하고 사귀다가 호수도 찔러 보신 거 맞아요? 아니면 여주연 말대로 호수가 먼저 형한테 꼬리 쳤어요?”

“나는 여주연 말 안 믿어. 호수가 그럴 리 없어.”

“그건 또 모르지. 여주연이 아무 근거 없이 그렇게 공개적으로 호수한테 따졌겠어?”

에라 모르겠다고 작심했는지 질문과 추측이 쏟아졌다. 경영학과를 뜨겁게 달군 삼각 스캔들에 대해 열띤 토론이 벌어졌다. 살벌하게 표정이 굳은 연석이 손을 들어 소란을 정리했다.

“이제 보니까 당사자는 나네. 니들끼리 떠들지 말고 자세히 말해 봐. 그리고 미리 말해 두는 데 난 모솔이야.”

“네? 설마!”

“뻥!”

연석의 말을 믿지 못해 아우성치는 후배들을 해성이 진정시켰다.

“응. 진짜야. 우리 연석이 보기와 달리 이제 막 자라는 새싹이야. 그러니까 어떻게 된 일인지 기승전결 갖춰서 일목요연하게 브리핑해 봐.”

해성의 바람과 달리 사건은 일목요연하게 정리되지 않았다. 서로 앞다투어 그날을 진술하고 개인적 의견을 내놓느라 아수라장이 벌어졌다. 발표가 코앞인 것도 잊고 침을 튀기며 흥분했다.

얘기가 다 끝나자마자 분위기가 뚝 끊어졌다. 삭막한 침묵만 남았다. 연석은 조용하게 랩톱을 켜고 화면에 오늘 발표할 PPT를 띄웠다. 표정은 차분했지만, 알 수 없는 전운이 감돌았다. 준비를 다 마치고 나서야 연석은 고개를 들고 자신의 반응을 살피는 후배들을 쳐다봤다. 진정성 깊은 눈빛에 벌써 다들 그를 믿기 시작했다.

"궁금할 테니 한마디만 할게. 여주연이 한 말은 다 거짓이야. 호수가 그런 일을 당했다는 게 너무 어이가 없다."

연석은 담배 생각이 간절했다. 병신같이 호수가 당한 줄도 모르고 호수와의 입맞춤을 되새기며 황홀했던 며칠이 죄스러웠다.

"오빠!"

마침 주연이 강의실로 들어오며 연석을 향해 손을 흔들었다. 연석은 그 모습을 빤히 쳐다봤다. 평소 같으면 여주연이 손을 흔들건 춤을 추건 알 바 아니었지만, 오늘은 새삼 의미 있게 느껴졌다. 지금까지 주연이 학교에서 유난히 친근하게 굴던 것이 단순한 반가움의 표현이 아니었다는 사실에 구역질이 났다. 떡 줄 사람은 네 존재도 모르는 데 거하게 물김치 들이켜는 꼴이 치가 떨리게 우스웠다. 연석의 속마음을 알 리 없는 주연은 비타민 음료를 내밀며 화사하게 웃었다.

"오빠, 오늘 너무 멋있다. 우리 엄마가 오빠 슈트 입은 거 진짜 근사하다 칭찬하더니 정말이네."

주머니에 손을 찌르고 선 연석은 미미한 미소만 지은 채 아무

대꾸도 하지 않았다. 주연은 자신을 지그시 응시하는 연석의 시선과 은근한 미소를 오해했다. 긴 머리를 수줍게 넘기며 주변을 의식했다.

강의 시간이 임박해 오고 있었다. 백여 명을 수용하는 계단식 강의실이 거의 다 채워졌다. 시간을 확인하고 자리에서 일어선 연석이 마지막으로 핀 마이크를 슈트 깃에 꽂았다.

"아, 아."

마이크 성능을 확인한 연석이 호흡을 가다듬고 주연 앞에 버티고 섰다.

"네가 하도 공개적인 걸 좋아해서."

대형 강의실에 연석의 목소리가 또렷하게 울렸다.

"네 말대로 우리가 집안끼리 잘 알지. 나한테 여주연은."

주연이 두 손으로 제 입을 막았다. 기대에 찬 눈이 촉촉하게 반짝거렸다. 잡담으로 웅성거리던 강의실이 조금씩 정돈되기 시작했다.

"나한테 존재감이 전혀 없었거든."

연석의 입꼬리가 사악한 곡선을 그렸다. 그제야 이상한 낌새를 눈치챈 주연의 미소가 조금씩 식어 갔다.

"그런데 이제 존재감이 생기네. 아주 '별, 로'야. 너라는 애를 허위 사실 유포로 고소하고 싶은 걸 꾹 참고 있다는 거 명심해."

마이크를 끈 연석이 한 걸음 더 주연에게 다가갔다. 불쾌함이 짙게 밴 눈이 매섭게 얼어붙어 있었다.

"없는 죄도 만들어 씌우고 싶어. 호수한테 한 것의 몇 배로 갚아

주고 싶어, 비열한 것."

주연의 얼굴이 하얗게 질렸다. 바들바들 떨리는 입술이 아니면 똑 닮은 밀랍 인형이라고 해도 믿을 것처럼 하얗게 굳어 버렸다. 이런 망신을 주다니. 주연은 쏟아질 것 같은 눈물을 자존심으로 버티며 삼켰다. 등 뒤에서 키득거리는 소리와 쑥덕거리는 소리에 죽고 싶었다. 짧은 순간 자퇴를 결심하기까지 했다. 그렇게 독한 말을 해 놓고, 사람들과 태연하게 웃으며 대화하는 연석이 무섭고도 얄미웠다. 진연석과 이호수. 둘 다 가만두지 않겠다고, 절대 용서하지 않겠다고 마음먹으며 강의실 밖으로 도망쳤다.

* * *

받지 않는 전화에 지친 연석은 한숨과 함께 핸드폰을 내려놓았다. 소주잔을 채우는 연석의 손을 해성이 붙들었다.

"그만 마셔. 그러다 술병 나서 내일도 호수 못 보겠다."

"이제 내 전화 안 받으려나 봐."

"비약하지 마. 내 전화도 안 받잖아."

연석은 다시 핸드폰을 들었다.

"야! 5초도 안 지났어. 그만 좀 해. 스토커라고 더 소름 끼친다고 하면 어쩌려고 그래!"

"아악! 그럼 나더러 어쩌라고!"

버럭 내지른 소리가 술집 안의 시선을 불러 모았다. 혀를 끌끌 차던 해성이 하는 수 없다는 듯 자신의 핸드폰을 들었다.

"호수가 어디 있는지 찾아 주면 되는 거지?"

"뭐야. 방법이 있으면서 그러고 있었어? 당장 알아봐!"

"지시하지 마. 계속 모른 척하기 전에."

"알아봐 주십쇼, 조교 나부랭이님."

연석이 내던진 팝콘을 날름 받아먹던 해성이 빙긋 웃으며 통화를 시작했다.

"안성실 양? 저 이호수 선배 박해성이에요. 혹시 호수 못 봤어요?"

통화하는 해성의 눈이 점점 동그래지더니 껌뻑거렸다. 눈앞의 연석이 귀를 쫑긋 세우고 있는 것을 보며 어색하게 웃었다. 전화를 끊은 해성은 머리를 긁적이며 피식피식 웃음을 흘렸다.

"왜? 뭐라는데? 모른대?"

"일단 가 보자. 호수가 지금 꽐라가 됐단다. 술도 못하는 자식이……."

중얼거리며 주섬주섬 일어서는 해성을 제치고 연석이 먼저 술집을 나섰다.

"야! 어딘지도 모르면서 왜 뛰어? 술값 안 내냐?"

* * *

요란하고 번잡한 노랫소리에 정신이 사나워진 연석은 절로 인상이 찌푸려졌다. 노래방 복도를 따라 걷던 둘은 막 지나쳤던 방 번호를 다시 확인하고는 문을 열었다.

"헐! 이게 무슨 대환장 파티냐."

천하의 이호수가 꽥꽥 고함을 치며 마이크를 낚아채더니 전혀 어울리지 않는 트로트를 부르는 순간을 목격했다.

"찰랑찰라앙! 찰랑대네."

해성은 낯선 장면에 놀라 오히려 마음이 차분해지는 기이한 경험을 했다. 멀쩡한 성실이 일어나 두 남자에게 인사를 했다. 해성이 혀를 내둘렀다. 어디서 많이 듣던 노래였지만, 누군가 부르는 것을 실제로 본 적은 처음이었다. 게다가 호수의 손에서 노는 탬버린 사위가 범상치 않았다. 무엇이 손이고 무엇이 탬버린인가. 현란하게 흔들리는 탬버린을 보다가 혼이 날아갈 것 같았다.

"야, 박해성."

부르는 소리에 천천히 옆을 돌아보자 연석이 꽤 심각한 얼굴로 립밤을 바르고 있었다. 항상 단정하고 똑 부러지는 호수의 흐트러진 모습에 꽤 놀란 눈치였다.

"이해해라. 호수도 사람이니까 저런 면이 있겠지."

"호야는 노래를 엄청 못 부르는구나. 진짜 귀엽다. 어후, 내 마음이 찰랑댄다."

뭐야. 이 자식. 이 와중에 더 반한 거야?

연석은 생뚱하게 저를 쳐다보는 해성을 남겨두고 호수에게 다가갔다. 열창하던 호수가 연석을 알아보더니 반가운 환호성을 질렀다. 들고 있던 마이크를 성실에게 던지듯이 맡기더니 큰 소리로 연석을 불렀다.

"와! 진연석이다!"

"그래. 호수, 술 많이 마셨구나."

자신에게 다정하게 말을 거는 연석에게 날 듯이 다가온 호수가 그의 목을 조르듯이 매달렸다.

"어어! 호야, 조심……."

순식간에 벌어진 일이었다. 술 냄새가 밴 호수의 입술이 연석의 말을 삼켜 버렸다. 모두의 눈이 휘둥그레졌다. 두 사람의 찰랑찰랑한 마음이 쏟아진 순간이었다.

* * *

"끄응……."

호수는 무거운 머리를 부여잡고 몸을 뒤척였다. 수탉의 튼튼한 부리가 뇌를 쪼아 대는 것 같은 극렬한 두통 때문에 눈을 뜨기도 버거웠다. 이마에 손을 얹자 미열까지 느껴졌다. 하아, 한숨을 내뿜자 술 냄새가 진동했다.

"미쳤어. 미쳤어. 음! 음! 아! 아!"

목이 말라 목소리도 쩍쩍 갈라져 나왔다. 그나마 오전 수직이 없는 날이라 다행이었다. 도서관에 들르는 아침 습관도 오늘 하루 쉬어야겠다고 마음먹으며 자리에서 일어났다.

고맙게도 물병이 채워져 있었다. 이름값 하는 성실이 공동 정수기에서 받아다 놓은 지 얼마 안 된 것 같았다. 물병 표면에 맺힌 물방울이 시원한 물이라고 알려 주고 있었다. 오아시스를 만난 사막의 미아 같은 몰골로 손까지 떨며 머그컵 한가득 물을 따르던 호수는 그만 컵을 떨어뜨렸다.

"뭐, 뭐야!"

바닥에 떨어진 머그컵은 손잡이가 뚝 떨어져 나갔다. 슬리퍼와 바닥에 물이 흥건했지만, 그런 것들을 느낄 정신이 아니었다.

"뭐야. 이게…… 이게 왜 여기 있어?"

왼손 네 번째 손가락. 섬세한 문양이 정교하게 새겨진 은반지가, 진연석의 새끼손가락에 있던 그 반지가 호수의 손가락에 얌전하게 자리 잡고 있었다. 비틀, 휘청이는 몸을 이기지 못하고 호수는 바닥에 쪼그려 앉았다.

생각, 생각을 해 보자. 기억해야 해. 이호수!

뇌를 가동할수록 머리가 콕콕 쑤셨다. 속이 울렁거려 당장 구토를 쏟아 낼 것 같았다.

"어우. 어제의 미친 나야, 도대체 뭘 한 거야?"

뽀뽀! 찰나의 영상이 눈앞을 스쳤다. 뽀뽀를 했다. 내가 진연석한테 매달리고 입을 맞췄어!

"<u>흐흐흐흐. 으허헝헝허허허허!</u>"

흐느낌 같은 공허하고 기묘한 웃음소리가 가슴 깊은 곳에서부터 올라왔다. 한동안 미친년같이 웃던 호수의 얼굴이 평소처럼 차갑고 단정해졌다. 정신을 차리려는 의지가 눈빛을 활활 태웠지만, 안타깝게도 신체가 정신을 따르지 못했다. 그야말로 암전. 한숨과 함께 어깨가 내려앉았다.

"그건 그렇고. 이 반지는, 그래서 이건 뭔데!"

망각의 강이라도 건넌 것처럼 그 이후의 일이 까마득했다. 차라리 기억 안 나는 것이 나은 걸까? 그래도 반지는 돌려줘야 할 일이었다. 다시 정신을 차리고 손잡이가 떨어진 컵에 물을 따랐다. 한 모금씩 찬찬히 마시며 생각에 빠져 있는데 문이 열렸다.

"아, 술 냄새!"

콧노래를 부르며 들어오던 성실이 반사적으로 인상을 구기며 외쳤다.

"미안."

성실은 아직 자는 줄 알았던 호수가 깨어서 앉아 있자 설핏 놀란 표정이었다.

"벌써 일어났네? 괜찮아?"

"아니. 머리가 너무 아파. 컨디션이 엉망이야."

"그래. 너 어제 좀 너무 달린다 싶었어. 책상 위에 약은 먹었어?"

"약? 무슨……."

두리번거리던 호수의 시야에 드링크제와 알약이 보였다.

"그래. 그거. 숙취해소제."

"고맙다. 자상한 내 룸메."

"뭔 소리야. 그거 네…… 푸풉!"

말을 하던 성실이 이유 없이 웃기 시작했다. 호수는 제 꼴이 그리 엉망인가 싶어 급히 일어나 거울을 들여다봤다. 조금 많이 붓기는 했지만, 딱히 웃길 만한 요소는 없어 보였다.

"왜?"

"그 약, 네 남친이 사 놓은 거야. 풉!"

"나, 남친이라니?"

이건 또 무슨 소리야. 냉수 마신 덕에 조금 괜찮아졌던 두통과 울렁거림이 다시 몰려왔다. 그리고 또 한 번, 황망하게 멈춰 있는 호수의 의식을 발랄한 성실의 목소리가 깨웠다.

"맞다. 너 일어나면 꼭 전화하라고 말해 주라고 했는데. 네, 남, 자, 친, 구, 가."

성실은 생글생글 웃으며 호수의 핸드폰을 눈짓으로 가리켰다. 호수의 머릿속이 빠르게 논리력을 갖추기 시작했다. 뜬금없는 남자 친구와 반지 그리고 충동적인 뽀뽀. 그 모든 것이 가리키는 한 남자.

"성실아, 아! 머리야. 나 지금 뇌 내 망상이 막 떠오르는데. 내가 어제 뭔가 큰일을 친 것 같아."

"응. 맞아. 어제 너한테 깊이 감명받았어. 원하는 것을 단숨에 쟁취하는 패기. 나도 그렇게 해성 오빠에게 들이댈 것이야."

밤새 남친이 생겼다. 그런데 그 '남친'이 정말 진연석이야. 그런 거야. 그렇게 돼 버린 건데. 이거 꿈 아닌가?

호수는 의미심장하게 웃는 성실에게 자초지종을 듣는 속 편한 길을 택했다.

"그래. 그 감명받은 일 좀 자세하게 설명해 줘."

성실이 신난 얼굴로 호수의 앞에 의자를 끌고 와 앉았다. 룸메이트의 흥미진진해 죽을 것 같은 표정을 보자 호수는 더 죽을 것 같았다. 무엇을 상상하든 그 이상이겠지. 눈동자를 데굴데굴 굴리던 성실이 막 입을 떼려던 찰나. 드르르륵. 드르르륵. 호수의 핸드폰이 책상 위를 긁었다. 메시지가 액정에 잠시 떴다 사라졌다.

"잠깐만."

메시지를 확인한 호수는 온몸이 오그라드는 느낌이었다. 이 말투 뭐야? 차라리 쪼글쪼글 오그라들어서 쥐구멍에 숨어 버리고 싶었다.

[예쁜 호야, 일어났니? 일어나면 오빠한테 전화 좀 해 줘. 꼭!]

세상 다정해. 어쩌면 좋아. 내가 이 사람을 꼬셔 버렸어.

"성실아, 나 오늘 강의 다 째야겠어. 아니, 휴학할까?"

호수는 네 번째 손가락의 반지를 망연자실 쳐다보았다. 하필이면 잘 맞았다. 반지까지 자신을 보며 느끼하게 웃는 것 같았다.

* * *

호기롭게 자체 휴강을 외쳤던 호수는 생긴 것과 달리 개미 심장이었다. 게다가 한순간의 객기로 한 학기 장학금을 날릴 수 없었다. 호수에게 'NO 장학금'이야말로 휴학인 셈이었다. 빨리 졸업하고 경제적으로 독립하는 것만 꿈꾸고 버틴 3년이었다. 이 정도로 해이해질 수 없었다.

'남친'이 사 줬다는 숙취해소제를 먹었는데도 두통은 여전했다. 아침 공기가 제법 서늘한데도 식은땀이 날 정도로 숙취가 괴로웠다. 어제 홧김에 술을 마시는 것이 아니었는데. 호수는 아랫입술을 지근지근 깨물며 불쾌한 기억을 떠올렸다. 얌전하게 걷던 호수에게 씩씩대며 다가와 책과 가방을 집어 던지던 여주연. 인문대 건물 로비에 가득한 시선들이 둘에게 다닥다닥 들러붙었다.

조용하게 없는 듯이 살고자 하는 자신을 다들 왜 이렇게 건드리는지. 복받치는 짜증을 억누르며 그냥 지나치려던 호수의 옷을 잡아끌고 주연은 나직한 소리로 윽박질렀다. 이를 악문 주연은 죽일 듯한 눈으로 호수를 노려보았다.

'거지 같은 게. 그런다고 네가 신분 상승이라도 할 수 있을 것 같아?'

호수는 손으로 이마를 문지르며 울컥 올라오는 감정을 다스렸다. 진짜 이 아이는 귀가 막힌 건지, 생각이 막힌 건지 걱정스러울 지경이었다.

'기승전결 몰라? 생각나는 대로 지껄이지 말고 알아듣게 말해.'

'도대체 연석 오빠를 어떻게 꼬신 줄 몰라도. 웃기지 마. 잠깐이야. 너 같은 애를 처음 봐서 그래. 그 오빠가.'

'지겹다. 진짜. 너 정신병 있니? 내가 몇 번 말해야 해?'

'너야말로 정신 차려. 너 같은 것들은 백날 노력해도 우리 세상에 발 못 들여.'

너 같은 것. 호수는 툭 하니 코웃음을 쳤다. 솔직히 주연의 자신감이 샘났다. 안다. 너희들의 세상이 다른 것을. 아등바등 기어올라 봐야 턱도 없다는 것도. 그래도 밟는 대로 뭉개지고 싶지 않은 자존심이 호수의 승부욕을 긁었다. 게다가 먼저 저를 흔든 것은 분명 진연석이었다. 못 이길 것도 없었다. 일장춘몽이어도 꿈은 꿀 수 있었다.

'들이면.'

'뭐어?'

'너희들 세상에 발 들이고 말면 어떡할 건데? 진짜 보여 줘? 내가 꼬셔 봐? 이왕 억울한 김에 못 할 것도 없어.'

'이제 본색 드러내는 거야?'

질끈 문 주연의 턱이 파르르 떨렸다. 화를 참는 건지, 두려움에 떠는 건지 알 수 없었지만, 이만큼만 해도 충분히 눌러 준 것 같았다. 호수는 마지막으로 쐐기를 박듯 비아냥거렸다.

'겁났구나?'

비릿한 코웃음을 남기며 돌아서는 호수의 뒤로 주연의 악에 받친 고함이 높았다.

'야!'

그길로 성실을 만났고 우울한 기분을 달랜답시고 체질에 맞지도 않는 술을 안주도 없이 퍼마셨다. 말이 씨가 된다더니. 주연을 골려 주려고 뱉은 말이 하룻밤 사이에 이루어졌다. 마치 마법처럼. 호수는 과잠 주머니에 든 연석의 반지를 한 번 더 확인하면서 강의실로 들어갔다.

"호수야! 오빠 여기 있다."

강의실에 들어가자마자 연석의 목소리가 들렸다. 호수의 확장된 동공이 당황으로 흔들렸다. 오늘 동공 지진이 자주 일어난다. 게다가 지진 강도는 점점 세지고 있었다. 아니, 저 선배가 왜 이 강의를 들어와? 반갑게 손을 흔들며 자신을 맞이하는 나도 모르는 '남친'이라니. 호수의 얼굴이 순식간에 시뻘게졌다. 술에 쩔은 자신의 몰골과 달리 연석은 여느 때보다 더 잘생겨 보였다. 심지어 샤방샤방 빛난다.

심히 부담스러운 다정한 말투를 듣자 숙취 때문이 아닌 다른 의미의 식은땀이 흘렀다. 혼자 찔리는 것인지 몰라도 그의 목소리는 누가 들어도 각별한 사이로 들릴 것 같았다.

"연석 오빠, 안녕하세요."

그래서 일부러 더 깍듯하고 부자연스럽게 인사했다. 대기업 회장님을 뵙듯 허리까지 반듯하게 90도를 굽혀서.

"이리 와."

미리 자리를 맡아 뒀는지 연석은 제 옆 의자에 올려놨던 가방을 치우며 호수에게 손짓했다. 잠시 망설이던 호수는 반지도 돌려줄 겸 순순히 그에게 다가갔다.

"속은 좀 괜찮아? 내가 사 준 약은 먹었어? 왜 전화 안 했어? 내메시지 못 받은 거야?"

자리에 앉기도 전에 연석의 질문이 추풍낙엽처럼 쏟아졌다. 호수는 주변을 빠르게 훑으며 작은 소리로 하지만 힘을 실어 속닥거렸다.

"선배님, 좀 조용히. 근데 왜 여기 계세요? 이 수업 안 듣잖아요."

"네가 알려 줬잖아. 꼭 나오라면서."

내가? 어제 진짜 무슨 짓을 한 거야.

호수는 얼굴을 감싼 채 책상에 엎드렸다. 그 위로 연석의 몸이 바짝 기울어졌다.

"왜 그래, 호야. 부끄러워하는 거야? 나는 막 자랑하고 싶어서 가슴이 터질 것 같아."

"좀 떨어져서 말씀하세요."

연석은 싸늘하고 빠른 호수의 말투에도 아랑곳하지 않았다.

"예쁘다, 우리 호야. 오늘 점심은 나가서 먹자. 오빠가 맛있는 거사 줄게."

"말 중에 그... 오빠 소리 좀 그만 넣어주세요. 그리고 이제는."

호수의 말이 끊어졌다. 연석의 기름한 손가락이 호수의 아랫입술 위에 올라왔다. 걱정스러운 눈빛에 가득한 저 알 수 없는 분위기는 뭘까. 뭔데 이렇게 부끄럽고 간지러울까. 호수는 손가락을 피하지 못하고 연석의 눈빛을 헤아리는 데 정신이 팔렸다.

"입술이 생각보다 괜찮네? 난 혹시 부르텄을까 봐. 너 주려고 약국에서 립 케어도 사 왔는데."

"입, 입술이. 제 입술이 왜요?"

"이거 내가 바르는 건데. 효과 좋아."

립밤 뚜껑을 열자 향긋한 바닐라 향이 은은하게 퍼졌다. 손수발라 줄 참인지 가만히 호수의 턱을 붙들고 다가왔다.

"제, 제가 할게요."

"여기서 키스하기 전에 가만히 있어."

놀라서 흡! 숨을 멈춘 호수의 입술에 정성스러운 움직임이 스쳤다. 말 잘 듣는 아이가 된 호수는 멀뚱히 눈을 깜빡이며 입술 케어의 시간이 끝나길 바랐다. 눈동자가 새까맣게 짙어진 연석이 나직이 탄식하는 소리가 들렸다.

"또 먹고 싶다. 네 입술. 어제 실컷 했는데도 성에 안 차."

놀란 호수의 입이 더 크게 벌어졌다. 어제 실컷…… 했구나. 키

스했네 했어. 얼마나 했길래 내 입술이 걱정돼서 립밤을 사 왔단
말인가. 어쩐지 입술이 불편하더라.

"호야, 반지는 어디에다 뒀어?"

연석의 눈매가 날카롭게 가늘어졌다. 잠시 스친 눈빛에서 광적
인 집착이 느껴졌다. 마른침을 삼킨 호수가 결심을 굳히고 빠르
게 내뱉었다.

"오빠, 어제는 제가 술김에."

"실수 아니야."

호수의 말을 단호하게 끊은 연석은 천천히 고개를 저었다. 너
무나 간절하고 다정한 눈빛에 어울리는 부드러운 속삭임이 연이
어 들렸다.

"호야, 그럴 리 없어."

그 목소리가 호수의 내면을 깨웠다. 그에게 흔들린 적 있지 않냐
고, 여주연한테 밀리지 말라고. 진심과 오기가 호수를 유혹했다.

"그러니까요."

그렇게 인정해 버렸다. 사실 이 선배를 좋아한다고 대오 각성해
버렸다. 연석이 짓궂게 웃으며 손을 내밀었다.

"반지 어딨어. 다시 끼워 줄게."

"제가 낄게요."

"여기서 무릎 꿇고 프러포즈 하기 전에."

호수는 순순히 반지를 꺼내 놓았다.

"여기요!"

큰일 났다. 여유 만만하게 건들거리는 저 자뻑스러운 웃음이 귀

여워 보인다. 호수는 제 손가락에 다시 끼워지는 반지를 보며 심장이 설렘으로 부푸는 것을 느꼈다.

* * *

전분기 진득한 맑은 국물을 후루룩 마신 호수는 입을 하, 벌리고 뜨거운 김을 날려 보냈다. 담백하고 뜨끈한 국물이 위장에 도착하자 속이 확 풀리면서 정신이 번쩍 들었다. 통통하게 살 오른 갑오징어에 면발을 감아서 한입 가득 넣고 김을 식히느라 또 입을 하, 벌렸다. 풍요로운 맛에 기분이 좋아진 호수는 어깨를 들썩이며 콧노래를 불렀다. 그러다 연석과 눈이 마주쳤다. 맞은편에 앉은 연석은 제 몫의 짜장면은 손도 안 대고 벙싯 웃기만 하고 있었다. 호수는 저 혼자 게걸스럽게 먹은 것이 뺄쭘했다.

"뭐 해요. 안 먹고?"

"안 먹어도 배부르다는 말의 심오함을 깨닫는 중."

어으, 느끼해. 호수는 절로 인상이 써졌다. 저런 말을 서슴없이 하는 사람을 이해할 수도 없었고, 받아들일 만큼 너그럽지도 않았다. 민망한 말을 어떻게 소화해야 할지 몰라 무심하게 받아쳤다.

"그런 건 부모님들이 하는 말이에요."

"노 노. 사랑하는 사이에 하는 말이야. 방금 알게 됐어."

"얼른 짜장이나 비벼 봐요. 나도 먹어 보게."

그제야 정신 차린 연석이 먹음직스러운 불향이 나는 짜장을 비비기 시작했다. 이 짜장을 한입 가득 넣고 오물거릴 귀여운 모습을 생각하니 정말 배고픈 줄 모르겠다. 윤나희 여사 말씀에 복스럽게 잘 먹는 것만큼 예쁜 것이 없다더니, 진정 명언이었다. 연석은 고르게 비빈 짜장면을 호수 쪽으로 밀었다. 덤덤한 얼굴에 반짝 흥미가 도는 모습을 보니 뿌듯했다.

"한 젓가락만 먹을게요."

푸짐하게 젓가락에 면발을 휘감더니 정말 볼 한쪽이 불룩해지도록 입에 넣고 맛있게도 먹는다. 꼭꼭 씹어 꿀꺽 삼킨 호수가 내내 저를 빤히 쳐다보는 연석에게 변명했다.

"입맛이 별로인 거 같아서 도와드린 것뿐이에요."

"응. 알아."

"커피는 제가 살게요."

"그래. 그래."

아무렴 어때. 호수가 원하는 대로. 뭐든지 네 뜻대로. 짝사랑의 고해에서 해탈한 연석의 입가에 자비로운 미소가 떠나지 않았다.

* * *

연석은 호수와 함께 걷는 길이 흡족했다. 샛노란 은행잎이 카펫처럼 깔린 본관으로 향하는 길이 오늘따라 더 예뻐 보였다. 사실 두 사람 모두, 아직은 연애한다는 것이 실감 나지 않았다. 연석은 너무 좋아서 이것이 꿈이야 생시야, 하는 상황이었고, 호수는 지워진 기억 속에서 무슨 일이 있었는지 아리송한 마음이었다.

"이런 커피도 저는 자주 못 사요. 미리 알고 계세요. 대신 학교

자판기 커피는 괜찮아요."

　연애라는 것에 꽤 큰 비용이 든다는 것을 이전 경험으로 터득한 호수는 미리 양해를 구했다.

"안 사도 돼. 그리고 반말로 해 줘."

"에?"

"반말하라고. 반말하는 게 좋더라."

　뭔가 변태 같다는 생각을 하며 호수는 말을 돌렸다.

"하여튼 저도 염치라는 게 있어요. 얻어먹고 모른 척하기 힘들어요."

　마냥 구름 위를 걷던 연석의 기분이 잠시 지상을 밟았다.

"나도 미리 알려 줄게. 나는 호수 네가 정말 좋아."

　어휴, 또! 또! 호수의 걸음이 빨라졌다. 낯부끄러운 소리가 들리자 무의식이 방어하려 했다. 연석은 긴 다리로 성큼 따라붙어서 호수의 옆자리를 지켰다.

"나는 지금 계산 따위 할 정신도 없어. 그러니까 호야, 우리 편하게 사귀자. 누가 어떻고 저렇고 그런 거 다 내려놓고 싶어."

　호수는 대충 고개를 끄덕였다. 연석의 바람과 달리 반만 믿는 마음이었다. 계산하지 않고 산다는 것의 느낌조차 가늠하기 힘든 호수로서는 상징적인 미사여구로 들릴 뿐이었다. 그건 그렇고 이제 상황을 좀 정리해야 할 것 같았다. 어쨌든 사귀기로 했으니 일의 전후 사정은 알고 싶었다.

"우리 저기 좀 앉아요."

　호수가 주차장 옆 벤치에 앉으려 하자 연석이 고개를 저으며 조금 더 들어간 곳의 커다란 나무 아래 벤치를 가리켰다.

"여기보다 저기가 더 좋아."

"왜요?"

여기나 저기나. 호수는 갸우뚱 고개를 기울였다. 연석은 아무 말 없이 호수의 손을 잡고 자신이 가고자 하는 곳으로 걸음을 옮겼다. 호수는 잡힌 손이 어색했지만, 연석의 태도가 너무 스스럼없어 빼는 것이 더 이상한 분위기였다.

벤치 앞에 선 연석은 호수가 메고 있던 가방을 내리게 했다. 자신이 입고 있던 사파리 점퍼를 호수의 어깨에 걸쳐 주고 나서야 자리에 앉았다.

"저 안 추워요."

"그늘이라서 시간 지나면 추워져. 좀 두껍게 입고 다녀. 감기 걸리겠어."

둘은 벤치에 나란히 앉았다. 호수는 커다란 점퍼의 무게가 온몸을 포근하게 감싸는 것이 기분 좋았다. 항상 연석에게 풍기던 시원한 향이 코끝에 은은하게 감돌았다. 호수는 자신도 모르게 작게 읊조렸다.

"따뜻하다."

용케 알아들은 연석이 작고 동그란 머리통을 살며시 쓰다듬었다. 두 번, 세 번 쓰다듬던 손에 살짝 힘이 들어가더니 그대로 제게로 이끌어 단정한 이마에 입을 맞췄다. 생각지 못한 다정한 접촉에 몸이 굳은 호수는 눈을 굴려 주변을 둘러봤다. 다행히 지나는 사람들 아무도 신경 쓰지 않는 분위기였다. 발끝에 차이는 수

북한 은행잎을 지분거리던 호수가 입을 열었다.

"어제…… 그러니까 제가 정확히 기억이 안 나요."

"네가 키스했어. 나 그런 키스 처음이야. 내 순결을 네가 앗아 갔다고."

어이없게도 연석은 해사하게 웃고 있었다. 호수는 뽀로통하니 눈을 흘겼다.

"그런 억울한 표현을 쓰기에 적절치 못한 표정이잖아요. 지금."

"뭐 어쩌겠어. 이미 벌어진 일을……."

"아, 진짜! 장난 그만해요."

호수는 발끝으로 은행잎을 차서 느물거리는 연석에게 날려 버렸다.

"정말이야. 넌 어디까지 기억하는 건데?"

"노래방에 해성 오빠랑 오빠가 같이 오셨잖아요."

"잠깐."

"……?"

"왜 해성이 이름부터 말해? 엄연히 내가 네 남자친군데."

이 철없고 유치한 '남자 친구'와 정말 계속 가도 되는 걸까. 호수는 착잡한 심정으로 연석을 째려봤다.

"하여튼 해성 오빠하고 같이 오신 걸…… 제가 몹시 환영한 기억은 나요."

"그래. 그리고 네가 너무 취해서 다 같이 나왔어. 기숙사까지 같이 걷다가 우리 둘이 여기 앉아서 잠시 쉬었고."

"여기요?"

그래서 여기에 앉자고 했구나. 호수는 새삼 주변을 꼼꼼하게 둘러봤다.

"응. 이 벤치에서 얘기하다가 키스하고 뭐…… 키스했으니까 사귀기로 했지. 혹시 몰라서 증거로 내가 반지 끼워 줬잖아."

정말 그게 다라고? 생각보다 별것 없고 맹숭맹숭한 내용이었다.

"잠깐만요. 그러니까 술김에 키스하고."

"내가 싫어?"

"어…… 아니요. 그건 아닌데 솔직히 제가 오기를 부린 것 같아요."

여주연을 향한 못난 마음이 어느 정도 작용을 했으니 연석에게 미안했다.

"싫지 않으면 된 거야. 어차피 너도 나를 많이 좋아하게 될 거니까."

뭐야. 저 자신감.

하지만 부정할 수 없었다. 벌써 연석이 전보다 좋아진 것 같으니까. 말똥하게 뜬 눈으로 저를 보는 호수에게 싱긋 웃어 보인 연석이 여자 친구의 입술을 부드럽게 머금었다.

* * *

그러니까 어젯밤. '몹시' 환영받은 연석은 황홀한 기쁨을 제대로 만끽할 틈을 얻지 못했다. 기습 뽀뽀를 저지른 호수는 연석의 목을 끌어안은 그대로 고꾸라졌다. 연석은 하는 수 없이 혼수상태 급으로 취한 호수를 둘러업고 노래방을 나왔다. 썸 타기에 돌입한 해성과 성실이 알콩달콩 기숙사로 멀어지는 것을 보며 뒤를 따랐다. 등 뒤의 작은 몸이 전하는 따스한 체온과 조금 전 부딪힌 입술의 생생한 감촉에 정신이 몽롱했다. '착한 생각, 좋은 마음'을 연신 중얼거리며 걸었다.

"진연석……."

"호야, 정신 좀 들어?"

"아니. 안 들어."

그래. 그런 것 같다. 반말을 픽픽해 대는 것이 평소의 이호수가 아니었다.

"물. 나, 물 마실래."

응석 부리듯 응얼거리는 호수의 목소리에 뱃속이 간질간질했다. 당장 땅을 파서 우물이라도 만들어 줄 수 있을 것 같았지만 다행히 가방 속에 생수가 있었다. 주변을 둘러보던 연석은 멀지 않은 곳 벤치에 자리를 잡았다. 앉혀 놓으면 쓰러지고 일으켜 놓으면 드러눕는 호수를 간신히 고정해 놓고 물병을 찾아 쥐여 주었다.

"어휴, 너 정말. 어쩌자고 이렇게 마신 거니."

손에 들린 물도 제 입까지 제대로 가져가지 못하는 호수를 보며 연석은 애를 끓였다. 하는 수 없이 제 손으로 아기 새에게 먹이듯 조금씩 입에 흘려주었다.

"무슨 일이 있었어?"

연석은 허물어지는 호수를 받쳐 들며 물었다. 응…… 하고 답하더니 훌쩍이는 소리가 들렸다.

"호야, 왜 울어? 진짜 왜 그래?"

"너 때문이야! 나는 억울하다!"

벌떡 일어나 소리 지르는 호수의 눈에 원망이 가득했다. 연석은 저 때문에 이 지경이 되도록 술을 마셨다는 것에 눈이 돌아갔다. 자꾸만 고꾸라지는 호수를 붙들고 세차게 흔들었다.

"호해, 누가 그랬어? 응? 말해. 누가! 뭐라고 했어! 혹시 여주연이야?"

"몰라. 미워."

귀찮은지 연석의 팔을 떼어 낸 호수는 몸을 늘어트렸다.

"말해 봐. 내가 혼내 줄게."

"고마워."

그러더니 눈꺼풀도 늘어트리고 꾸벅꾸벅 졸기 시작했다. 사람 피를 말리는구나. 연석은 재킷을 벗어서 호수에게 덮어 주었다.

황금빛 은행잎이 바람을 타고 눈송이처럼 떨어졌다. 부연 달빛 속에 호수와 이렇게나마 앉아 있으니 꼭 연인이 된 것 같고 마음이 싱숭생숭했다. 긴 숨을 내쉰 연석은 터질 듯한 가슴을 어떻게라도 해 볼 요량으로 혼자 중얼거렸다.

"호야, 정말이야. 내가 혼내 줄게. 네 눈에 나란 놈이 어떻게 보이는지 모르겠지만, 너를 정말 좋아해. 잘해 주고 싶어. 오늘 너한테 멋있게 보이려고 새로 맞춘 슈트도 입었는데 내일의 너는 기억 못 하겠지? 아니, 나한테 관심이라도 있어?"

아, 미치겠다. 이런 바보 같은 짓을 왜 하고 있는 거야. 자괴감에 빠져 놓고도 연석은 독백을 그만두지 못했다.

"너한테 미안한 것도 있어. 흠! 솔직히 좀 나쁜 생각도 해. 널 보면 안, 안고 싶고 실컷 키스……도 하고 싶어."

"해라."

비척거리며 몸을 일으킨 호수가 게슴츠레한 눈을 껌뻑이고 있었다. 귓불이 벌겋게 달아오른 연석은 홧홧한 열기에 얼굴이 사그라들 것 같았다.

"……자는 거 아니었어?"

"시끄러워서."

크게 당황해서 버벅대는 연석과 달리 호수는 천진하게 코를 비비며 대충 답했다.

"호야."

"……응?"

"귀여워."

듣기 좋은 소리가 마음에 드는지 호수가 헤벌쭉 웃었다. 연석의 눈에 무방비한 호수가 그렇게 사랑스러울 수 없었다. 위험하도록 깜찍했다.

"키스하고 싶어. 진짜로."

"해라. 저번에도 니 맘대로 막 했잖아."

"장난 아니고. 정말로."

진지한 연석의 마음이 전해졌는지 호수도 잠잠해졌다. 한동안 말 없는 호수를 더 기다리지 못한 연석이 제안했다.

"나하고 사귀자."

"……."

고민하는 게 아니었나? 말 없는 것이 아무래도 수상했다. 역시
나 끔벅이는 눈에 잠이 그득했다. 연석은 속이 탔다. 쇠뿔을 단김
에 빼야 할 타이밍이 점점 멀어지는 것 같았다.

"호야, 사랑해."

"저엉말?"

호수는 까르르 웃으며 연석의 말을 장난으로 받아 버렸다.

"그렇다니까. 내 가슴 뛰는 거 봐."

연석은 호수의 손을 끌어다 제 심장에 가져다 댔다. 두근대는
소리가 연석의 귀에도 둥둥 울리고 있으니 분명 호수가 느낄 수
있을 터였다.

"와! 튀어나오겠어. 대단해!"

그러더니 단단한 가슴에 머리를 대고 가만히 귀를 기울인다. 아,
돌겠다. 아직 답도 안 해 놓고 이런 반칙을.

"호수야! 난 정말 심각한데 언제 정신 차릴 거야!"

"진연석, 화났어?"

연석의 얼굴을 두 손으로 톡톡 두드리던 호수가 생긋 웃더니 가
만히 다가왔다. 찬바람에 식은 연석의 입술에 촉촉한 호수의 입
술이 잠시 스치듯 머물렀다.

"너…… 너 진짜……."

"이제 화 풀렸어?"

"아니. 덜 풀렸어."

연석은 그대로 호수를 끌어안고 입술을 내렸다. 꾹 누르듯 한
동안 맞닿고 있더니 혀를 내밀어 호수의 안으로 침범했다. 작고

보드라운 호수의 혀를 만나는 순간 온몸에 짜릿한 전류가 흘렀다. 연석은 놀라 바르작거리는 호수의 손을 붙들어 제 가슴에 올려 두었다.

"호야, 나 폭발할 것 같아. 나 죽으면 안 되니까 사귀자."

"하아, 키스 잘한다."

"사귀는 거야. 알았지? 키스했으니까 사귀는 거야!"

"그래라."

턱 끝에서 알랑거리는 호수의 얼굴을 부여잡고 입술에 쪽쪽 입맞춤한 연석은 제 손에 끼고 있던 반지를 빼서 호수에게 끼워 주었다. 술 취한 애를 붙들고 이래도 되나 싶었지만, 내일 우기면 어떻게든 될 것 같았다.

"호수야, 이 반지 너한테 잘 맞는 거 봐."

호수는 제 손에 끼워진 반지를 물끄러미 보더니 연석의 품으로 스르륵 쓰러졌다. 급히 호수의 어깨를 받쳐 안은 연석은 새근거리는 호수의 귀에 대고 나직하게 속삭였다.

"사랑하는 것 같아, 이호수."

* * *

시간을 확인하며 급한 걸음으로 강의실에 막 진입하려는 호수를 불러 세우는 목소리가 있었다.

"호야, 같이 들어가야지."

강의실 뒷문에 버티고 서 있던 연석이 손가락을 까딱거리며 호수를 불렀다.

"여기 왜 왔어요? 오빠는 할 일 없어요?"

호수의 목소리에 불만이 가득했다. 연석의 눈썹이 일그러지더니 고개를 살살 저으며 '다시'라고 말했다.

"오빠는 할 일 없어?"

이상하게 호수의 반말을 좋아하는 연석의 표정이 그제야 기분 좋게 풀렸다. 질린 얼굴로 저를 보는 호수의 손을 깍지 껴잡고는 강의실로 들어가려 했다. 호수는 문틀을 붙들고 버티며 들어가지 않으려 했다.

"오빠가 듣는 강의 아니잖아."

"새삼스럽게 왜 이래? 난 공강이고 너하고 같이 있고 싶을 뿐이야. 여친도 보고 공부도 하고 얼마나 지적인 남친이냐?"

"지적이지 않아도 돼!"

"피지컬적인 남친은 이따 보여 줄게."

호수는 빠르게 고개를 흔들며 부정했다. 커플이 된 지 한 달이 훌쩍 넘었다. 그간 진연석과 사귀면서 받는 관심과 눈총에 지쳐 버렸다. 연석에게 사심 많은 여자는 주연뿐이 아니었다는 사실을 새롭게 깨달았다.

그날 이후 휴학계를 낸 주연 때문에 호수는 지금까지도 온갖 구설에 시달렸다. 연석이 공개적으로 주연을 망신 주도록 조종한 것이 호수라는 소문은 거의 기정사실로 되었다. 찌질이 전 남친과 상경대의 여왕 여주연을 한 방에 해결한 숨은 구미호라고 욕과 찬사를 동시에 들었다. 혼자 조용히 있고 싶은 생각이 간절한 나날이었다.

해가 잘 드는 창가에 홀로 앉아 자판기 믹스 커피를 홀짝거리던 시간이 그리웠다. 하지만 호수는 혼자일 수 없었다. 연석은 마치 그림자처럼, 아니 해가 져도 함께 있으니 영혼처럼 따라다녔다. 호수가 기숙사에 살지 않고 자취라도 했다면 거의 24시간 붙어 지냈을 인간이었다. 깍지 껴 맞잡은 손 그대로 강의실로 들어갔다. 두 사람과 조금이라도 친분이 있는 학우들이 웃고 떠들며 놀리는 소리가 이어졌다. 이게 다 연석의 유난을 놀리는 짓궂은 반응들이었다. 자리를 정하고서야 손이 풀렸다. 호수는 자신들에게 쏟아지는 농담을 귓등으로 흘리며 표정 없이 자리에 앉았다.

"호수야, 형한테 좀 잘해 줘라."

"연석이는 여친이 무섭지도 않냐?"

"조용히들 해라!"

장난스러운 혼란이 한바탕 지나갔다. 잠시 후 교수님이 들어오시면 또 한 소리를 들어야 할 거였다. 상경대 화제의 CC도 모자라 우리 대학 최고의 CC라는 낯부끄러운 멘트로 시작할 것이 뻔했다.

호수는 저를 들여다보며 속없이 웃는 연석에게 활짝 웃어 주고는 책을 폈다. 미워하려야 미워할 수 없는 남자 친구, 진연석. 지극정성이라는 말이 모자랄 정도로 연석은 잘해 주었다. 산타 할아버지라도 된 것처럼 거의 매일 그의 주머니에서는 선물이 튀어나왔다.

국내에서 구하기 힘든 사탕이나 초콜릿, 비싸 보이지만 어디서 파는지도 알 수 없는 머리핀, 귀걸이, 목걸이, 손거울, 열쇠고리, 지갑, 각종 색조 화장품이나 향수 등등. 호수가 받지 않아도 기숙사에 돌아와 가방을 열어 보면 어느 틈에 들어가 있었다. 매일 맛있는 것을 먹여 주고 싶어 안달이 난 연석을 따라나서다 보니 학교 주변은 물론 인근 지역에 안 가 본 식당이 없었다.

주말에 아르바이트가 끝나면 당연하게 돈가스집 문 앞에 차를 대기하고 있었다. 도대체 이 인간의 쉬는 시간은 언제일까 걱정스러울 지경이었다. 받는 것이 그다지 익숙하지 않은 호수는 좋기도 하면서 마음 한구석이 불편했다. 갚아 주는 것도 어느 정도일 때 엄두가 날 텐데 자신의 능력을 벗어난 지 한참이었다.

수업을 마치고 과 사무실에 들어온 호수는 가방에서 진통제를 꺼내 물과 함께 삼켰다. 지난달에는 참을 만하던 생리통이 이달에는 유난히 심했다. 등교 전에도 약을 먹었지만, 전혀 효과가 없었다. 아랫배가 아픈 건 물론이고 온몸의 관절이 끊어질 것 같았다. 방금 먹은 알약도 속이 울렁거려 토해 버리고 싶었다.

"호야, 아파?"

약 먹는 모습을 본 해성이 걱정스럽게 물었다.

"그냥 머리가 조금."

"이 자식이 함부로 부르고 있어."

저만 부르는 애칭을 해성이 입에 올리자 연석이 긴 다리를 휘두르며 위협을 가했다. 해성은 한껏 엄살을 떨더니 교수님 방에 볼일이 있다며 도망쳤다.

"호야, 이리 와."

책상에 비스듬히 걸터앉은 연석이 두 팔을 벌리고 호수를 불렀다. 호수는 마시던 물을 내려놓고 순순히 연석에게 다가갔다. 이제 꽤 익숙해진 품에 들어가자 연석의 긴 팔이 적당히 기분 좋게 조이듯 끌어안았다.

"어디 아파? 아까부터 말도 없고."

"그냥 머리 조금요."

쓰읍! 연석이 불만스럽게 혀를 찼다. 피식 웃은 호수는 다시 말을 고쳤다.

"머리가 조금 아파."

"아프지 마라. 아프지 마라."

연석은 제 가슴에 기댄 호수의 머리를 찬찬히 쓰다듬으며 주문을 걸었다. 호수의 결 좋은 머리카락이 새까만 윤기를 빛내며 길게 늘어져 있었다. 연석이 사다 준 앙증맞은 진주장식 머리핀이 가르마를 탄 머리에 고상하게 꽂혀 있었다.

세상의 모든 연애는 이런 건지. 아니면 첫사랑이란 이런 건지. 연석은 나날이 호수가 좋아서 죽을 것 같았다. 아무도 모르겠지만, 여자 친구 이호수는 말랑말랑하고 달콤했다. 그래서 연석은 더 정신을 차릴 수 없었다. 사람들 앞에서는 여전히 무뚝뚝하고 심심한 녀석이 단둘이 있을 때는 은근한 애교로 연석의 혼을 빼놓았다. 자신은 아니라고 하지만, 연석의 눈에는 애교였다.

여자 친구 된 호수는 눈이 마주치면 방긋 웃고, 기습적으로 볼이나 입술에 뽀뽀도 잘했다. 연애편지가 부끄러운지 귀여운 그림으로 만화를 그려서 전공 책에 꽂아 두었다. 그 바람에 연석이 수업 중에 강의실을 박차고 나가 호수를 찾아간 적도 있었다.

연석이 긴 머리가 예쁘다고 한 이후로 긴 생머리를 찰랑거리며 다녔다. 특히 연석의 품에 스스럼없이 안겨 볼을 비빌 때면 가슴이 아프도록 녹아내리는 것 같았다. 호수와 영원히 함께하고 싶었다. 보지 않고는 일분일초도 견디기 힘들 만큼 호수가 좋았다. 이래도 될까 싶을 정도로 굉장한 사랑에 빠져 버렸다.

"힘들어 보여. 해성이한테 말해 놓을 테니까 들어갈래?"

"괜찮아."

"맨날 괜찮다고 하지. 밥은 먹을 수 있겠어?"

호수는 잠시 고민했다. 밥을 못 먹겠다고 하면 법석을 떨 것 같아서 입이 떨어지지 않았다.

"아침에 밥을 너무 많이 먹었나 봐. 아직도 배불러."

호수는 배를 슬슬 쓸면서 멋쩍게 웃었다. 연석은 평소보다 파리해 보이는 호수의 안색을 유심히 관찰했다.

"아닌데. 어디 안 좋은데."

"아니라니까."

"호야, 여기 계속 있을 거지?"

"응. 어디 가려고?"

"잠깐만 기다려."

연석은 꿍꿍이속이라도 있는 얼굴로 느물느물 웃으며 밖으로 나갔다. 혼자 남은 호수는 해성의 책상에 앉아 경영학과 홈페이지에 접속했다. 학년별 공지 사항을 올리기 위해 둘러보던 호수는 익명 수다방에 올라와 있는 게시물에 눈이 갔다. 얼어 죽을 호기심을 못 이긴 게 죄였다.

여주연이 미스코리아에 나갈 준비 중이라는 말에 캐나다로 유학 갔다는 답이 달려 있었다. 야금야금 삼각관계에 대해서 말이 나오기 시작했다. 가끔 익명이라고 해도 당사자들이 볼 테니 그만두라는 점잖은 글도 있었다. 힘없이 코웃음을 치던 호수는 '누구는 팔자 펴서 좋겠다.'라는 글을 보는 순간 굳어 버렸다. 뭔가 양심에 찔리는 것이 꼭 자기 얘기 같았다.

부잣집 아들과 사귀더니 세련돼졌다고, 지난번에는 백화점 상표 립글로스를 꺼내서 보란 듯이 바르더라고, 주말에 알바 가면서 남친의 외제 스포츠카 타고 다닌다며 어울리지 않는다고. 이름을 말하지 않았다 뿐이지 정확히 호수를 겨냥한 험담이었다.

호수는 공지를 올리지도 못하고 창을 꺼 버렸다. 한숨을 쉬며 고개를 숙이자 연석이 사 준 양말과 나이키 운동화를 신은 제 발이 보였다. 주머니에는 그놈의 백화점 브랜드 립글로스가 있었고 머리에는 그가 사 준 머리핀이 꽂혀 있었다. 학식에서 밥을 먹은 지도 오래된 것 같았다. 성실과 장난으로 주고받던 혀가 고급이 돼서 학식이 맛없어지겠던 말은 점점 사실이 되어 가고 있었다.

여주연의 이름을 들어서인지 그녀가 쏘아붙인 날카로운 비난이 귓가에 되살아났다. 거지 주제에 신분 상승 노린다던 비아냥거림이 이제 와 보니 꽤 타당성 있게 느껴졌다. 가난해도 당당했던 이호수가 작아지는 기분이었다. 누구에게도 기대지 않고 굳세었던 이호수가 약해지고 있었다. 못난 생각인 줄 알면서도 한번 굴을 파자 끝이 없었다. 스스로 염치없게 느껴졌다. 연석만큼 여유롭지 않다는 이유로 받는 것을 당연하게 여긴 것이 아닌가, 심각한 생각에 빠졌다.

"호야!"

전쟁이 벌어진 호수의 속도 모르고 연석은 득의만면하게 웃으며 과 사무실로 들어왔다. 커다란 쇼핑백을 발견한 호수의 얼굴이 차게 식었다. 자신에게 무언가를 줄 때의 기분 좋은 표정과 과분해 보이는 쇼핑백. 좋지 않은 타이밍인 줄도 모르고 연석은 쇼핑백에서 고급스러운 광택이 흐르는 캐시미어 코트를 꺼냈다.

"그게 뭐야."

"호야, 이거 예쁘지. 귀엽지."

둥근 스탠드칼라에 커다란 여밈 단추가 달리고 양쪽 주머니 입구에 벨벳 리본 장식이 달린 코트는 연석의 말대로 예쁘고 귀여웠다.

"요즘 갑자기 추워졌는데 네가 항상 얇게 입고 다녀서."

"추레해 보였어?"

"흠…… 아니. 호야, 왜 그런 말을 해."

"그렇게 비싼 건 못 받아요."

매몰찬 목소리로 딱 잘라 거절한 호수는 괜히 가방에서 책과 노트를 꺼내서 의미 없는 필기를 하기 시작했다.

"이거 그렇게 비싼 거 아니야. 부담 갖지 않아도 돼."

호수는 들고 있던 펜을 소리 나게 내려놓았다. 부담 갖지 않아도 되는 저 코트를 본 적 있었다. 지난주 돈가스집에서 다른 아르바이트생이 손님의 코트에 소스를 쏟아서 큰 소란이 일었다. 그때 그 코트가 저것이었고 손님의 입에서 기백만 원하는 코트를 어찌할 거냐는 고성이 터졌기에 잊을 수 없었다.

"오빠, 내가 처음에 분명히 말했어요. 나는 받은 만큼 돌려주기도 벅차다고. 그러니까 부담스럽지 않게 사귀고 싶다고."

"나도 분명히 말했어. 그런 거 계산하지 말자고."

둘 사이에 팽팽한 긴장감이 흘렀다. 마음을 뺏긴 후 처음으로 연석은 매서운 얼굴로 호수를 대하고 있었다. 거절이나 힐난이 익숙하지 않은 연석은 당황스러웠다. 도대체 이게 왜 화를 낼 일인지 이해할 수 없었다.

"이게 너한테 잘 어울릴 것 같았고 네 외투가 좀 얇은 것 같아서."

연석의 말을 다 듣지도 않고 호수는 딱 부러지게 고개를 저었다.

"내복도 입고 세 겹 네 겹 입을 테니까 환불해요. 나는 필요 없어요."

"옷은 필요하지 않아도, 그냥 예쁘고 마음에 들면 사 입는 거잖아."

"오빠…… 나는 그렇게 살지 않았어요. 아무리 생각해도 학생 신분에 주고받을 수준은 아닌 거 같아요."

어쩌면 저렇게 정 없이 차갑게 말할 수 있을까. 연석은 쌀쌀맞게 거절하는 호수가 야속했다. 융통성도 없이 자신의 기준에 안 맞는다는 이유로 사람의 호의를 매몰차게 대하는 태도에 마음이 상했다.

"그냥 좀 받으면 안 돼?"

노기 띤 연석의 목소리도 경직되어 있었다.

"네. 안 돼요. 그리고 제가 아르바이트해서 사 입을게요."

"어느 천 년에. 겨울 다 가면?"

일 초, 이 초. 잠시 시간이 멈추었다. 노트에 시선을 둔 호수가 천천히 눈을 깜빡였다. 그러게…… 겨울이 다 가도록 돈을 모아도 저런 옷을 살 수 없겠구나. 고개를 든 호수의 서늘하게 가라앉은 눈동자에서 상처받은 서글픔이 느껴졌다. 연석은 마음속으로 나직한 탄식을 내뱉었다. 실수했구나, 뒤늦은 후회가 들었다. 천천히 의자에서 일어난 호수는 가방을 정리했다.

"어, 어디 가."

호수는 아무 말 없이 가방을 들고 연석을 지나쳤다.

"호야, 내가 잘못했어. 호수야!"

"따라오면 다시는 안 볼 거예요."

연석이 가방을 잡고 사정하자 호수는 그대로 가방을 버려두고 나갔다. 요란한 문소리 앞에서 연석은 눈을 질끈 감았다. 첫 다툼이었다.

* * *

달깍달깍. 호수는 아득하게 들리는 마우스와 키보드 소리를 들으며 어렴풋이 잠이 깼다. 게슴츠레 떠진 눈꺼풀 밖으로 열심히 노트북 화면을 탐색하는 성실이 보였다.

"성실아…… 언제 왔어?"

성실은 화면에서 잠깐 눈을 떼고 누워 있는 호수를 향해 대충 손을 흔들었다.

"한참 됐지. 정신없이 자더라? 아침에 몸이 안 좋다고 하더니 계속 안 좋아?"

"생리통이니까 시간 지나면 낫겠지. 이달에는 약을 먹어도 효과가 없네."

자리에서 일어난 호수는 엉망으로 삐져나온 머리를 손으로 다듬어 하나로 묶었다. 전기장판을 켜고 잤더니 몸이 좀 나아진 것도 같았다. 자면서 땀을 꽤 흘린 모양인지 옷이 흠뻑 젖어 있어서 한기가 들었다.

"뭘 그렇게 열심히 봐?"

세면도구가 담긴 바구니를 들고 공동욕실로 가려던 호수는 노트북 화면 가득 여러 개의 창을 띄워 놓고 심각한 성실의 옆에 주저앉았다.

"이거 어때? 캐주얼 브랜드 이월전이라고 해서 보는 중이야. 해성 오빠한테 셔츠 하나 선물할까 해서."

"뭐? 둘이 사귀기로 한 거야?"

"아니. 아직 썸이야. 근데 그냥 사 주고 싶어서. 이거 예쁘지?"

"응. 예뻐. 그 오빠 체크무늬 좋아하잖아. 근데 이게 세일가야? 왜 이렇게 비싸?"

괜찮은 브랜드는 이렇게 비쌌구나. 호수는 정가 옆에 쓰여 있는 할인 가격조차도 만만치 않음에 놀랐다. 낮에 연석에게 그렇게 화를 내고 온 것이 마음에 걸렸다. 그 마음을 모르는 것도 아니면서. 조금 더 좋게 말해도 됐을 텐데. 자신이 낮잠이나 퍼 자는 사이 연석은 얼마나 속이 상하고 화가 났을까. 뒤늦게 미안함과 민망함이 몰려왔다.

호수는 통장 잔액을 가늠해 봤다. 조금 불안하긴 했지만, 자신도 연석을 위해 의미 있는 뭔가를 해 줄 수 있을 것 같았다.

"성실아, 남자들은 뭘 사 주면 좋아해?"

"우리 과 남자애들 보니까 흔히는 향수 좋아하더라. 가끔 있는 집 애들은 지갑이나 시계도 주고받긴 하는데 학생 신분에 흔치 않고."

마음에 드는 셔츠를 골랐는지 성실은 결제 단계로 넘어가고 있었다. 그 모습을 보며 호수는 입술을 지근지근 깨물었다. 주말에 아르바이트 나간 김에 백화점에 한번 가 봐야겠다고 결심했다.

Rrrrrr. Rrrrr.

기숙사 전용 인터폰이 울렸다. 특별한 공지나 외부 전화가 아니면 울릴 일이 없는 전화였다. 결제하느라 바쁜 성실을 대신해 호수가 전화를 받았다.

"여보세요. 201호실입니다."

─저…… 경영학과 이호수 학생 있나요?

모기만 한 여자의 목소리는 잡음이 섞여 더 불분명하게 들렸다. 잘 들리지 않는 소리에 집중하느라 호수의 미간이 좁아졌다.

"전데요. 누구시죠?"

─언니! 나야. 기선이!

느닷없는 사촌 동생의 연락이었다.

"아! 기선아, 그래. 웬일이야? 핸드폰으로 하지 왜?"

—문자도 보내고 전화도 했었어. 왜 이렇게 연락이 안 돼?

아, 가방! 낮에 연석과 다툰 후 과 사무실에 가방을 두고 온 것이 기억났다.

"전화기를 다른 곳에 두고 왔어. 그런데 무슨 일이야?"

—언니, 오늘 집에 좀 들를 수 있어? 우리 집 일요일에 이사한대.

"뭐? 이사? 갑자기 무슨 이사……."

—몰라. 어쨌든 빨리 와서 언니 짐 챙겨 가. 아무래도 엄마, 아빠가 언니 몰래 집 옮기는 것 같아서 연락했어.

기선의 목소리가 더 작아졌다. 미안한 마음에 그러는 모양이었다. 호수는 벽에 걸린 시계를 확인했다.

"알았어. 지금 바로 출발할게."

전화를 끊은 호수는 빨리 서둘러야 함을 알면서도 몸을 움직이지 못했다. 괜한 서러움에 마음이 공허했다. 워낙에 기대 없는 삶이었는데도 이렇게 한 번씩 무너질 때가 있었다. 눈시울에 핑 돈 물기를 말리며 호수는 외투를 챙겨 입었다. 생각해 보니 지갑도 가방에 있었다.

"성실아, 미안한데 나 돈 좀 빌려 줄래. 가방을 과 사무실에 두고 왔어."

유행하는 가요를 흥얼거리며 고개를 든 성실은 더 이상 노래를 부를 수 없었다. 나이답지 않게 처연한 호수의 표정 앞에서 큰 실례를 저지르는 기분이 들었다.

Chapter 4

Time Reset

연석의 SOS를 받고 기숙사 매점으로 호출된 성실은 새침한 얼굴로 호수의 소식을 전했다.

"집에 다녀온다고 갔어요. 오늘 못 들어온다고 사감 선생님께 외박계도 내고 갔는데."

"집?"

성실의 대답에 연석과 해성은 서로 마주 보았다. 예상치 못한 상황을 맞닥뜨린 두 남자는 한참을 눈만 깜빡거렸다.

"너 호수네 집이 어딘 줄 알아?"

"아니. 대충 대전이라고만."

"그동안 뭐 했냐? 여자 친구 집도 모르고."

해성의 질타에 잠시 반성할 뻔했던 연석이 반박했다.

"그럼 뭐. 무슨 아파트 몇 동 몇 호에 사느냐고 알아 놓냐? 매일 집 앞에 데려다주는 것도 아닌데."

그나저나 갑자기 집에는 왜 갔을까. 급히 간 것 같은데 혹시 큰일이라도 생긴 것이 아닌지 걱정스러웠다. 이제 전화기도 제가 갖고 있으니 호수가 돌아올 때까지 꼼짝없이 기다리는 수밖에 없었다.

"근데 호수 많이 아픈데. 나갈 때도 얼굴이 하얗게 질려서 가다가 쓰러지면 어쩌나 싶던데."

사랑받으며 자란 외동딸답게 눈치 백단 여우과인 성실은 연석의 난감해하는 분위기를 파악하고 장난을 쳤다. 약을 좀 올려 주는 것이 재밌을 것 같아서. 아주 거짓말은 아니니 조금 뻥을 튀겨서 애끓게 하는 것이 호수한테 유리하지 싶었다.

"그치? 걔 아프지? 내가 오늘 보니까 딱 그렇더라. 이제 어떡할 거냐, 진연석. 아픈 여친을 화나게 했으니."

"어머! 둘이 벌써 싸웠어요?"

"아니야. 싸운 거. 그냥…… 내 생각대로 해서 호수가 속상했어."

"그게 싸운 거지. 싸움이 별거냐."

해성의 말에 성실이 격하게 고개를 끄덕였다. 둘의 쿵짝에 연석의 얼굴이 까맣게 죽어 갔다. 보고 싶은 마음은 사무치는 데다 아프다는 소리에 속이 탔다. 해가 지고 기온이 뚝 떨어졌는데 그

얇고 허름한 외투를 입고 갔을 거란 생각에 마음 한끝이 저릿했다. 미리 알았으면 집까지 편하게 데려다줬을 텐데 뭐 하느라 이제 찾아와서는. 해 주고 싶은 것을 아낌없이 다 해 주려면 어떡해야 할지 방법이 떠오르지 않았다. 막막한 마음에 한숨만 깊었다.

* * *

호수가 집에 들어서자 큰집 식구들은 서로 눈치를 보며 시선을 외면했다. 들어오는 길, 대문 앞에는 쓰레기가 산더미처럼 쌓여 있었다. 낡은 가구며 온갖 잡동사니들이 나와 있는 꼴이 이사 전에 쓸모없는 것들을 정리한 것 같았다.

"이사하세요?"

"그렇게 됐다. 좀 정리가 되면 부르려고 했는데…… 집에는 웬일이니?"

하는 수 없다는 듯 큰엄마 인정이 나서서 호수를 맞이했다. 싸늘한 냉기 흐르는 눈빛에 귀찮음이 역력했다.

"남은 짐이라도 챙겨야 할 것 같아서요."

"챙길 게 뭐 있다고. 기숙사에 다 가져간 거 아니었어?"

호수는 꾸벅 인사를 하고 제가 쓰던 공간으로 갔다.

이미 휑하니 빈 베란다에는 아무것도 남아 있지 않았다. 제 몫의 방이 따로 없었던 호수는 베란다 한쪽 창고로 쓰이는 곳에 물건을 두고 거실에서 잠을 잤었다.

괜히 왔구나. 별것 없기도 했는데 뭘 확인하고 싶어서 부랴부랴

왔는지. 기운이 쭉 빠졌다.

"언니……."

기선이 제법 커다란 가방을 들고 쭈뼛거리며 서 있었다. 겨우 저만큼. 호수가 이 집에 신세를 진 20년 세월의 전부였다.

"그래. 이왕 이렇게 된 거 잘됐다. 호수도 사정을 아는 게 좋겠구나."

큰 아빠 정준이 기선의 손에서 가방을 낚아채 현관 입구에 가져다 놓았다. 그것이 마치 빨리 이 집에서 나가 달라는 다그침으로 느껴졌다. 호수는 안방으로 들어가는 정준을 따라갔다.

"하던 장사도 영 안 풀리고 해서 집을 팔았다. 더는 너를 데리고 있기 힘들겠어. 집사람 히스테리도 심해지고."

"네. 지금까지도 감사했어요."

"그리고……."

다음에 나올 얘기가 뭔지 알 것 같았다. 호수의 가슴이 불안으로 미어졌다.

"다음 학기부터는 기숙사비도 네가 알아서 해야 할 것 같은데……."

"죄송해요. 학비까지는 제가 어떻게든 해 보겠는데 기숙사비까지 모을 여력이 안 됐어요. 한 학기만 더 도와주시면."

밖에서 엿듣고 있던 인정이 우유부단한 정준의 말에 힘을 실어 주기 위해서 들이닥쳤다.

"너는 친구도 없니? 하긴 성격이 데면데면하니 정붙일 친구 하나 없었겠지."

정준의 옆자리에 털썩 주저앉은 인정이 방바닥을 두드리며 따지기 시작했다.

"호수야, 너도 양심이란 게 있어야지. 없이 사는 집에 얹혀 살았으면 대학 같은 건 포기했어야지. 일찌감치 취직해서 생활비 좀 보태고 했으면 서로 좋았잖니. 학기마다 서로 얼굴 붉히고 이게 뭐니?"

"당신은 그만해. 호수가 어련히 알아듣겠어."

정준이 그답지 않게 버럭 화를 내며 끼어들었다. 제 아빠 닮아 이기적이라는 뒷말이 인정의 입에서 꿍얼거리며 나왔다.

"요즘 고시원은 보증금 없어도 된다던데. 그런 데라도 알아보든가. 아르바이트하면 월세 정도 벌 수 있잖아."

"그러면……."

생활은, 모자란 학비는. 호수는 입을 다물어 버렸다. 그 돈이 아까워서 저 몰래 이사하려고 한 사람들에게 쓸데없는 하소연인 것 같았다.

"알겠어요. 그럼 오늘 하룻밤만 자고 갈게요. 차도 끊기고 기숙사도 닫혔어요."

"그래. 그럼 온 김에 너 잘 끓이는 미역국 좀 해 놔라. 내가 끓이면 이상하게 그렇게 깊은 맛이 안 나더라."

"네……."

대화를 마치고 나오자 기선이 재빨리 다가와 호수의 손을 붙잡았다.

"언니. 오늘 나하고 자자. 다행히 기준이하고 기서는 요즘 집에 잘 안 들어와."

맥 빠진 호수는 고개를 끄덕이고는 기선을 따라 방으로 들어갔다. 기선이 챙겨 놨다는 제 짐을 하나하나 꺼내 보았다. 정말 버려도 상관없을 물건뿐이었다. 그중에서 신문지와 비닐로 꼼꼼하게 싸 놓은 액자를 꺼내 들었다.

"이거 네가 챙겼어? 고마워."

"응. 그거 언니 아빠 유품이잖아. 엄마가 다 처분한다고 하는 걸 내가 챙겼어."

자신에게 부모가 있었다는 유일한 증거 같은 아빠의 그림이었다. 호수는 다른 물건은 다 두고 액자 하나만 가방에 챙겨 넣었다.

"챙겨 줘서 고마운데 나머지는 버려도 되겠어. 이런 것들 없이도 계속 지냈으니까 앞으로도 필요 없을 것 같아."

"알았어. 그리고…… 이거."

기선은 조심스럽게 흰 봉투에 담긴 돈을 건넸다.

"이게 뭐야?"

"돈이야. 얼마 안 돼. 내가 노트북 사고 싶다고 엄마한테 졸라서 챙겨 놓은 돈이야. 다행히 원하는 모델 중고를 찾아서 반은 남았어."

"……"

기선이 내민 돈을 한참 내려다보던 호수는 슬그머니 돈을 챙겼다. 부끄럽지만, 지금은 저만 생각해야 할 때였다.

"염치없지만, 잘 쓸게. 나중에 꼭 갚을게."

그래. 내일은 내일의 태양이 뜬다잖아. 호수는 무너지려는 마음을 꾸역꾸역 다잡았다. 이런 식으로 큰집 식구들과 관계 정리가 되는 것이 나쁘지 않은 것 같았다.

식모와 다름없던 날들이었다. 큰엄마가 저를 고아원에 주지 않는 이유가 호수의 손끝이 야무져서라는 말을 동네 아주머니를 통해서 들었었다. 대학을 가게 된 것도 기적이었다. 상경대 차석이라 입학금만 내면 됐지만, 턱도 없는 소리였다. 완전히 포기하고 있던 차에 큰아빠 정준이 갑자기 입학금을 보태 주며 나머지는 네 힘으로 알아서 해 보라고 했었다. 그리고 지금까지 죽기 살기로 잘 버텨 왔다. 이제 곧, 4학년. 성적이 좋으니 취업은 어렵지 않을 것 같았다. 다음 주부터 학자금 대출을 더 알아보자는 생각을 하며 호수는 잠자리에 들었다.

* * *

시계 코너를 돌아보는 호수는 갓 상경한 산골 처자처럼 괜히 식은땀이 삐질삐질 솟았다. 도와주겠다고 다가오는 점원이 부담스러워 오히려 제대로 구경하기 힘들었다.

연석은 옷을 갈아입듯 자주 시계를 바꿔 찼다. 그날그날 기분에 따라 또는 옷에 따라서 어울리는 것을 골라 차는 것 같았다. 처음에는 뭐가 뭔지 모르겠더니 몇 바퀴 돌아본 뒤에야 연석이 즐겨 차는 디자인들이 눈에 들어왔다. 하지만, 모두 그림의 떡. 그저 눈에 담을 수밖에 없었다.

"무슨……. 어휴, 시계 팔아서 유학을 가도 되겠네."

이름도 생소한 명품매장 진열대에서 고귀한 자태를 뽐내는 시계는 생긴 대로 가격도 오만했다. 하도 고가의 시계를 구경해서 그런지 몇백 단위가 저렴해 보일 정도였다. 성실의 말대로 만만하게 향수 정도에서 해결해야 할 것 같았다. 마음을 비우고 홀가분하게 향수 매장으로 향하던 호수는 행사 매대에서 파는 단조롭지만 세련된 디자인의 시계를 발견했다.

"저……."

"네, 손님. 도와 드리겠습니다."

"이거…… 얼마예요?"

"태그에 달린 할인 된 가격에서 오늘만 10% 추가 할인 적용해서 32만 8천 원입니다."

가격을 들은 호수는 입술을 꼭꼭 씹으며 생각에 잠겼다. 세웠던 예산을 벗어나지만, 무척 마음에 들었다. 어떤 옷에나 잘 어울릴 것 같았고 저렴해 보이지도 않았다. 무엇보다 계속 비싼 시계들만 봤더니 이 정도쯤이면 횡재를 한 기분이었다.

"이거 주세요. 선물할 거니까 예쁘게 포장해 주세요."

결정을 내린 호수의 볼에 발갛게 물이 올랐다. 연석이 좋아할 생각에 가슴이 콩콩 뛰었다. 내내 보고 싶던 연석이 미치도록 보고 싶어졌다.

* * *

유니폼을 갈아입고 나온 호수는 어깨를 두드리며 누적된 피로를 달랬다. 같이 일하는 알바생들이 키득거리며 호수의 옆구리를 찌르고 지나갔다.

"밖에 남친 와 있어! 호수는 좋겠다. 잘생긴 남친이 맨날 데리러 오고."

"호수도 그런 재미가 있어야지. 한창 예쁠 나이에 공부하고 돈만 벌면 쓰겠어. 호수야, 맨날 밖에 세워 놓지 말고 들어오라고 해. 안심카츠 하나 쏠 테니까."

매출 전표를 정리하던 사장님도 창밖을 내다보며 흐뭇하게 웃었다. 3년을 꼬박 결근은 물론 지각 한 번 없는 아르바이트생이 예쁘지 않을 리 없었다. 심지어 다른 아르바이트생이 펑크 낸 것도 호수가 거의 메꿔 주었으니 매장의 보물 같은 존재였다. 이제 4학년이 되고 곧 직장인이 될 테니 그만두는 것은 아쉬웠지만, 이렇게 성실한 아이가 잘되는 것을 보는 것도 보람이었다.

"감사합니다. 그럼 내일 뵐게요."

그녀답게 덤덤하게 웃으며 퇴근하는 호수에게 사장은 고개를 끄덕였다. 호수가 문을 열고 나가자 고까울 정도로 도도해 보이던 청년이 헤벌쭉 웃는 모습이 보였다.

"좋을 때다. 조 잘난 녀석, 우리 호수 눈에 눈물 나게만 해 봐라."

호수가 나오면 제일 먼저 무슨 말을 해야 할까. 연석은 돈가스집 앞에 서서 내내 고민했다. 형이 조언한 대로 싹싹 빌어야 하나. 잘못했어, 미안해, 다시는 안 그럴게……. 아니면 해성이 시킨 대로 아무렇지 않게, '잘 지냈어? 보고 싶었어, 배고프지 않아?'가 나을까. 연석의 고민이 끝나기도 전에 호수가 나왔다.

"호야……."

지금껏 치열하게 고민한 것이 무슨 소용인지. 호수를 보는 순간 가슴이 막막하게 차올랐다. 이름을 부르는 것만으로도 머릿속이 하얗게 비워졌다. 머뭇거리는 연석을 잠시 쳐다보고 서 있던 호수가 조용히 앞장섰다. 연석은 말없이 따르는 수밖에 없었다. 복잡한 고민은 끝났다. 미안하다고 해야지, 결심한 순간 호수가 뒤를 돌았다.

"오빠, 미안해."

그대로 연석의 허리를 끌어안은 호수가 그의 가슴에 이마를 부딪치며 기대었다. 품에 들어온 호수가 뭐라고 웅얼거리는 것이 들렸지만 연석은 아무 상관없었다. 도망갈세라 빠져나갈세라 겁이 난 사람처럼 꽉 붙들어 끌어안았다. 턱밑에 고인 작은 머리통에 볼을 비비고 입술을 누르며 고마움을 표현했다. 잘못하고 미안한 건 저인데 먼저 안아 준 호수가 고맙고 사랑스러웠다.

"호야, 보고 싶었어. 전화도 안 되고…… 걱정했어."

"아무 일 아니었어. 그냥 집에 좀 다녀왔어."

넓은 가슴이 따뜻했다. 자신을 안으면 그의 가슴이 조금 더 빨리 뛰는 것을 안다. 그것이 참 뿌듯했다. 굳이 좋아한다는 말을 듣지 않아도 연석의 마음을 알 수 있어서 좋았다. 말보다 더한 진심이 그의 가슴속에 있었다.

든든하고 다정한 연석이 날이 갈수록 좋았다. 이 사람의 마음이 변하면 어떡하지, 벌써 그런 걱정이 생길 만큼. 문을 열고 그를 보는 순간 모든 걱정이 별것 아니게 느껴졌다. 힘이 나고 기분이 좋아지게 해 주는 사람. 나를 많이 생각해 주는 사람. 세상에 처음으로 이런 사람을 가졌다는 것이 기쁘면서도 무서웠다.

"호야, 나 여기서 키스하고 싶어. 그러면 싫어할 거야?"

해가 져 어두워지긴 했지만, 주말의 정동은 북적거렸다. 게다가 그 유명한 덕수궁 돌담길. 오가는 연인이 수두룩했지만, 지금 길 한복판에서 끌어안고 있는 커플은 자신들이 유일했다. 그런데 키스까지 하면.

"아니. 좋아할 거야."

부러워하겠지. 욕을 하든 말든. 신경 쓰이지 않았다. 나긋이 웃는 호수의 작은 얼굴을 감싼 연석이 시원한 호선을 그린 입술을 내렸다. 호수의 볼이 홀쭉해지도록 깊이 쪼옥 빨아들였다. 달큼하고 차가운 입술이 말캉하게 문질러지는 느낌이 기가 막히게 황홀했다. 배 속, 은밀하게 깊은 곳에서 근질근질 아지랑이가 피어오르는 것 같았다.

"사랑해, 호야."

말하지 않고 배길 수 없어 내뱉어 버렸다. 이게 사랑이 아니면 뭐겠어. 세상에 이보다 더한 감정을 느낄 수 있을 리 없었다. 호수의 눈이 동그래졌다. 연석은 제 손에 볼이 눌려 붕어처럼 볼록 튀어나온 입술과 땡그란 눈이 귀여워 다시 한번 입술을 삼켰다.

"너한테 장가가야겠어."

보자 보자 하니까. 기분이 좋기도 하고 어이가 없기도 하고. 잠시 얼어 있던 호수가 피식피식 웃기 시작했다. 사랑한다는 말도 놀랄 일인데 갑자기 장가를 들겠다니 웃음만 나왔다.

"진짜야. 확고한 결심이야. 너도 각오해."

연석은 마치 결혼 행진이라도 하는 커플처럼 호수의 팔을 제 팔에 걸었다.

"십 년 후에도 그런 마음이면 해요."

"뭐? 십 년? 야, 말도 안 된다. 십 년이면 우리가 삼십 대 중반이야."

십 년……. 생각해 보니 너무 긴 세월이었다. 그동안 진연석이 변함없이 이대로 있어 줄까. 자신이 없었다. 욕심나는 사람. 그의 얼토당토않은 고백이 이루어진다면 얼마나 좋을까. 그래서 조금은 현실적인 시간을 말해 본다.

"조금 늦나? 그럼 오 년? 그건 좀 빠른 것 같지만."

"무슨 오 년씩이나. 졸업하면 결혼하는 거지."

단순해 빠진 남자 사람다운 허풍으로 들려도 기분은 좋았다. 그래도 새침하게.

"결혼이 뭐 말처럼 쉽나."

그의 속을 한 번 더 떠보고 싶었다.

"호야, 내 옆에 있어."

"응?"

잡힌 손에 듬직하게 힘이 가해졌다.

"내가 말했지. 오빠는 말이야 태어날 때부터 운이 좋았어. 난 세상에서 제일 운이 좋아. 그러니까 내 옆에 있어. 내가 무조건 행복하게 해 줄 거야."

거들먹거리며 장난스럽게 말했지만, 그런 연석의 눈빛이 한없이 깊었다. 진심이구나. 의심할 여지가 없었다.

"호야, 배 안 고파?"

"오빠는? 배고파?"

"조금. 저번에 사람 많아서 못 갔던 이탈리아 레스토랑 가 볼까?"

"응. 가자."

연석은 차가운 호수의 손을 문질러 주다 입고 있던 재킷 주머니에 넣었다. 옷도 얇고 손도 차갑고 왜 이렇게 안쓰럽기만 한지.

"호야, 우리 엄마는 요리를 잘하셔. 취미기도 한데 좀 유명하기도 해. 집에 맛있는 게 있으면 네 생각이 나. 나중에 나 이사하면 우리 집에 밥 먹으러 와."

"응? 이사?"

"어. 학교 근처에 오피스텔 하나 얻을 거야. 형한테 도움 받았어."

오빠는 좋겠다. 호수는 여상하게 떠드는 연석을 올려다봤다. 그런 것쯤 아무렇지 않은 연석이 새삼 신기하고 부러웠다.

"오빠는 형도 부자구나."

"어. 우리 형 진정석이야."

"뭐?"

너무 놀란 호수가 걸음을 멈추는 바람에 주머니에 들었던 손이 빠져나왔다.

"왜?"

"그걸 왜 이제 말해?"

소리 높여 따지는 호수를 보는 연석의 표정이 불만스럽게 일그러졌다.

"그게 우리 사이에 뭐가 중요해? 혹시 너도 진정석 좋아해? 야, 우리 형이 뭐가 잘생겼냐? 눈만 부리부리해서 별것 없어. 울 엄마가 왜 저렇게 생겼냐고 완전 싫어해."

"아니…… 연예인이라니까 신기해서 그러지. 그리고 나 진정석 팬 아니야."

"그래. 좋아하지 마. 장차 시아주버니가 될 건데 팬질 하고 그러면 없어 보여."

엄청 진지하게 호수에게 주의 주는 연석의 말이 들리지 않았다. 진심 다른 차원의 사람인 듯 이제는 위대해 보이기까지 했다. 그 잘생긴 진정석의 동생이란 말에 이목구비가 다시 보였다.

"호야, 이 집 티본스테이크가 먹을 만하대. 많이 먹어야 해. 알았지?"

마주 앉은 연석은 어린아이를 어르듯 연신 다정하게 호수를 챙겼다.

레스토랑은 벌써 크리스마스 분위기가 물씬했다. 트리를 비롯한 크리스마스 장식과 캐럴이 푸근한 정감을 더했다. 호수는 아까부터 연석이 차고 나온 시계에서 눈을 떼지 못했다. 자신이 산 선물이 아무래도 너무 초라하지 싶었다. 백화점에서 봤을 때는 꽤 괜찮게 느껴졌는데……. 막상 고가의 시계를 찬 주인 앞에 선보이려니 별 볼 일 없게 느껴졌다. 자신도 모르게 한숨을 쉬고 말았다.

"호야, 또 무슨 일이야? 뭐 할 말 있어?"

줄까 말까. 줘도 될까? 선물은 정성인데 괜찮지 않을까. 그래도 받는 사람 수준이란 게 있지. 진연석의 수준. 그걸 맞출 수 있는 날이 올까.

"호야?"

'세상에서 제일 운 좋은 남자'가 초조하게 저를 보고 있었다. 그의 행운에 기대는 사람이 되고 싶지 않았다. 나 자체가 그의 행운이길. 그가 나로 인해 즐겁고 행복하길. 호수는 자신을 사랑한다는 그의 말을 떠올리며 용기를 냈다. 가방 속에서 다소곳이 주인을 기다리고 있는 선물 상자를 꺼내서 테이블에 올려놨다.

"이게 뭐야?"

"맨날 나만 받는 것 같아서. 진짜 별것 아니야."

연석은 호수 앞에 있는 상자를 넙죽 채 갔다. 신줏단지라도 모신 듯 두 손으로 붙들고 감격에 겨운 눈을 빛냈다.

"진짜? 나 주려고 고른 거야?"

"응. 그런데 오빠 마음에 안 들지도 몰라. 교환 가능하다고 하니까."

"무슨 소리. 네가 고른 거잖아. 내 생각하면서 고른 거잖아. 고마워. 무조건 고마워. 나, 지금 뜯는다!"

선물을 뜯는 연석보다 지켜보는 호수가 더 긴장됐다. 한 꺼풀씩 포장지가 벗겨질 때마다 마른침이 넘어갔다. 브랜드 로고가 찍힌 상자가 나왔다. 시계다! 작게 외친 연석은 상자를 열자마자 제 손목에 찬 시계를 거침없이 풀어 버렸다.

"너무 예쁜데. 우리 호야는 눈썰미가 있어. 진짜 잘 골랐다."

새 시계의 잠금쇠를 채우는 연석의 손가락 끝에서 흥이 느껴졌다. 뭘 하든 유려하고 매끄러운 손놀림을 자랑하던 남자답지 않게 허둥거렸다.

"근데. 그거 싼 거야."

손목에 찬 시계를 으스대듯 요모조모 살펴보던 연석이 부드럽게 웃으며 호수를 바라봤다.

"세상에서 제일 비싸. 결혼 예물을 벌써 사 왔네. 짜식, 이런 식으로 결혼을 재촉하고 말이야."

"어우! 그런 말 좀 그만해."

능청스럽게 웃는 연석의 말에 핀잔을 줬지만, 호수는 행복했다. 그는 이런 마음이었구나. 크건 작건 저를 위해 고르고 골라 건네줄 때의 설렘과 긴장을 알았다. 지금까지 담담하게 웃으며 크게 내색하지 않았던 표현들이 미안했다. 크게 웃고 많이 좋아해 주지 못했던 못난 마음이 부끄러웠다. 제가 준 시계를 옷소매에 닦던 연석이 호수와 눈이 마주치자 환하게 웃었다. 호수도 활짝, 크게 웃었다.

그처럼, 나도 사랑한다. 저 사람을.

* * *

연석이 가져갈 반찬거리들을 바리바리 싸던 나희는 작은아들을 힐끔 쳐다봤다. 요즘은 뭐에 정신이 팔렸는지 자주 넋 놓고 있는 것이 수상했다. 일부러 날을 세워 잔소리 섞인 당부를 해 본다.

"다 큰 놈이 독립하겠다고 생난리를 쳐서 허락은 했다만 주변 관리 잘해라. 부모 망신 주지 말고!"

"여부가 있겠습니까, 엄마마마."

"정석이 놈은 물어보지도 않고 애한테 턱하니 집을 얻어 주면 어쩌자는 건지."

식탁에 앉아 귤을 까먹던 연석은 기숙사에 혼자 있을 호수 생각이 났다. 나무 함지에 담긴 귤 중에 모양 예쁜 것을 추려 한쪽에 모아 놨다.

"여자 친구한테 함부로 하지 말고. 남의 집 예쁜 딸인데."

"당연하지."

"그나저나 엄마한테 안 보여 줘?"

"며느리 될 것도 아닌데 아들 녀석들 여자 친구 사귈 때마다 볼 거요? 애들 부담스럽게."

마침 물을 마시러 들어오던 규영이 아내의 과한 관심에 넌지시 주의를 주었다.

"며느리 될 겁니다. 단지 우리 호야가 무서울까 봐. 안 보여 주는 거지."

나희는 첫사랑에 눈먼 아들의 호언장담 따위 심각하게 생각하지 않았다. 그저 멀쩡한 놈이 생전 여자 친구 하나 없는 바람에 주변의 애먼 걱정 듣던 것이 끝이 나 다행이다 싶을 뿐이었다. 같은 학교 다닌다니 명석할 건 뻔했고, 해성을 통해 들으니 착실한 친구라 마음 놓고 있었다.

"우리가 잡아먹기라도 하니?"

"그건 모르지. 시어머니는 다 그렇다면서."

"지랄한다."

무람없는 나희의 언사에 연석이 바르르 달려들었다.

"윤 여사! 그런 교양 없는 말 쓰지 말라니까요? 나중에 며느리가 들으면 얼마나 놀라겠어?"

"이 정도에 놀라면 재미없잖니. 아들자식 둘 키우다 보니 억세진 걸 어쩌라고?"

밖에서는 세상 우아한 윤나희 여사의 거친 입담을 누가 알랴. 호수에게 장가 들기 전에 반드시 고쳐 놓으리라 마음먹었다.

"하여튼 아버지, 어머니! 진연석의 보금자리에 오실 때는 24시간 전에 예약 바랍니다."

"왜! 여자 친구 들여앉히려고?"

"그럴 애가 아니에요."

그러고 싶어도…….

콧방귀도 안 끼는 호수. 너무 바빠서 얼굴 보기도 힘든 내 여친. 연석은 짜증 섞인 한숨을 뱉었다.

"네 프라이버시 생각해서 방문 전 반드시 예약하마. 하지만 다시 한번 말해야겠다. 정말 문란하게 지내면 안 된다."

"그렇게 아들을 못 믿으시나."

"못 믿어. 네 방의 각 티슈 새로 갈아 준 지가 겨우 사흘인데 바닥이 보이더라, 징그러운 녀석."

"에헤이! 당신도 참. 그런 건 좀 눈감아 줘."

"어머니!"

190

같은 남자라고 규영과 연석이 합세하여 나희의 입을 막았다. 나희는 얼굴이 벌겋게 달아올라 펄쩍 뛰는 아들을 놀리며 배를 잡고 웃어 젖혔다. 방으로 올라온 연석은 책상 위의 각 티슈 통을 들고 흔들어 봤다. 가뿐한 무게를 확인하자 자괴감이 들었다.

랩톱을 들고 침대에 걸터앉았다. 온종일 집 정리를 하고 왔더니 몸이 묵직하니 피곤했다. 그래도 이제 호수를 마음 놓고 집에 데리고 올 수 있다는 사실에 싱거운 헛웃음이 끊이지 않았다.

메일을 확인하니 새 학기를 앞두고 과 사무실 회식이 있다는 전체 공지가 와 있었다. 이번 학기 수직생에서 호수가 빠져 아쉬웠다. 연석이 학부 조교를 맡기로 하고 조교 장학금을 호수의 계좌로 넣었다. 호수의 성적 장학금에 더해서 등록금이 해결되었다. 대신 수직에서 빠진 시간에 과외 알바를 늘린 호수는 눈코 뜰 사이가 없었다. 이러다가 개강하면 수업 시간 말고는 만나기도 힘들 분위기였다. 정말 사고라도 쳐서 집에 들여앉히고 싶었다. 비쩍 말라서 밥도 맨날 삼각김밥 따위로 해결하니 보는 연석만 속이 뒤집혔다.

보고 싶어 죽겠네. 만지고 싶고 키스하고 싶고 품 안에 폭 싸서 안고 싶다.

호수 생각에 하던 일도 잊고 망연해졌다. 연석의 허벅지 위에 얹혀 있던 랩톱이 미동하기 시작했다. 찔끔찔끔 들썩거렸다. 연석은 자신도 모르게 거칠어져 버린 호흡을 급히 다스렸다. 스스로 민망해 이마를 쓸며 뇌까렸다.

"나쁜 생각을 한 것도 아닌데…… 아무래도 절륜하기까지 한가.

역시, 진연석. 이 세상 캐릭터가 아니야."

연석은 책상 위의 티슈 상자를 보며 쓴 입맛을 다셨다.

* * *

한파가 한창인 날씨. 방학 중에도 꽉 차기 일쑤인 중앙도서관이 텅텅 비었다. 바깥 기온이 워낙 대단하다 보니 난방을 했는데도 썰렁했다. 정신없이 책에 빠져 있던 호수는 잠시 옆을 돌아보다 마주친 얼굴에 미소를 지었다. 벌써 몇 시간째인지. 지루하지도 않은가. 연석은 두꺼운 국제금융론, 법인세법, 실무 경영전략을 켜켜이 쌓아 놓고 머리에 괸 채 호수만 보고 있었다.

'이거만 보고 일어날게.'

호수의 속삭임을 듣고도 미동이 없었다. 기다리다 망부석(望婦石)이라도 된 것 같았다. 미안한 마음에 호수가 손을 뻗어 그의 머리를 쓸어 주려 했다. 흠칫 놀란 연석이 벌떡 일어나며 호수의 손길을 피했다. 허공에 그친 채로 호수는 멀거니 연석을 쳐다봤다.

요새 계속 이런 식이었다. 요즘 들어, 아니 꽤 오래전부터 연석은 과묵해졌다. 말수가 줄어든 것도 서운한데 눈을 피한다든가 스킨십에 예민하게 굴었다. 거부당한 호수도 과민하게 반응한 연석도 서로 민망해 어쩌지 못하고 있었다. 마침 연석의 핸드폰 진동이 울렸다. 연석은 기다렸다는 듯이 다급히 일어나 통화를 위해 밖으로 나갔다.

혼자 덩그러니 남은 호수는 이게 무슨 신호인지 추측해 보려 했다. 겨울방학을 한 후, 함께 시간을 보낸 것이 손에 꼽았다. 학교 근처로 독립해 나온 연석의 집에 가 볼 시간도 없었다. 사귄 지 백 일도 지났다. 막 연애를 시작한 해성과 성실이 함께 스키장에 가 자고 했지만, 엄두도 내지 못했다.

미안하고 미안한 날들이 쌓이고 쌓였다. 손가락에 낀 연석의 반 지가 무겁게 느껴졌다. 미안함의 무게가 천근만근이었다. 호수는 주섬주섬 가방을 챙겼다. 1층으로 내려가는 도중, 로비에서 통화 하는 연석의 목소리가 울렸다.

"나는 됐어. 한 시즌 거른다고 세상이 무너지냐? 내년에 타면 돼 지. 하여튼 나는 못 간다."

상대방이 뭐라고 하는지 연석의 눈썹이 짜증스럽게 구겨진다. 유리문을 열고 나가더니 곧 하얀 연기가 피어올랐다. 끊는다고 호 언장담하더니 또 실패한 모양이었다. 패딩 점퍼의 지퍼를 목 끝까 지 올린 호수가 문을 열고 나갔다. 칼바람이 여린 볼에 닿자 쨍한 통증이 느껴질 정도로 추웠다.

"내가 걔를 왜 봐? 됐어. 귀국하든 말든. 어!"

호수를 발견한 연석이 급히 담배를 끄고 수화기를 막았다. 가 는 거냐고 눈으로 물었다. 가만히 고개를 끄덕이자. 연석은 다시 전화를 귀에 댔다.

"야, 끊는다. 나중에 술이나 하자."

급히 통화를 마무리한 연석은 제 앞에 선 호수의 옷차림을 눈 으로 점검했다.

"안에서 기다리지. 왜 미리 나왔어."

"답답해서. 근데 오늘 정말 춥다."

"로비에서 기다려. 나도 가방 가져올게."

또 자신 때문에 스키 모임을 빠지는 것 같았다. 신경 쓰지 말고 각자 할 일 하자는 데도 연석은 매번 괜찮다고만 했다. 그게 또 부담스러웠다. 엄연히 개인의 취미와 취향이 있는데 언제까지 상대한테 맞추고 살 건지…….

미끄러지듯 계단을 뛰어 내려온 연석은 손에 들고 있던 목도리를 호수의 목에 칭칭 둘렀다. 호수는 새빨갛게 언 귀를 비벼 주는 그를 향해 까치발을 들었다. 가볍게 입을 맞추고 떨어지자 연석의 표정이 묘하게 어두워지는 것이 보였다. 전처럼 바보같이 좋다고 웃던 반응이 아니었다.

중앙도서관을 내려오는 수많은 계단을 침묵으로 걸었다. 손도 잡지 않고 팔짱도 끼지 않았다. 각자의 주머니에 손을 넣고 묵묵히 걸었다. 하얀 입김만 허공에 흩날렸다. 호수는 기숙사로 빠지는 길을 그대로 지나쳐 걸었다.

"어디 가?"

"오랜만에 술이나 한잔해요."

호수는 뒤에 멈춰선 연석을 향해 한 번 더 권했다.

"내일 오전 과외 없어요. 가족 여행 간대요."

가끔 가는 밥집까지 둘은 또 말없이 걸었다. 달라진 것은 조금 빨라진 걸음이었다.

"안녕하세요."

너무 추워 인적이 없더니 식당도 손님 하나 없이 한산했다.

"어서 와. 추운데 공부하러 나왔구나?"

이모님으로 통하는 주인이 나른하게 몸을 일으키며 둘을 맞이했다.

"오빠, 밥 먹을 거야?"

"아니. 너는 먹어야지."

"이모님, 여기 소주 한 병하고 계란말이 하나요. 밥은 됐어요."

연석은 어딘가 화가 난 듯 냉랭한 호수를 의아해하며 테이블에 도착한 소주병을 땄다. 그대로 병을 가져간 호수가 턱짓으로 연석의 주머니를 가리켰다.

"오빠, 전화 오는데 좀 받아요."

"어? 어, 그러네. 잠시만."

전화를 받은 연석은 잔에 소주를 따르는 호수를 보며 자리에서 일어났다.

"예, 형. 아니 그게 아니고요. 이번 시즌은 제가 너무 바빠서……."

호수는 문가로 걸어가며 통화하는 연석의 뒷모습을 응시하면서 한 잔을 단숨에 삼켰다. 휘발하는 알코올이 비강에서 알싸하게 퍼졌다. 몸서리를 친 호수가 연거푸 한 잔을 더 따라 마셨다.

아, 정말 맛없어.

오만상을 찡그린 호수는 아직 안주가 없어 입안의 쓴 기를 물로 달래야 했다.

"너 뭐야?"

눈에 띄게 줄어든 소주에 놀란 연석이 석 잔째 들이켜는 호수의 손을 급히 붙들었다.

"왜 이래. 너, 몇 잔 마셨어? 두 잔? 세 잔?"

"두 잔. 자, 우리 짠해요."

얼결에 잔을 부딪친 연석은 그대로 원 샷 하는 호수를 미처 말리지 못했다.

"빨리 마셔요."

연석이 잔을 비우자 빙긋 웃던 호수가 차분하게 긴 숨을 내쉬었다.

"할 말 있으면 해요."

"뭘?"

"뭐든지. 솔직하게 말해 주세요."

갑자기 왜 또 존댓말. 무섭게. 연석은 뒤통수를 긁으며 사태를 파악하려 노력했다. 무슨 잘못을 했던가……. 아, 담배. 담배를 안 끊었구나.

"싫어졌어도. 귀찮아졌어도. 또는 막상 지내보니 부담스러워졌어도. 다 말해요. 나는 다 이해할 수 있어요. 항상 마음의 준비 하고 있으니까."

"뭐?"

연석의 얼굴이 무섭게 굳어졌다. 그러면서도 두려움에 심장이 내려앉았다. 호수가 왜 저런 막장 같은 말을 하는지 이해할 수 없었다.

"왜 그런 말 하는 거야. 장난하지 마. 듣기 싫어."

호수의 고개가 갸우뚱 기울어졌다. 아니라고 하는 연석이 진심인지 알 수 없어 그의 눈을 말끄러미 들여다봤다.

"계속 기분이 안 좋아 보여서요. 말도 안 하고, 내가 손만 대도 피하니까."

반쯤 벌어진 연석의 입에서 다소 멍청하게 들리는 신음 같은 것이 새어 나왔다. 그러더니 뜬금없이 목부터 귓불까지 새빨갛게 물들었다.

"아…… 그게. 아, 호야."

"아, 답답해. 말을 하라고요!"

좀처럼 소리를 높이지 않는 호수가 어지간히 답답했는지 앙칼지게 외쳤다.

"……싫어서 그래."

"에? 뭐라고요?"

바닥에 시선을 떨어뜨린 연석이 주머니에서 립밤을 꺼내더니 열심히도 바르기 시작했다. 그러더니 호수가 하듯이 입술을 잘근잘근 물어뜯었다.

"내가…… 참기가…… 힘들어서 그래. 자꾸 만지고 싶고."

"누가 못 만지게 했나?"

겨우, 그게 뭐라고. 호수는 가슴을 두드리며 짜증스럽게 중얼거렸다.

"그게 그러니까. 좀 더."

"격렬하게?"

허! 연석이 아연실색한 얼굴로 호수를 쳐다봤다. 어떻게 그런 말을 그렇게 자연스럽게 하지? 라는 얼굴이었다.

"그래서 구체적으로 어쩌고 싶은데요."

"지금보다 더…… 키스를 오래 하고 싶기도 하고."

호수가 자리에서 벌떡 일어났다.

"일어나요."

"왜?"

"가자고요. 키스하러. 길게."

꾸, 꿈인가. 호수를 따라 엉거주춤 일어선 연석은 제대로 들은 건지 의심스러웠다.

"어, 어디 가게."

"오빠 집. 비지 않았어요? 한 번도 안 가 봤는데 오늘 가요."

"정……말이지?"

"네. 해요. 키스. 격렬하게."

지갑에서 지폐를 꺼내 테이블에 올려놓은 호수가 당당하게 앞장서 걸었다.

"이모! 계란말이는 다음에 와서 먹을게요. 계산은 테이블에요!"

호수는 아직도 멀대같이 서 있는 산만 한 덩치의 소년에게 따라오라고 손가락을 까닥거렸다. 연석은 소주 석 잔을 마신 호수가 술김이 아니길 간절히 바랐다. 매서운 칼바람이 호수의 정신을 번쩍 들게 해 주길 기도했다.

갑자기 따뜻한 실내로 들어오자 콧물이 나오기 시작했다. 호수는 빨갛게 언 코를 훌쩍거리며 연석의 집을 둘러봤다. 으리으리할 거란 상상과 달리 공간은 아담했다. 군더더기 없이 단순한 실내는 충분히 말끔했다.

호수를 현관에 세워 둔 연석은 부산스럽게 움직였다. 보일러 온도를 점검하고 소파에 아무렇게나 던져 놨던 운동기구와 옷가지를 제자리에 두느라 왔다 갔다 난리였다.

"들어와. 많이 춥지. 너 얼굴이 새파랗다. 여기 앉아."

연석이 이끄는 대로 소파에 주저앉은 호수는 어디선가 풍기는 좋은 향기를 따라 코를 벌름거렸다. 무슨 남자 집이 여자 기숙사보다 더 여성스럽고 아늑했다.

"집이 예쁘네. 청소도 열심히 하나 봐."

"이사한 지 얼마 안 됐으니까. 뭐 좀 마실래?"

"물……."

미지근한 물을 따라온 연석은 호수가 들이켜는 속도에 맞춰서 침을 삼켰다. 얼굴색이 멀쩡한 걸 보니 차가운 바람에 술이 다 깬 것 같긴 했다.

"호야, 술 취한 거 아니지?"

"응. 딱 기분 좋게 알딸딸했는데 오는 길에 그마저도 다 깼어. 왜?"

"혹시 취해서 객기 부리는가 싶어서."

사귈 때도 취한 애를 속여서 얼렁뚱땅 넘겼는데 또 그러기에는 양심이 허락지 않았다.

"침실이 저기야? 봐도 돼?"

"어! 그럼."

호수가 침실로 가면서 패딩의 지퍼를 내렸다. 그 소리가 연석의 고막을 자극했다. 뇌우라도 맞은 사람처럼 뻣뻣하게 얼어 버렸다.

"혼자 쓰는 침대가 왜 이렇게 커?"

호수의 순전한 질문이 침실에서 울려 나왔다. 침대. 큰 침대……. 그러게 윤나희 여사는 왜 하필 침대를 킹사이즈로 들여놨을까. 며느리를 보겠다는 큰 그림인가.

"오빠."

"응?"

둘 사이의 거리 대략 2미터. 머쓱한 긴장감에 빠져 서로 바라보기만 했다. 아랫입술을 질끈 물고 있던 호수가 먼저 입을 열었다.

"이제 어떻게 하면 돼?"

연석은 갑자기 웃음이 나왔다. 지극히 호수다운 덤덤함이 귀여워서 웃지 않을 수 없었다.

"왜 웃어?"

"너무 무드가 없잖아. 자, 이제부터 진한 키스를 시작하겠습니다. 그런 분위기라고 지금."

아킬레스건을 지적당한 호수는 말문이 막혔다. 연석의 말에 동의했지만, 뭘 어떻게 해야 할지 감을 못 잡겠다. 영화에서 어떻게 하더라……. 연석은 무슨 생각을 하는지 훤히 보이는 호수가 사랑스러워 와락 끌어안았다. 눈동자를 요리조리 굴리는 것이 제가 아는 지식을 총동원하느라 바쁜 것이 뻔했다.

"호야, 머리 쓰지 마. 이런 게 머리로, 지식으로 하는 게 아니잖아."

"응. 알아. 아는데…… 막상 닥치니까 어색해서."

"일단 좀 기다리고 있을래? 준비가 하나도 안 돼 있어서 나갔다 와야겠어."

호수의 어깨를 짚고 연석은 진지하다 못해 비장하게 말했다.

"준비? 무슨 준비?"

"와인 같은 것도 있으면 좋을 것 같고…… 무엇보다 그게 없어."

"……?"

"콘돔."

실감이 났다. 욕구 이전에 갖춰야 할 현실적인 준비물의 존재가 호수를 긴장케 했다.

"호야, 정말 너 취한 거 아니지?"

"아니야. 멀쩡해. 어서 다녀와."

연석이 나가고 난 뒤 혼자 남은 상황이 더 어색했다. 자신도 뭔가 준비해야 할 것 같은데 뭘 해야 하나……. 킹사이즈 침대 앞에 선 채 갈팡질팡 고민했다. 자, 절차를 생각해 보자. 보통 분위기를 잡고 키스를 하고 막 뒹굴다가. 아니 다시! 호수는 고개를 빠르게 내저었다. 여자가 섹시한 란제리를 입고……. 젠장. 순면 속옷! 분홍색에 남색 땡땡이가 웬 말이야. 그럼 벗고 있어? 아, 일단 씻어야겠구나. 해야 할 일을 정한 호수는 욕실로 들어갔다.

온 동네를 휘저은 후 헐레벌떡 집에 돌아온 연석은 집안이 너무 고요한 것에 불안을 느꼈다. 혹시 마음이 변한 호수가 가 버리지 않았나 괜한 걱정도 잠시. 소파 위에 남겨진 호수의 패딩에 안도했다. 파랗게 얼어 곱은 손을 비비며 사 온 것들을 테이블 위에 놓았다. 욕실 문이 열렸다. 말간 얼굴을 하고 머리에 수건을 감고 나온 호수를 보는 순간 연석은 벌떡 일어서려는 본능을 말리느라 혼신의 애를 썼다.

나대지 마, 주니어. 아직 아니야!

"그게 다 뭐야?"

"분위기를 좀……. 우리한테 중요한 날인데 구색이라도 갖추려고."

케이크와 샴페인을 구하느라 이제 들어왔구나. 이런 감성을 가진 연석이 가끔 놀랍기도 하고 부럽기도 했다. 노력의 차원이 아닌 자연스럽게 몸에 밴, 가정교육을 잘 받은 전설의 엄친아를 실물 영접하는 느낌이었다.

"가만 보면 생각보다 섬세해서 놀래."

"내가 좀 디테일에 강하지. 철두철미하달까. 그럼 나도 씻고 나올게."

호수는 시계 초침 소리를 벗 삼아 침실에 우두커니 앉아 있었다. 케이크를 준비하고 잔에 샴페인을 따라 놓고 나니 할 일은 없고 기다림은 초조했다. 막연했지만 처음은 당연히 연석일 것이라 마음먹고 있었다. 이 사람이라면 어떤 것도 아깝지 않고 후회도 남지 않을 것 같았다. 문밖에서 헛기침 소리가 들렸다. 문고리가 엄청나게 확대되어 보였다. 손잡이가 돌아가고 연석이 들어왔다. 둘은 마주 보며 서먹하게 웃었다.

"오빠도 마셔. 달다."

"달다고 많이 마시면 내일 머리 아파."

잔을 받아 든 연석은 간접 등만 남겨두고 불을 꺼 버렸다. 어둠에 표정을 숨기자 조금은 편안해졌다. 샴페인으로 목을 축인 연석이 손을 내밀어 호수를 끌어당겼다. 이끌려 그의 무릎에 앉자 둘의 얼굴이 가까워졌다.

"너한테 내가 쓰는 샴푸 향이 나니까 진짜 기분이 이상하다."

연석의 높은 콧대가 호수의 귓불과 목덜미를 맴돌았다. 따뜻하게 데워진 숨결에 살갗이 간지럽더니 깊은 곳에서 기다리고 있던 욕구가 깨어났다. 젖은 입술이 귓불을 물고 목선을 따라 턱으로 그리고 입술로 돌아왔다. 호수는 밀려들어 오는 혀를 맞이하며 눈이 감겼다.

언제나처럼 연석은 부드럽고 매끄럽게 호수의 여린 살점을 핥으며 시작했다. 마주한 고개를 돌리며, 엉킨 혀의 위치를 바꾸며 더운 숨을 쏟아 냈다. 호수의 셔츠를 파고든 커다란 손이 여린 등을 쓸며 돌아다녔다. 항상 제 손으로 잠그고 열던 속옷이 타인에 의해 해제되었다. 느슨해지는 속옷의 느낌이 생소했다. 망설이며 갈빗대 언저리만 매만지던 연석의 손이 봉긋한 언덕을 침범했다. 호수는 너른 어깨를 짚고 있던 주먹을 움켜쥐었다. 놀라 잠시 흐트러진 호흡은 금세 연석에게 삼켜졌다. 격렬할 것이라 예고한 약속이 지켜지기 시작했다. 연석의 숨소리가 거칠게 높아졌다. 더는 부드럽지 않았다. 폭풍처럼 압도하며 호수의 입술을 삼키고 혀를 빨아들였다. 언덕을 탐하는 손길이 가없이 조심스러운 것과 대조적이었다. 입술이 떨어지면 짐승처럼 헐떡이는 연석의 숨소리가 귓가를 어지럽혔다. 호수는 부끄럽고 궁금했다. 여기서 더 나아가고 싶으면서도 머뭇거렸다. 사실 정신을 차릴 수 없었다. 생각을 이어 나가기 힘들었다. 그저 거센 바람에 흔들리는 잎사귀가 되어 연석에게 정신없이 휘둘리고 있었다.

　탄탄한 매트리스에 눕혀졌다. 연석의 손이 안타까운 애정을 품고 호수의 작은 얼굴을 쓸었다. 열 오른 연석의 눈은 이미 평소에 알던 그가 아니었다. 호수는 저를 내려다보는 남자의 목을 끌어안았다. 기분 좋은 무게감과 함께 몸이 겹쳐졌다. 두려움과 희열이 동시에 몰려왔다. 연석이 닿는 곳 대부분이 남의 손을 처음 타는 곳이었다. 무릎 뒤 여린 살을 타고 사타구니를 따라 입술을 댈 사람이 누가 있었겠는가. 배꼽에 혀를 넣고 휘젓는 사람도 연석이 처음이었다. 어느새 풀어 헤쳐진 셔츠 사이로 얼굴을 디밀고, 분홍빛 유실을 예쁘다고 감탄하며 머금은 사람이 그가 최초인 것이 다행이었다. 아직 잘 모르겠는 성애의 달뜬 감각이지만, 사랑하는 이와 살을 비비는 감촉만으로도 가슴이 뻐근했다.

　행복의 부피와 질량이 몇 배로 커져 호수를 압도했다. 연석의 단단한 근육을 속속들이 만질 수 있는 권리가 제게 있었다. 마르고 빈약한 자신의 몸에 찬사를 뿌리며 듣기 민망한 신음을 터트릴 때는 뭐라도 된 것 같은 벅찬 만족감이 들었다. 오랜 시간 공들여 온몸을 어루만지던 연석이 사뭇 긴장한 얼굴로 호수를 응시했다. 최초의 문이 열리길 기다리는 남자의 눈은 열망으로 붉어져 있었다.

　"괜찮을 것 같아."

　호수는 그를 따라 숨을 몰아쉬며 통증을 인내했다. 자신도 모르게 지를 뻔한 비명을 삼키며 입술을 질끈 물었다. 말 그대로 뚫리는 기분이었다. 연석도 참고 있는 것이 느껴졌다. 조심스럽고 느릿한 움직임에서 배려가 느껴졌다. 그래서 호수는 더 참고 싶었다. 흐느낌 섞인 숨소리에 어쩔 줄 몰라 안타까워하는 남자를 향해 어설프게 웃어 보였다.

"미안해, 호야."

"괜찮아. 다들 기분 좋은 거라고 하잖아. 지금만 지나면 괜찮을…… 거 같아."

호수는 표정을 감추기 위해 연석을 끌어안았다. 으스러질 것 같은 골반의 아픔을 삼키며 두 다리로 그의 허리를 끌어안았다.

연석도 본능과 사투를 벌여야 했다. 터트릴 듯 좁은 곳으로 들어가는 순간 머리통이 날아가는 것 같은 쾌감이 달려들었다. 부드럽고 따뜻한 밀지(密地)의 첫 방문자라는 확신에 흥분이 더했다. 일그러지는 호수의 표정에 마음이 아프면서도 짐승 같은 만족이 그를 충동질했다. 달리고 싶고 파고들고 싶었다. 거칠 것 없이, 사정을 두고 싶지 않았다. 미지의 쾌락이 연석을 난폭하게 유혹했다. 호수의 눈꼬리를 타고 흐르는 눈물을 보지 않았다면 분명 이성을 잃고 제멋대로 날뛰었을 것이다.

저를 보며 괜찮다고 억지로 웃어 주는 얼굴을 보고 연석은 정신을 차렸다. 내 소중한 나비. 무심하게 날아와 나를 흔든 첫사랑. 여린 날개가 상할세라 연석은 자제하며 아꼈다. 이윽고 호수의 표정이 조금씩 편안해지는 것이 느껴졌다. 호흡의 결이 달라졌다. 안아 줘. 키스해 줘. 귀엽게 칭얼대는 호수의 눈동자가 흐릿하게 풀어져 있었다. 진하게 혀가 얽히는 순간 느껴졌다. 완벽히 하나가 된 찰나를 겪었다. 침대 위는 한동안 가쁜 숨소리만 떠들썩했다.

"사랑해, 호야. 사랑해. 진짜…… 미칠 것 같아."

연석은 느른하게 풀어지는 호수의 팔다리를 그러모아 품 안에 담았다. 젖어 있던 머리카락이 어느새 버석하게 말라 있었다. 대신 이마와 머릿속이 땀으로 홍건했다. 연석은 호수의 구석구석에 입을 맞추며 이불을 끌어당겼다.

"괜찮아?"

"응. 좋았어."

정말 하나가 된 듯, 스스럼없는 친밀한 감정이 솟았다. 호수의 하얀 손가락이 연석의 턱 끝을 매만졌다. 연석은 그 손을 붙들고 손가락 하나하나 소중하게 입을 맞추었다. 제가 준 반지가 있는 손을 끌어와 또 하나하나 입을 맞추었다.

"이 반지는 여자 친구가 생기면 주고 싶다는 생각하면서 산 거야."

"정말? 그냥 액세서리인 줄만 알았어."

"난 시계만 좋아해. 근데 이 반지가 새끼손가락에 딱 맞는데 옆에서 형이 그러더라고. 그 반지가 네 번째 손가락에 맞는 여자가 네 여자라고. 말도 안 된다고 생각하면서도 그 말이 인상 깊었어."

호수는 항상 끼고 있던 반지가 새롭게 느껴졌다. 마치 예정된 운명이었을까 하는 기대를 품었다.

* * *

깊어진 새벽, 호수는 꼼지락대는 뒤척임에 눈을 떴다. 이제는 제 것인 양 연석의 손이 예의도 없이 가슴을 어르고 있었다. 몸을 돌려 그를 마주했다.

"왜. 안 자고?"

"자다 깼는데 네가 있잖아."

"내 존재 자체가 실례였어?"

"행복이지. 그런데 미안하지만⋯⋯."

미안하다더니 연석은 횟수가 거듭될수록 욕심 사납게 굴었다. 탐험가처럼 호수의 모든 것을 샅샅이 뒤지고 시험했다. 호수가 낯선 소리를 내면 신대륙이라도 발견한 것처럼 탄성을 질렀다. 서로를 안을 때마다 새로운 감각을 깨달았다.

흐릿했던 감각은 선명해지고 행위는 점점 더 과감해졌다. 급기야 호수는 자신의 소리라고 믿을 수 없는 음란한 비명을 질렀다. 머릿속이 아득해진 순간 연석을 안고 허물어졌다. 끈적끈적해진 서로를 끌어안고 옅은 키스를 나누었다.

"오빠, 밖에 눈이 오는 것 같아."

"그래?"

"응. 느낌이 그래."

호수가 몸을 일으켜 창으로 다가갔다.

"호야, 감기 걸려."

더운 숨으로 가득 찬 침실이 답답했다. 호수는 연석의 만류에도 불구하고 창을 열었다. 정말 눈이 내리고 있었다.

"내 말이 맞잖아."

다가온 연석은 자신과 호수의 몸을 이불로 둘렀다.

"그러네. 어떻게 알았어?"

"소복이 쌓이는 소리? 그런 느낌이 들었어."

굵은 눈송이가 무겁게, 툭툭 쌓이고 있었다. 꽁꽁 언 공기를 가르고 탐스러운 눈이 쏟아지는 모습이 시야를 포근하게 속였다.

호수는 제 몸을 감싼 연석의 뜨거운 체온이 안온했다. 볼에 닿는 아플 만큼 찬 공기를 그의 체온으로 달랬다. 오랫동안 저며진 외로움이 손바닥에 닿은 눈처럼 사라졌다. 처음으로 생의 애착이 생겼다. 언제 죽어도 미련 없이 살아왔다. 이제는 두려웠다. 이 사람을 못 볼까 봐. 행복을 알자마자 놓치면 무척 억울할 것 같았다. 목덜미에 닿는 연석의 따뜻한 입술에 스르르 눈이 감겼다.

* * *

호수는 숨찬 탄식과 함께 탄탄한 어깨에 고개를 떨어뜨렸다. 굉장한 열기가 침실을 태운 참이었다. 연석은 땀으로 미끈거리는 아담한 몸을 강하게 옥죄며 끌어안았다. 제 가슴에 늘어진 호수의 머리를 쓰다듬으며 한계치를 겪은 거친 숨을 다스렸다.

호수가 고개를 들어 연석을 바라봤다. 흥분의 여운이 남은 눈가가 아직도 붉었다. 벌어진 입술에서 단내가 풍겼다. 오랜만에 함께한 만큼 긴 시간 서로를 품은 탓이었다. 몸을 감고 마주 앉아 서로의 얼굴과 몸에 입술을 찍으며 후희의 교감을 나누는 만족감이 컸다.

"오늘 기숙사 가지 마."

"안 돼."

연석의 얼굴이 떼쟁이 어린아이처럼 불퉁한 울상이 되었다. 심술맞게 호수의 몸을 터트릴 듯 힘주어 끌어안았다.

"아윽! 아파. 지난번에 벌점도 맞았잖아. 한 번 더 걸리면 위험해."

"차라리 퇴소당해라. 같이 살아 버리게."

"아무 말 대잔치 하시네요."

"진짜 그러고 싶어 하는 거 알잖아."

호수는 조용히 웃기만 했다. 그 마음을 모르는 것도 아니고 그러고 싶지 않은 것도 아니었다. 하지만 내키는 대로 살 수 없었다. 가끔이지만 그의 부모가 드나드는 집에 모른 척 들어앉을 수 없었다.

"아이스크림 준다면서. 나, 고작 아이스크림에 낚인 거야?"

"그걸 이제 알았어?"

연석은 옆에 널브러져 있는 자신의 티셔츠를 주워서 호수의 머리에 끼워 넣었다. 땀이 식자 에어컨 바람 탓에 호수의 몸에 소름이 돋고 있었다.

"샤워할 거야."

"이따 나하고 같이 해. 아이스크림 먹고…… 한 번 더. 아야!"

호수가 매운 손으로 연석의 가슴을 비틀어 꼬집었다. 점심을 먹자마자 호수가 좋아하는 수제 아이스크림을 사 놨다고 꼬셔서 데리고 오더니 그대로 쭉.

벌써 오후의 그늘이 깊어지고 있었다. 호수가 먼저 연석의 품을 벗어나 자리에서 일어났다. 연석은 자신의 반팔 티셔츠가 호수의 예쁜 몸을 가리며 원피스처럼 길게 떨어지는 것을 흡족하게 쳐다봤다.

"진짜 아이스크림 안 줄 거야?"

문득 허기가 몰려왔다. 호수는 책상에 앉으며 채근했다.

"알았어. 내가 너무 기운을 뺐지? 출출할 만도 해."

연석은 느물거리며 바지를 꿰입고 방을 나섰다. 주방에서 달그락거리는 소리를 들으며 호수는 책상 위의 랩톱을 열었다.

"호야! 무슨 맛 먹을래?"

"뭐 있는데?"

연석이 확인하고 있던 메일이 열려 있었다. 영문으로 쓰여 있는 메일을 대충 훑던 호수의 눈동자가 심각하게 깊어졌다.

"딸기, 녹차, 바닐라! 뭐 갖다 줄까?"

펜실베이니아 와튼 스쿨 학사 일정이 일목요연하게 정리된 메일은 '미스터 진연석'만을 위해 따로 작성된, 이미 확정된 스케줄의 확인을 요청하는 내용이었다.

'와튼 스쿨 경영대학원의 경우 직장 근무 경력을 요구하므로 졸업 전에 입국하셔서…….'

귀가 윙윙 울렸다. 지금이 바로 졸업을 앞둔 마지막 학기였다. 얼마 남지 않았구나.

"호야! 무슨 맛!"

"……아무거나! 아니, 다 가져와!"

놀라 호흡이 뜬 호수의 목소리가 날이 선 듯 높았다. 무슨 맛이 있다고 했는지 기억나지 않았다. 달고 차가운 아이스크림을 몽땅, 실컷 먹어야 할 것 같았다. 그와의 마지막 만찬인 양. 단맛도 모르겠고 차가운 것도 느낄 수 없었다. 기계적으로 퍼먹고 있었다.

"호야, 배 많이 고팠구나. 차라리 밥을 먹을 걸 그랬나?"

"아니. 이게 좋아."

밥은 체할 것 같아서. 별 노력 없이 입안에서 녹아 사라지는 아이스크림이 딱 좋았다.

"너, 무슨 생각해?"

호수의 눈동자가 허공에 떠 있었다. 연석은 예민하게 겉도는 분위기를 느꼈다.

"그냥. 이것저것. 다음 주에 있을 취업 설명회…… 오빠는 취업 설명회 신청 안 했어? 류일그룹이잖아."

잔망스럽게도, 물어볼 용기가 없어 슬쩍 떠봤다.

"어. 난 그날 일이 좀 있어서 못 갈 것 같아."

"그래. 그랬구나."

남은 아이스크림을 싹싹 긁어모으는 호수의 수저질에서 신경질이 느껴졌다. 스푼이 유리그릇을 긁는 소리에 연석도 짜증이 났다.

"하긴 오빠 같은 사람들은 취업 설명회 같은 거 필요 없겠다. 길이 많잖아. 굳이 대기업 월급쟁이에 목메지 않아도 되는 사람들이잖아."

마음은 그게 아닌데 말이 곱게 나가지 않는다. 연석이 미운 것도 아닌데, 이해 못 하는 것도 아닌데……. 서운한 걸까. 무서운 걸까. 아니면 슬퍼서일까. 이러지 말자. 이러지 말자. 구차해지지 말자. 호수는 가슴에 얹힌 응어리가 눈물이 되어 나올까 봐 열심히 아이스크림을 긁어 먹었다.

연석은 아까부터 딱딱하게 굳어 있는 호수의 표정이 신경 쓰였다. 오랜만에 함께하는 시간이었다. 언제나 바쁜 호수는 여름방학 내내 취업 준비와 아르바이트로 도무지 짬을 내지 못했다. 남들 다 가는 피서는커녕 한강 물놀이도 가지 못했다. 분명 사랑을 나눌 때까지 좋았는데. 세상을 다 가진 것 같았는데. 도대체 얘가 왜 이렇게 비딱하게 구는지. 도무지 호수 같지 않은 모습이 불안했다.

"화났어? 설명회 같이 가 줄까?"

"아니. 내가 애도 아니고. 오빠 없어도 혼자 잘하고 살았어."

"말이 좀…… 듣기 그렇네."

너 없어도 상관없다는 호수의 말이 앙금이 되어 걸렸다. 서운하고 미운 마음이 들었다. 진연석은 하루 24시간이 몽땅 이호수인데. 너는 내가 없어도 아무렇지도 않지. 항상 바쁘지. 지나치게 이성적이지. 일이 먼저지. 애교 없고 건조한 성격인 걸 알아도, 수줍어 드러내지 못하는 마음은 누구보다 반짝거린다는 걸 아는데도, 가끔은 그런 여자 친구가 아쉬웠다.

연석은 깊은 심호흡을 하며 화를 삼켰다. 싸우고 싶지 않았다. 상처받은 감정으로 서로 못 보는 시간이 얼마나 지옥 같은 줄 알기에. 연석은 분위기를 바꾸기 위해 부러 쾌활하게 호수를 달랬다.

"우리 호야 여름 내내 힘들어서 지쳤나 보다. 오늘 저녁에 맛있는 거 먹으러 갈까? 아니다, 주말에 수영장 갈래?"

"수영장?"

"조금 늦었지만 호캉스라도 가자. 1박 2일로 호텔 잡고 푹 쉬자. 맛있는 거 먹고 수영도 하고."

진작 그럴걸! 연석은 벌써 신이 나서 핸드폰으로 호텔 패키지를 검색하기 시작했다. 제일 좋은 패키지를 찾느라 손가락이 바빴다.

"근데, 주말에…… 과외 보충 있는데."

"종일 하는 거 아니잖아. 끝나고 바로 가면 돼."

호수는 갑작스러운 제안에 당황하기도 하고 조금은 들뜨기도 했지만, 현실적인 생각이 바로 뒤를 따랐다.

"아니. 나는 수영복도 사야 하고. 하여튼 전부 새로 준비해야 하는데. 그럼 돈도 들고."

"하……."

지그시 눈을 감은 연석의 입에서 억누른 탄식이 새어 나왔다.

"그냥 좀. 호야……."

흥이 식은 연석은 들고 있던 핸드폰을 바닥에 떨구었다. 머리를 마구잡이로 흩트리며 치미는 짜증을 식혀보려 노력했다.

"한 번쯤. 그냥 아무 생각 없이…… 좀."

호수의 얼굴이 붉어졌다. 무의식적으로 머릿속의 금전 등록기가 요란한 소리를 내 버렸다. 연석의 말대로 아무 생각 없이 좋아해 주지 못하는 자신이 부끄러웠다. 연석을 생각해서라도 그러지 말았어야 했다. 자신 때문에 그도 마땅하게 누리던 즐거움을 포

기했다. 겨울에는 스키 모임을 포기했고 이번 방학에도 지인들과
의 해외여행을 가지 않았다. 호수가 쉬는 날만 손꼽아 기다리고
맞춰 준 사람에 대한 예의가 아니었다. 한편으로 이제 그도 지치
겠다 싶었다. 해 주지 못하면 따르기나 할 것이지. 생각이 너무 많
아서 탈이었다.

"나 잠깐 나갔다 올게. 저녁에 뭐 먹을지 생각해 놔."

가방을 뒤져 담배를 찾아든 연석이 밖으로 나갔다. 싸우고 싶
지 않아서 화를 참느라 시간을 벌러 나가는 모양이었다. 침묵하고
앉아 있던 호수는 침대 밑에 떨어져 있던 옷을 챙겨 갈아입었다.

* * *

머리를 식힐 겸 차를 몰고 한바탕 드라이브를 하고 들어온 연석
은 손에 쥔 담배를 바닥에 내던졌다. 호수의 신발이 없었다. 화가
나서 돌아간 것 같았다. 거실 테이블에는 연석이 두고 나간 핸드
폰과 호수의 메모가 가지런히 놓여 있었다.

[미안해. 저녁에 급한 일이 있는 걸 깜빡했어. 수영장 갈게. 일정
잡히면 알려 줘. 신경 써 줘서 고마워. 사랑해요.]

이러지 않으려고 했는데. 연석은 소파에 주저앉아 한숨만 푹푹
내쉬었다. 이런 최악의 기분이 너무 싫었다. 자신보다 호수의 마
음이 신경 쓰였다. 호수에게 연락해 볼까. 핸드폰을 들고 한참 고
민하던 연석은 뭔가 떠오른 듯 검색을 시작했다.

"무슨 수영복이 이렇게 비싸?"

눈에 띄거나 예쁘다 싶은 것들은 일이십만 원이 우스웠다. 호수
가 망설일 만했다. 겨울 외투도 고민하고 고민해서 사 입는 아이
에게 한두 번 입고 말 수영복에 이만한 돈을 쓴다는 것은 어불
성설이었다.

'아무 생각 없이…… 좀.' 그 말이 얼마나 가슴에 못이 됐을까.

"하…… 미친 새끼. 아! 병신아!"

제 머리를 쥐어박는 연석의 주먹질은 진심이었다.

* * *

"어이구, 여기까지 웬 행차세요? 아우님?"

헬멧에 눌려 있던 머리를 흔들며 정석이 비꼬듯이 물었다. 독립
한다고 나가더니 여자 친구한테 정신 팔린 티를 단단히 내는 동
생이 귀여우면서도 못마땅했다.

"우와! 형, 오토바이 샀어?"

클래식하면서도 역동적인 야성미를 뽐내는 로망의 바이크. 날
렵하게 빠진 몸체에 검정과 짙은 은회색 광채가 눈부신 할리 데
이비슨을 본 연석의 눈이 치기 어린 열망으로 빛났다.

"재킷도 죽이는데!"

가족이고 형제이기에 덤덤할 뿐이지 연석이 보기에도 형은 가
끔 굉장한 잘생김으로 다가왔다. 게다가 평생 보지 못한 정석의
낯선 야성미에 연석도 살짝 흔들렸다. 폼 나는 바이크 재킷을 입
고 웅장한 할리 데이비슨과 함께 달리는 것은 모든 남자의 꿈이

나 마찬가지였다. 연석은 강제적으로 정석이 입고 있던 재킷을 벗기더니 자신이 걸쳤다.

"네 멋대로 지금, 뭐 하는 거지?"

연석은 묻지도 않고 바이크 위에 턱하니 올라타더니 키를 돌려 시동을 걸었다. 쿠콰콰광! 머플러에서 울부짖는 맹수의 포효 같은 배기음에 연석의 심장이 들썩거렸다.

"형, 나 한 바퀴만 돌고 올게."

"헬멧부터 써, 인마."

정석은 들고 있던 헬멧을 연석에게 던져 주었다.

"나 오늘 기분이 안 좋아서 형하고 한잔하러 온 거니까 준비 좀 해 놔. 한 삼십 분 걸릴 거야."

"이 자식이 형님을 무슨 머슴 부리듯 하네. 왜, 호야 씨하고 싸웠어?"

"좀 복잡해. 하여튼 기분 전환 좀 하고 올 테니까. 철저히 준비해 줘."

정석은 신이 난 와중에도 가라앉아 있던 동생의 눈빛이 마음에 걸렸다. 금세 헤어질 줄 알았더니 벌써 일 년이 다 되어 가는 것 같았다. 졸업을 앞두고 아버지가 강력하게 유학을 권하고 있었다. 그 문제로 여자 친구와 싸운 건 아닌지. 조심스러운 걱정이 들었다. 주차장을 빠져나가는 동생의 뒷모습이 부쩍 안쓰러웠다.

* * *

기숙사에 홀로 누운 호수는 하얀 페인트가 칠해진 천장을 멍하니 보고 있었다. 머릿속이 뒤죽박죽이었다. 연석, 연애, 그의 유학, 자신의 진로, 쓰다 만 자기소개서, 각 기업의 가을 공채 스케줄. 어느 것도 만만한 고민이 아니었다. 생각이 너무 많아 정신이 탈진한 상태였다. 신경을 찌르는 요란한 핸드폰 소리에 느릿느릿 몸을 일으켰다. 처음 보는 번호였다. 한동안 고민하다 받아 보았다.

"여보세요."

―이호수!

"누구……? 큰엄마?"

―그래. 오랜만이다.

반갑지 않은 전화에 인상이 찌푸려졌다. 그냥 받지 말 걸 그랬다. 아무래도 오늘 일진이 사납다.

"네. 안녕하셨어요."

―얘! 너 집에서 나가면서 그림 가져갔니?

"네?"

―그림! 그림 가져갔냐고.

인정의 목소리가 다급하면서도 앙칼졌다. 호수는 마치 범인을 심문하는 듯한 인정의 상스러운 억양에 기분이 상했다.

"아빠가 그린 거요? 네. 제가 하나 가져왔어요."

―야!

귀청이 떨어질 것 같은 매서운 소리에 놀란 호수의 가슴이 두근거렸다.

-너! 그거 당장 가져와! 집 주소 보낼 테니까 택배로…… 아니지. 직접 가져와!

"왜요?"

-가져오라면 가져올 것이지 말이 많니? 하여튼 이번 주말에 안 가져오면 신고할 줄 알아!

다짜고짜 윽박지르던 전화가 끊겼다. 한바탕 소란이 휩쓸고 간 통화에 얼얼한 기분이었다. 호수는 책상 위에 고이 자리하고 있는 아빠의 유산을 쳐다봤다. 절대 줄 수 없었다. 달랑 하나 남은 아빠의 흔적이었다.

다시 시끄러운 전화벨이 울렸다. 연석의 이름이 뜬 화면을 멀거니 쳐다보았다. 지금은 차분히 대화할 자신이 없었다. 말끝에 또 억지스러운 떼를 쓸 것 같았다. 연이어 두 번 세 번 울리던 전화가 끊어졌다. 이제 좀 조용한 시간을 누릴까 싶어지자 메시지가 들어왔다. 오랜만에 보는 해성의 이름이었다.

-호야, 연석이가 사고 났어. 내가 지금 데리러 갈게. 준비하고 있어.

오늘 정말 운수가 대단한 날이다.

* * *

퇴근길 러시아워 타임이 지났는데도 도로는 꽉꽉 메워져 있었다. 그 때문에 마음이 더 조급했다.

"앞에 사고가 났나? 차가 엄청 막히네."

차창 밖에 시선을 둔 호수는 심하다 싶게 조용했다. 해성은 조수석에 앉은 호수가 걱정스러워 연신 고개를 돌려 안색을 확인했다. 곱게 빻은 밀가루보다 더 하얗게 바랜 얼굴로, 아무 표정 없이 혼자만의 전쟁을 치르는 것이 느껴졌다. 미동 없는 눈동자는 침착해 보였지만, 끊임없이 물어뜯고 짓이기는 부푼 입술과 가방 끈을 움켜쥔 뼈가 도드라진 손에서 그녀의 두려움이 느껴졌다.

"호수야, 너무 걱정하지 마. 나도 퇴근 직전 업무 폭풍 속에서 연락받는 바람에 정신 없었지만, 어머님 목소리로 봐서 큰일 아닌 것 같았어."

"네."

"난데없이 웬 오토바이를 타 가지고 말이야. 하여튼 철이 없어. 호수 네가 고생이 많다."

"오빠."

"응."

"토할 것 같아요. 그냥 조용히 갈게요."

"어…… 그래."

호수의 가라앉은 말에 해성은 멋쩍게 입을 닫았다. 다정다감하고 발랄한 성실하고만 붙어 있다가 보니 오랜만에 듣는 호수의 건조하고 단호한 말투에 적응이 안 됐다. 자만심과 자존감의 아이콘 진연석이 쩔쩔매는 여자 친구다웠다.

안내받은 병실로 올라가자 주인 없는 장소에 웬 중년 귀부인이 앉아 있었다. 문을 열고 두리번거리는 해성과 호수를 의아한 눈으로 보던 여자가 물었다.

"누구?"

"안녕하세요. 저희는 연석이 학교 친굽니다."

해성의 소개에 중년 부인의 얼굴이 반가운 이를 맞는 듯 환하게 펴졌다.

"아! 그래요. 저기 소파에 앉아요. 지금 무슨 검사 때문에 내려갔어요. 그럼 우리 주연이도 잘 알겠네?"

"여주연 어머니 되세요? 안녕하세요."

해성과 호수는 한 번 더 깍듯하게 고개를 숙여 인사했다. 인경은 품위 있는 고갯짓을 한 후 울리는 핸드폰을 받아야겠다며 양해를 구했다.

"저예요. 응, 큰일은 아니래요. 정석이 오토바이를 타고 나갔다고 하더라고요."

상대방이 누군지 몰라도 연석의 상태를 묻는 것 같았다.

"알았어요. 유학 전에 애들 묶어서 내보내는 거야 뭐 흔한 일이지. 당신은 진 회장님 마음이나 붙들어요. 나는 나희 맡을 테니까."

남편의 말을 듣던 인경은 살짝 몸을 돌려 해성과 호수를 등졌다. 조심스럽게 소리를 죽였지만, 기분 좋은 웃음기가 묻은 목소리의 옥타브가 높았다.

"아유, 벌써 무슨 예식장이야. 당신도 참."

해성이 흠칫 놀라며 호수를 돌아봤지만, 못 들은 건지 너무 놀란 건지 알 수 없는 무표정이었다. 인경의 통화는 계속 이어졌다. 간간이 약혼이 어쩌고 미국 아파트 시세가 저쩌고 하는 소리가 들렸다. 도저히 안 되겠다 싶어 해성은 호수를 일으켜 세웠다. 뜻을 알아들은 호수가 먼저 병실 밖으로 나갔다.

감히 무엇으로 호수의 기분을 달랠 수 있을까. 해성은 입술만 달싹거릴 뿐 어떤 말도 건넬 수 없었다. 해성 자신도 대학이라는 공간에서 만나지 않았다면 연석을 친구로 둘 수 없었을 터였다. 평범한 이들이라면, 사회에서 어떤 접점도 가질 수 없는 부류가 연석이네 같은 집안이었다. 아무리 사랑한다고 한들 점점 격차가 벌어질 테고 그것을 체감할 텐데 이들이 언제까지 견딜 수 있을지 걱정스러울 뿐이었다.

특실만 있는 층이라 그런지 복도는 쾌적하고 조용했다. 호수가 우두커니 서 있는 바람에 해성도 함께 벌서는 기분이었다.

"어! 연석이 어머니시다. 에이, 여주연은 왜 붙어 있어."

해성의 말에 호수가 퍼뜩 정신을 차렸다. 연석의 안위만 생각하고 따라오느라 행색이 별로였다. 되는대로 맨손으로 머리를 정리하며 단정하게 섰다. 나희의 팔짱을 낀 주연의 눈이 세모꼴로 뾰족해지는 것이 보였다.

"어머니! 안녕하셨어요. 연석이는요?"

해성이 먼저 넙죽 인사하며 살갑게 굴었다. 나희의 표정을 본 호수는 그제야 몸에 피가 도는 것 같았다. 심각하지 않은, 너스레를 떨 듯 울상을 지으며 손을 내젓는 것이 큰일이 아님을 말해 줬다.

"어유. 말도 마라. 내가 아주 아들놈들 때문에 명이 준다. 줄어!"

"상태가 어떤데요?"

"지금 이것저것 사진 찍고 검사하는데 큰 이상 없나 봐. 겉은 조금 상했는데 뭐 별거 아니고. 바쁜데 일부러 와 줘서 고맙⋯⋯다."

조금 떨어져 선 호수를 발견한 나희의 눈에 의문이 떠올랐다. 호수는 그 모습을 놓치지 않고 바로 다가가 인사했다.

"안녕하세요. 학교 후배 이호수라고 합니다."

잠시 호수를 눈여겨보던 나희의 입가에 기분 좋은 미소가 떠올랐다.

"어머……. 고마워라. 세상에 애기네, 애기야. 1학년?"

"아니요. 4학년이에요."

나희의 눈이 놀라움으로 동그래졌다. 주변의 내로라하는 집안 딸들의 능숙한 세련됨과 비교됐다. 아주 옅은 화장기에 윤기가 반질반질한 까만 머리가 주는 수수함이 신선했다. 당장 옆에 있는 주연과 비교해도 차이가 컸다.

"정말? 볼에 솜털 봐. 고등학생이라고 해도 믿겠어. 유기농이네! 유기농."

"네?"

"예쁘다는 뜻이에요. 수수하고 푸릇한 게 유기농 채소 같아서. 혹시 기분 나빴다면 미안해요."

"아니에요. 칭찬 감사합니다."

나희는 단정한 호수를 찬찬히 뜯어봤다. 제일 마음에 드는 것은 눈이었다. 서늘한 눈동자가 영리하게 빛나는 덕에 수수해도 호락호락해 보이지 않아 좋았다. 남편 진규영의 눈빛과 비슷해서일까. 호감이 갔다.

"어머님, 들어가요. 다리 아프세요."

주연은 나희의 팔을 당기며 병실로 가자 했다. 호수에게 정겹게 말하는 나희가 불안했다.

"너희 서로 아는 사이 아니야? 왜 인사들을 안 해?"

나희는 서로 데면데면하게 구는 세 사람에게서 묘한 위화감을 느꼈다. 나희의 말을 듣고서야 떨떠름하게 인사를 주고받는 모습을 유심히 관찰했다. 특히 아들의 친구인 해성의 태도를 눈여겨 보았다.

"들어가요, 어머니. 오빠 금방 올라온다잖아요."

"근데, 주연아."

나희는 제 팔을 얽어맨 주연에게서 팔을 빼며 우아하게 웃었다.

"네?"

"너 왜 자꾸 나한테 어머니라고 하니? 너네 엄마 저 안에 있어. 아우, 그렇게 부르지 마. 오글거려."

주연의 표정이 민망함으로 굳어 버렸다. 일부러 호수 보란 듯이 친근하게 군 것이 오히려 망신을 산 꼴이었다. 싫고 좋고가 뚜렷하고 남의 기분 따위 괘념치 않는 나희의 성격을 깜빡했다. 재벌가 외동딸 부럽지 않게 살아온 윤나희였다. 독한 사람은 아니었지만, 묘하게 이기적이었다. 자신의 생각이 우선인 성격이었고 특히 느낌이 별로일 때는 가차 없었다.

"호야!"

복도를 쩌렁쩌렁 울리는 연석의 목소리를 향해 모두의 시선이 모였다. 멀쩡한 모습에 환자복만 걸친 연석을 본 호수가 잠시 휘청거렸다. 엘리베이터에서 내린 연석의 눈에 가장 먼저 호수가 보였다. 호수를 향해 걷는 절뚝거리는 걸음이 급했다.

"호야! 언제 왔어?"

"호야……? 어머! 학생이 호야였어?"

나희가 호들갑스럽게 웃으며 호수의 손을 붙들었다.

"아니, 말을 하지. 학생이 그 호야였구나. 우리 연석이 여자 친구 맞죠?"

"네……."

수줍게 고개 숙이는 호수를 연신 들여다보며 나희는 반갑게 웃었다. 옆에 아들이 와서 저리 가라고 미는데도 아랑곳없이 새삼스럽게 호수를 뜯어보느라 바빴다.

"엄마마마, 자리 좀 비켜 주시죠. 호야랑 얘기 좀 하게……."

안달이 난 아들을 곱게 흘겨본 나희가 해성과 함께 병실로 향했다. 호수를 째려보는 주연을 발견하고는 쯧쯧 혀를 찼다. 아니라고 말해도 포기하지 않는 것이 불쌍하기도 하고 답답하기도 했다.

"오빠…… 괜찮은 거야?"

"아니야, 다쳤어. 여기 막, 이것 봐. 종아리랑 허벅지 까지고. 지금 등도 아프고 허리도 아프고. 이마 좀 봐 봐."

엄살 떠는 연석의 너스레를 들어 주던 호수가 그의 옷자락을 붙들었다. 이제야 긴장이 풀리는지 더는 버티고 서 있기 힘들었다. 공간이 빙빙 돌고 무릎에 힘이 빠졌다.

"호야! 괜찮아?"

연석의 다급한 외침에 병실로 들어가던 해성과 나희가 멈춰섰다.

"연석아, 호야 잡아라!"

나희가 염려스럽게 외쳤다.

"어지……러워."

호수가 밭은 숨을 내쉬며 무너졌다. 자리가 자리인지라 정신을 차리려고 해도 몸이 말을 듣지 않았다. 연석의 옷을 붙들고 후들거리는 몸을 버티다 그대로 주르륵 주저앉았다.

"어머!"

주연은 뒤로 돌아섰고.

"아이고……."

해성은 손으로 머리를 짚었으며.

"하하하하. 이걸 우리만 보니까 아깝네. 해성아, 사진이라도 좀 찍어!"

나희는 숨이 넘어가게 웃어 젖혔다. 하필이면, 호수가 헐렁한 환자복 바지를 붙들고 늘어지다 쓰러지는 바람에 참사가 벌어졌다. 건장한 진연석의 하체가 한라 의료원 특실 복도에 당당하게 섰다. 벗겨진 바지를 제대로 추스르지도 못하고 쓰러진 여자 친구의 이름을 부르는 연석의 목소리가 처절했다.

* * *

"그럼 우리는 간다. 호야 잘 돌봐라."

"엄마, 거꾸로잖아. 환자는 난데. 하지만 잘 돌봐야지 그럼."

연석은 배웅 나오는 척하면서 나희의 등을 떠밀었다.

"썩을 놈들. 아들자식들 다 필요 없어. 해성아, 봤지? 지금 빨리 가라고 미는 것 봐라."

나희는 연석의 옆에 창백한 얼굴로 선 호수를 안쓰럽게 쳐다봤다. 다행히 잠시 놀라 쇼크에 빠진 거라고 했다. 수액이라도 맞춰야 한다고 강력하게 주장하는 연석의 흑심을 모르는 척 물러나는 참이었다.

"호야는 나중에 또 보자."

나희는 긴말로 어려운 자리 만들고 싶지 않았다. 갑작스럽게 마주치는 바람에 불편하다고 난리 치는 연석의 성화에 질린 것도 있었다. 내가 귀찮으면 남도 귀찮다는 신조를 지닌 나희답게 짧은 인사를 남기고 자리를 비워 줬다. 둘만 남자 연석은 호수를 끌어다 제가 쓰는 침대에 눕혔다.

"좀 쉬어. 나 때문에 많이 놀랐지. 그런데 기분은 좋다. 너한테 미안하지만."

"갑자기 오토바이를 타고 그래."

"오랜만에 탔더니. 방심한 거지. 커브 길에서 미끄러졌어. 네 생각부터 나더라."

"오빠 어머님이 아시면 엄청 섭섭해 하시겠네."

"괜찮아. 우리 엄마마마는 아버지만 있으면 되는 분이라."

연석은 슬금슬금 침대 위로 올라와 호수의 옆에 누웠다.

"그런데 정말 괜찮아?"

"괜찮아. 아무 이상 없대. 그냥 넘어진 거로 생각해. 사실 네 앞에서 불쌍한 척 엄살 좀 부리려고 했는데. 네가 그 정도로 놀랐을 줄이야.”

“별생각을 다 했어. 아주 최악의 상황까지 생각했어.”

연석은 미안한 마음에 호수의 몸을 꼬옥 끌어안았다. 이마와 콧방울에 입을 맞추고 미안하다 속삭였다. 연석의 환자복 앞섶을 꼼지락거리는 호수에게서 딴생각이 읽혔다. 뭔가 하고 싶은 말이 있는데 삼키는 분위기였다.

“자꾸 그렇게 꼬물거리면서 만지면 내가 어떻게 되겠어.”

능청맞은 연석의 호통에 호수가 피식 웃으며 그의 입술에 베이비 키스를 남겼다.

“어허! 안 되겠네. 주사 좀 맞을래?”

연석의 손이 호수의 엉덩이를 꾹 눌러 잡아 제 하체로 끌어당겼다. 불끈 솟은 연석의 본능이 느껴졌다.

“진짜…… 시도 때도 없어.”

“고맙다고 해야지. 나중에 결혼하면 이런 남편이 자랑스럽다고 외치고 싶을걸? 어디 마땅한 대나무 숲이나 알아 놔.”

“오빠, 나한테 할 말 없어?”

“……?”

“언제 들어가? 방학하고 바로 갈 거야?”

연석의 입에서 아, 하고 깨닫는 탄식이 터졌다.

“어떻게 알았어?”

“아까. 오빠 집에서 컴퓨터 쓰려고 하다가 메일이 열려 있길래. 일부러 훔쳐본 건 아니야.”

그래서 그렇게 날이 서 있었구나. 많이 놀라고 속상했을 마음이 안쓰러웠다.

"흠…… 아직 확정이 아니라서 말 못 했어. 가긴 가야 할 것 같아. 요즘 생각이 좀 많았어."

"……."

"묻고 싶은 거 다 물어봐."

"혹시, 주연이하고 같이 가?"

"뭐?"

여기서 왜 또 그것이 등장하는지. 잊을 만하면 끼어드는 이물질 같은 존재에 짜증이 일었다.

"도대체 걔가 여기서 왜 나오는 건지 이해가 안 가네. 어디서 또 무엇을 들으셨을까?"

"아니야?"

"아니야! 가면 너하고 가야지. 미쳤어? 무엇보다 우리 엄마도 걔는 별로라고 했어. 버르장머리 없다고. 실현 가능성 제로야."

내가 어떻게 가. 그 말이 목구멍에서 기어 나오지 못하고 덩어리져서 걸렸다.

"오빠가 뭐라고 했니. 내 옆에 있으라고 했지. 안 된다는 둥. 말도 안 된다는 둥. 다 소용없어. 생각하지 마. 생각은 내가 해."

믿고 싶었다. 이 순간, 연석에게 절실하게 의지하고 싶었다. 그의 말대로 한 번쯤, 아무 생각 없이. 사고 났다는 소식에 세상의 빛이 꺼지고 발밑이 꺼져 나락으로 처박히는 기분이었다. 암담하기만 했다.

"가고 싶어."

"……!"

"오빠 따라가고 싶어. 죽이 되든 밥이 되든…… 일단 같이 있고 싶어. 오빠가 가 버릴까 봐. 무서웠어. 화도 나고 속상하고…… 너무 슬펐어."

연석의 옷자락을 붙들고 품에 얼굴을 묻은 호수가 숨죽인 채 들썩였다. 소리 죽여 우는 흐느낌에 연석의 심장이 으깨지는 것 같았다.

"당연히 같이 가야지. 나는 호야 두고 못 가지."

반지가 끼워진 호수의 손을 깍지 껴잡으며 연석은 나직이 맹세했다. 혼자 두지 않겠다고. 평생 같이 있을 거라고.

규영은 오랜만에 집에서 저녁을 함께한 연석을 흐뭇하게 쳐다보았다. 항상 촬영이다 뭐다 바쁜 큰아들 정석은 진작 포기했지만, 집안의 활력소 같았던 연석마저 빠지니 집안이 적적했었다. 졸업식 전에 출국 일정이 잡힌 연석을 불러 놓고 몇 마디 당부할 자리를 만들었다.

"준비는 다 했어?"

"네. 여기서 할 수 있는 건 다 했어요. 나머지는 그쪽에 들어가서 하나하나 풀어 가야죠."

"그래. 이제 부모가 챙겨 줄 나이가 아니니 네가 잘 알아서 했겠지."

규영은 건들거리는 것 같으면서도 제가 할 일은 빈틈없이 챙기는 연석을 믿었다. 후식으로 마실 차를 내오던 나희가 짐짓 가라앉은 어조로 말했다.

"호야가 서운해 하겠다. 장거리 연애가 쉽지 않은데."

"잘 이겨 내 봐야죠."

"그런데 호야네는 어때?"

"그냥 평범한 집이에요. 해성이네 같은 뭐……."

연석은 차마 나희의 얼굴을 바로 보지 못하고 어물쩍 넘겨 대답했다.

"당신은 봤다고 했지? 마음에 들었나 보네."

"나쁘지 않더라고요. 단정하고 깨끗한 인상인데 똑 부러져 보여서 믿음이 가는 타입이랄까."

"흠…… 나도 한번 보고 싶네. 연석이 나가기 전에 자리 한번 만들어 보든가."

"그럴까요? 연석아, 괜찮겠니?"

"호야한테 물어는 볼게요. 그런데 불편할 수도 있어요."

연석의 말에 나희는 고개를 끄덕였다. 신혼 초, 시댁 식구들 모인 자리에 혼자 있으면 그렇게 불편할 수가 없었다. 단지 여자 친구라는 이유로 호수를 마음대로 불러낸다는 것이 실례겠다 싶었다.

"당신 느낌대로 그렇게 괜찮은 아이라면 나중에 기회 봐서 같이 공부하자고 해도 되지 않을까?"

"그건…… 저희가 알아서 할게요."

연석은 일부러 듬직하게 웃으며 부모님들을 안심시켰다. 지금은 죄송하지만, 장래에는 절대 실망하게 해 드리지 않겠다는 혼자만의 다짐이 굳건했다.

* * *

연석은 품속에 웅크려 앉은 호수의 정수리에 턱을 얹은 채 마우스를 움직였다. 랩톱 화면 속에는 아담한 아파트의 실내 구조가 담긴 사진이 여러 장 떠 있었다.

"어때? 마음에 들어?"

"응. 좋아."

연석은 밋밋한 대답이 서운해 호수의 어깨를 살짝 깨물었다. 호수는 목을 움츠리며 작은 웃음을 터트렸다.

"겨우 그게 다야?"

"엄청 좋아. 예뻐."

뭘 더 바라냐.

연석은 호수의 목덜미에 코를 묻으며 고개를 저었다. 술이라도 먹어야 조잘거리고 신나게 웃는 내 여자 친구. 무던한 대답 속에 숨은 수줍은 기쁨을 알아차리는 것도 이호수 남자 친구로서 갖춰야 할 덕목이었다.

얼마나 걸릴지 모르는 유학 생활. 호수를 두고 갈 수 없었다. 외롭고 쓸쓸한 아이를 휘저어 놨으니 책임을 져야 했고 무엇보다 연석 자신이 호수 없이 지낼 엄두가 나지 않았다.

"학교 주변에 썩 괜찮은 아파트가 없더라고 일단 여기서 지내면서 더 알아보자."

"아니, 엄청 좋은데. 주변에 공원도 있고 마음에 들어. 가서 일자리나 빨리 생겼으면 좋겠어."

"너는 일자리보다 우선 적응부터 해야지. 오래 지내야 하니까 급하게 굴 것 없어."

토닥여 주는 연석의 말에 호수의 마음이 한결 편안해졌다. 아예 다른 나라로 가서 지내는 생활이 두려우면서도 설렜다. 연석과 온전히 함께 지내는 생활이 주는 심적 아늑함에 벌써 마음은 펜실베이니아의 작은 아파트에 가 있었다.

"나보다 오빠가 더 걱정이야. 가자마자 출근이라면서."

"내 걱정? 뭐 하러? 오빠는 이미 적응 완료야. 그까짓 업무 한 달 정도 파면 익숙해질 거고."

"아. 뉘에. 어련하시겠어요. 꺄아!"

연석은 익살스럽게 비꼬는 호수의 코를 꼬집고 옆구리를 간지럽혔다. 두 다리로 호수의 몸을 묶어 놓고 간지럼을 태웠다. 둘은 숨이 꼴딱 넘어가도록 웃으며 몸부림을 쳤다.

엎치락뒤치락 몸싸움하던 동작이 점점 느릿하게 늘어졌다. 서로의 목을, 몸을 팔로 껴안고 쪽, 쪽 입을 맞췄다. 입맞춤이 감미롭게 이어졌다. 부드럽게 서로의 혀를 감싸고 호흡을 나누며 몸을 뉘었다. 입술이 떨어지면 시선이 부딪혔다. 사랑이 일렁이는 눈빛에 마음이 뜨거워졌다. 싱긋 웃고는 다시 서로의 입술을 머금고 타액을 나누었다. 연석의 높은 코가 호수의 목덜미를 맴돌고 빗장뼈를 지분거렸다. 연석은 가빠지는 숨을 토하며 호수의 귓가에 마음을 털어놨다.

"호야, 사랑해."

"응……."

그 무심한 대답에 연석은 호수의 품에 얼굴을 묻고 가슴을 들썩이며 웃었다. 이런 아이가 날이 갈수록 예뻐 죽을 것 같았다. 그저 응이라든가 나도 라는 대답이 다인데도 천 마디 말보다 더한 진심이 느껴져서 가슴이 터질 것 같았다.

"왜? 왜 이렇게 웃어?"

"난 진짜 호수에 풍덩 빠졌어. 숨이 차서 그런가? 정신을 못 차리겠어."

연석은 어리둥절하게 말똥거리는 호수의 눈두덩에 입을 맞췄다. 호수는 쏟아지는 다정한 시선에 행복했다. 연석의 목을 끌어안으며 귓가에 유혹의 말을 속삭였다.

"오빠, 사랑하고 싶어."

"미국 가면 매일 할 거야. 신혼부부처럼."

한동안 키들거리며 웃던 두 입술이 달콤하게 맞닿았다. 혀뿌리까지 단맛을 찾아 갈급하게 파고들었다. 서로의 몸을 어루만지는 손길이 점점 노골적인 욕망을 담고 은밀한 곳을 탐했다. 본능적 자극에 정신없이 몰입하면서도 떨어지지 않는 시선 속에는 순전한 사랑이 빛났다. 내밀한 쾌락이 터트려지는 순간에도 서로를 끌어안으며 사랑한다는 말만 되풀이했다.

* * *

기숙사에서 퇴소하는 날. 4년간 희로애락을 함께한 보금자리와의 마지막이었다. 연석이 마지막 짐을 들고 나가고 나서도 호수는 발을 떼지 못했다. 연석이 가족 여행을 가 있는 동안 혼자 그의 오피스텔에서 지내기로 했다. 그리고 바로 함께 출국이었다.

연석의 가족은 물론 주변의 누구에게도 알리지 않았다. 소문이 돌아 연석이 곤란해질 것을 예방하기 위해서였다. 호수가 어느 정도 자리가 잡히면 부모님께 솔직히 사정을 밝히고 결혼 허락을 받을 계획이었다.

'3년이면 될 거야. 허락 못 받아도 상관없어. 이호수 남편 되겠다는 계획은 절대 불변이니까.'

연석의 부모님께는 너무너무 죄송했다. 하지만 수천 번 고민하고 마음을 고쳐먹어도 결국 제자리였다. 그를 향한 욕심을 내려놓을 수 없었다. 오늘만 생각하기로 했다. 미래까지 고민하며 현재의 행복을 갉아먹고 싶지 않았다. 만감이 교차하는 마음으로 기숙사 문을 닫고 나왔다. 날씨가 맑았다. 겨울 햇살이 차가운 공기 사이로 따사롭게 내리쬐는 것이 기분 좋았다. 연석은 트렁크에 짐을 부리며 통화 중이었다. 호수가 가까이 가자 난감한 표정으로 전화를 끊었다.

"어쩌지, 호수야."

"왜?"

"엄마, 아빠가 근처에 오셨는데 같이 식사하자고. 내가 학교에 있다고 말하는 바람에."

"지금 어디 계시는데?"

"대학원 건물 주차장. 너는…… 그냥 집에 먼저 가 있어. 점심만 먹고 갈게."

"……."

연석의 난처한 얼굴을 보니 그의 부모님께 미안한 마음이 더했다. 어쩌면 마지막일 텐데 인사라도 드려야 사람의 도리지 싶었다.

"인사는 드려야지. 나도 그게 마음이 편할 것 같아."

"그럴래?"

연석은 내심 기뻤다. 엄마가 첫눈에 호수를 마음에 들어 한 것처럼 당연히 아버지도 좋아하실 거라 짐작했다. 솔직히 보여 주고 싶고 자랑하고 싶은 마음이 굴뚝이었다. 이렇게 괜찮은 아이와 만나고 있다고 미리 확인시켜 드리고 싶었다. 어려운 자리일 텐데 호수가 먼저 나서 준 것도 고마웠다.

손을 꼭 잡고 부모님이 기다리는 주차장으로 향했다. 새로운 희망으로 들떠 웃음이 끝없이 흘러나왔다. 멀찍이 연석의 부모님이 탄 차가 보였다. 문이 열리고 체구가 아담한 중년 신사가 내리는 것이 보였다.

"우리 아버지야."

"저분이?"

깜짝 놀란 호수의 눈이 연석과 규영을 번갈아 보느라 바빴다. 당연히 연석처럼 키가 훤칠하고 건장할 줄 알았다. 굉장한 미중년일 것으로 생각했었다. 배우 진정석과 남자 친구 연석의 유전자는 순전히 윤나희 여사의 몰빵이었다.

"다들 새아버지냐고 물어."

웃으면 안 되는데 웃음이 나왔다. 정말 얼굴도 전혀 달랐다. 보자마자 잘생겼다는 말이 절로 터지는 두 형제의 외모와 전혀 딴

판이었다.

"안녕하세요."

다소곳하게 인사하는 호수를 바라보며 나희가 규영의 팔을 붙들었다.

"호야예요. 귀엽죠."

"그러네."

가까이서 보니 규영은 카리스마가 대단했다. 인자하게 웃고 있었지만, 커다란 산을 대하고 있는 것 같은 위엄이 느껴졌다.

"반가워요. 연석이 아버지예요. 갑자기 이렇게 보게 해서 미안해요."

"아닙니다."

네 사람은 그대로 서서 몇 마디 주고받았다. 규영의 농담에 나희와 호수가 웃고 연석이 핀잔을 줄 때였다. 느닷없는 모진 소음이 호수를 경직시켰다.

"이호수!"

등줄기를 타고 소름이 올랐다. 머리카락이 쭈뼛 서며 가슴이 불안으로 어지러워졌다. 자신도 모르게 연석의 손을 잡고 그를 올려다봤다. 한 번 더 뒤에서 호수의 이름을 부르는 사나운 소리가 들렸다. 연석이 뒤를 돌며 호수의 어깨를 끌어안았다. 억세 보이는 여자가 경찰을 대동하고 뛰어오고 있었다.

"아는 사람이야?"

"큰……엄마."

연석의 미간에 굵은 주름이 잡혔다. 말로만 듣던, 하지만 한 번도 좋은 소리를 듣지 못했던 큰엄마라는 사람의 등장다웠다. 호수는 눈을 질끈 감았다. 세상이 끝난 기분이었다. 왜 하필이면 이때. 그냥 집에 가 있을걸. 연석의 말을 들었어야 했다는 후회가 가슴을 쳤다.

"쟤예요. 쟤. 도둑년!"

인정이 손가락으로 호수를 가리키며 경찰을 끌고 왔다.

"연석아, 이게 무슨 일이니?"

생각지도 못한 기막힌 상황에 나희는 공황 상태에 빠지기 직전이었다. 생전 처음 겪는 못 볼꼴이었다. 아들을 추궁했지만, 꾹 다문 입은 열릴 기미가 없었다.

"잠시만요. 제가 알아보고 올게요."

연석은 양해를 구하고 호수의 손을 잡고 불청객들에게 다가갔다.

"무슨 일이십니까?"

"이 도둑년의 계집애. 전화도 안 받고, 오늘 기숙사 마지막 날이라면서? 이대로 튀려고 했지?"

"아주머니, 말조심하세요."

연석은 달려드는 인정을 가로막으며 호수를 보호했다. 날카롭고 엄하게 따지자 인정은 더 드세게 고함을 쳤다.

"얼씨구. 이건 또 뭐야? 공부한다고 집 나가더니 남자나 후리고 다녔구나? 딱, 제 부모들 행동 빼박이네."

"도대체 무슨 일이십니까?"

"하……."

경찰의 표정에 귀찮음과 난처함이 혼재되어 있었다. 인정이 얼마나 막무가내로 난동을 부렸는지 짐작이 갈 정도였다.

"이분이 이호수 씨가 집 안의 중요한 물건을 절도했다고 신고를 하셨어요. 번거롭더라도 잠시 시간을 내주셔야겠습니다."

연석이 코웃음을 치며 반문했다.

"가족인데요. 가족 간에도 절도가 성립됩니까?"

"난 아무것도 훔치지 않았어! 우리 아빠 유품이야."

호수는 빨갛게 달아오른 얼굴에 눈물을 달고 큰 소리로 따졌다. 겨우 하나 남은 아빠의 흔적마저 앗아 가려고 발악하는 인정이 마귀처럼 느껴졌다.

"알아, 호수야. 하지만 절차라는 게 있으니까. 소란 피울 일 아니니까 겁먹지 말고."

호수를 진정시킨 연석은 뒤에서 지켜보고 있는 부모님께 양해를 구하기 위해 다가갔다.

"호수 큰어머니신데 복잡한 오해가 생겼어요. 식사는 다음에 하죠. 저는 호수하고 잠시 다녀올게요."

규영이 굳은 얼굴로 고개를 끄덕였다. 나희는 어이없다는 표정으로 아들을 쳐다볼 뿐이었다. 호수는 알아챘다. 흐름이 바뀌었다는 것을. 저를 보는 부모님들의 시선이 전과 같지 않았다. 자신들의 세상에 어울리지 않는 아이라는 것을 눈치챈 그들의 냉랭한 눈빛 앞에서 초라한 처지를 깨달았다.

* * *

현관에 선 연석과 호수는 하나로 꼭 붙어 헤어짐을 아쉬워했다.

"혼자 두고 못 가겠어."

"잠깐이잖아. 다녀오면 앞으로 계속…… 같이 있을 거잖아."

호수는 요 며칠 마음을 괴롭히는 불안을 삼키며 미소 지었다. 점점 연석과 함께하는 미래가 뜬구름처럼 느껴졌다. 말과 달리 가족 여행 가는 연석을 붙잡고 싶었다. 당장 자신이 병이라도 나서 연석이 주저앉았으면 좋겠다고 생각했다.

"어쩌면 여행 도중에 와 버릴 수도 있어. 매일 전화하고 톡 보낼 거야. 꼭 답장해야 해!"

"알았어. 일 키우지 말고 조심히 잘 다녀와."

"사랑해, 이호수."

"응. 나도."

못내 떨어지지 않는 발길을 돌리던 연석이 다시 돌아왔다.

"네 큰어머니 일은 잊어. 앞으로 다시는 볼 일 없는 사람이야."

호수가 며칠 동안 잠도 못 자고 끙끙 앓는 것을 아는데 이대로 혼자 여행을 가자니 여간 찜찜한 것이 아니었다. 단순 절도로 신고가 들어갔지만, 직계혈족이나 동거 친족 간에 벌어진 일이라 어차피 형을 면제받는 경우였다.

인정은 연락을 끊고 그림을 가져오지 않는 호수의 버릇을 고치기 위해 신고한 거라고 했다. 좋게 끝내라는 경찰의 조언에도 인정은 극악을 떨며 그림을 가져오라고 소리쳤다. 사촌 동생 기선이 찾아와 호수의 소유가 확실하고 두고 간 것을 자신이 챙겨 줬다고 증언했다. 몇 시간의 소란 끝에 큰아버지와 사촌들이 모두 찾아와 인정을 데려가는 것으로 일단락되었다.

 '언니, 작은아버지 그림이 돈이 좀 됐나 봐. 집에 있던 그림이 이제 하나도 없어. 그리고 언니 대학 입학금도 그림 판 돈 일부였어. 그러니까 미안해할 것 없어. 오히려 그림 덕에 큰 집으로 이사도 했다고 들었어.'

 기선이 남긴 말을 곱씹으며 호수는 억울하고 분한 마음에 생병이 날 지경이었다. 근근이 먹고사는 큰아버지가 입학금을 내준 것을 뼈에 새길 정도로 고마워했던 마음이 등신 같아서 화가 치밀었다. 몇 점 없던 그림이지만, 호수가 아끼는 것을 못마땅해 하며 당장 내다 버리라고 악다구니를 퍼붓던 큰어머니가 그림의 소유권을 따지는 것이 우습고 치사했다. 게다가 연석의 가족 앞에서 당한 망신이 부끄러워 그를 보는 것도 힘겨웠다. 바닥의 바닥까지 낱낱이 들킨 수치심에 자존심이 상했다. 호수는 아무렇지 않은 척, 이제는 전부 털어 버린 것처럼 밝게 웃으며 고개를 끄덕였다. 그가 엘리베이터에 타는 것을 보고 집으로 들어와 다시 창가에 섰다. 잠시 후 캐리어를 끌고 나오는 연석이 보였다. 오피스텔 앞에 대기하고 있던 차가 그를 태우고 멀어졌다.

* * *

 공항에 도착하자 미리 와 있던 정석이 여권과 비행 티켓을 연석의 손에 쥐여 줬다. 규영은 여기까지 와서도 미처 처리하지 못한 업무 때문에 통화가 길었다. 주위를 둘러보던 연석은 나희가 보이지 않는 것을 물었다.

"엄마는?"

"엄마는 내일 오신대. 갑자기 일이 생겼다고."

"무슨 일?"

"역삼동 센트럴타워에 입주해 있던 회사가 계약 연장하면서 말을 바꾼다고."

"그걸 왜 엄마가 처리해?"

소유한 부동산들이 전국 각 요충지에 산재해 있었다. 개인이 관리할 수준의 재산이 아니기에 관리를 맡아서 하는 회사가 따로 존재했다. 절대로 나희는 이런 일을 나서서 처리할 사람이 아니었다.

"몰라. 일이 좀 꼬여서 실소유주가 있어야 하나 봐."

여상하게 답하는 정석과 달리 연석은 뭔가 께름칙한 느낌이었다. 정석은 내내 표정이 굳어 있는 연석의 어깨를 툭 쳤다.

"얼굴이 왜 그래? 호야 씨 두고 가서 그래? 그렇게 마음에 걸리면 나중에 너희 둘이 따로 여행 가든지."

연석은 유학에 관해 묻는 정석의 물음에 답하느라 나희에 대한 생각이 길지 못했다.

* * *

'학교 근처 카페에서 보고 싶은데 언제 시간이 될까요?'

연석이 여행을 떠난 다음 날 호수는 느닷없이 나희의 연락을 받앉다. 분명 가족 여행인데 따로 남아 자신을 불러낸 저의를 알 것 같았다. 부랴부랴 준비하고 약속 장소에 나가 놓고도 근처에서 한참을 서성였다. 최악의 상황을 앞둔 것이 뻔한데 대처할 방법이 없었다. 오직 진심이 통하길 바라며 용기 내어 카페 문을 열었다. 시선을 끄는 분위기의 나희가 카페 한쪽에 우아하게 앉아 있었다.

"안녕하셨어요. 늦어서 죄송합니다."

"아니에요. 갑자기 불러낸 내가 미안하지."

형식적인 인사를 주고받고 차를 주문했다. 호수는 듣기 싫은 소리를 빨리 들어 버리고 싶었다. 어떻게든 일이 터져 버려서 수습이라는 것을 할 수 있기를 바랐다.

"느낌이 좀 이상해서. 우리 연석이 계좌를 좀 살펴봤어요."

"말씀 편하게 하세요."

저를 보면 유쾌하게 웃으며 살갑게 굴던 나희가 차분한 어조로 존대하자 더 불안했다.

"최근에 그 녀석 계좌에서 굉장히 큰 금액이 인출됐더라고요."

컵을 쥔 호수의 손이 잘게 떨리기 시작했다. 돈에 관해서 제대로 아는 것이 없었다. 비겁하게도 일부러 의식하지 않으려고 애쓴 것도 있었다.

"원래 지내기로 했던 숙소를 취소하고 다른 아파트를 구했더라고. 그 외에도 연석이와 상관없는 용도로 빠져나간 돈이 적지 않고. 같이 나가는 걸 왜 비밀로 했어요?"

"죄송해요."

"돈이 문제가 아니에요. 이런 일을 어른들한테 한마디 상의 없이 진행하는 게 옳은 일은 아니잖아요."

"네."

나희는 속상한 마음에 조심스럽게 한숨을 쉬었다. 호수를 마음에 들어 했기에 뒤통수를 맞은 기분이었다. 돈에 관해서 어려움을 겪어 본 적 없는 연석을 구슬려 제 목적을 이룬 건가 싶었다.

"호수 양, 같이 있고 싶은 마음은 이해해요. 그런데 이런 건 어른들이 만나서 의논해야 할 일이에요. 본인들은 성인이라고 생각하겠지만 부모 눈에는 아직 멀었어요."

호수의 고개가 한없이 떨어졌다. 죄인같이 움츠러드는 호수를 보는 나희의 마음도 갑갑했다.

"집에서는 알고 계신 거죠?"

"죄송합니다."

"어른들이 모르고 계셔? 딸이 외국에 나가는데 관심이 없으신가?"

"부모님……."

천천히 고개를 든 호수가 뻣뻣한 입술을 달싹거리며 답했다.

"안 계세요."

놀란 표정을 감추지 못한 나희의 입이 소리 없이 벌어졌다.

"세상에. 이게 무슨 일이야. 참 나."

나희는 난감했다. 부모가 없는 것이 호수의 잘못이 아니지만 그렇다고 흔쾌히 굴 수도 없는 노릇이었다. 며칠 전 무식하게 소리 지르며 호수를 윽박지르던 여자의 모습이 떠올랐다. 그런 집안에서 뭘 보고 자랐을까. 닳아빠진 편견이 나희의 눈을 가렸다. 호수의 좋은 모습만 보이던 시야가 흐려졌다.

"하…… 미안해요. 나 그렇게 좋은 사람이 못 되네. 우리 연석이 좋은 집안에서 벌써 혼담도 많이 들어오는데, 굳이…….''

나희는 바싹 마른 입안을 식은 커피로 축이며 씁쓸한 마음을 다잡았다.

"호수가 바른 판단 해 주길 바라. 연석이 앞날에 뭐가 좋을지 잘 알죠? 어차피 지금 하는 연애는 헤어지게 돼 있어요. 나중에 시간 지나서 더 아픈 것보다 지금 결단 내리는 게 호수한테도 좋아."

나희는 마음이 흔들리기 전에 자리에서 일어났다. 자그마한 여자아이가 붉어진 얼굴로 고개 숙이고 있는 모습이 가슴 아팠다. 나쁜 아이가 아닌 걸 아는데…… 안타까웠다.

혼자 남은 호수는 한참을 앉아 있었다. 준비했던 말을 한마디도 꺼내지 못했다. 오빠를 정말 사랑한다는 말도 앞으로 좋은 모습으로 보답하겠다는 말도 하지 못했다. 부드러운 나희의 목소리에 죄의식만 깊어졌다. 오 년 후에도 같은 마음이면 결혼하자고 했던 우스갯소리가 이루어질 리 없었다. 나희의 말대로 어린 연애는 이대로 끝나기에 십상이었다.

내가 언제부터 누군가에게 의지하고 살았다고. 자리에서 일어난 호수는 막상 자리를 벗어나지 못했다. 집에 가야 하는데. 내 집이 없었다. 호수는 카페 화장실로 들어갔다. 문을 잠그고 변기 위에 웅크려 앉았다. 코가 시큰하게 새빨개지고 눈시울이 젖기 시작했다. 울음을 참는 입술이 벌어지고 싶어 떨렸다. 호수는 가방

끈을 입에 물었다.

"흐으으으으……."

가슴 깊은 곳에서부터 슬픈 우짖음이 새어 나왔다. 이 또한 혼
자 남은 자신의 몫이라 생각하고 호수는 숨죽여 울었다.

* * *

해성은 전화기를 귀에 댄 채 연석이 알려 주는 비밀번호를 눌렀
다. 집 안은 기가 막힐 정도로 깨끗하고 조용했다.

"호수 없는데?"

—이름 불러 봐. 아파서 못 들을 수도 있잖아.

"호수야! 이호수! 집에 있냐?"

해성은 시키는 대로 호수의 이름을 부르며 그다지 크지 않은 집
을 구석구석 돌아다녔다.

"없어."

—…….

연석의 침묵에서 불안이 느껴졌다.

"진짜 전화도 끊겼어?"

—어. 없는 번호래. 어제까지 통화 잘했거든.

이곳저곳 둘레둘레 돌아보던 해성은 책상 위에 놓인 물건을 보
는 순간 난처한 듯 인상을 찌푸렸다. 하필 왜 자신이 이런 순간의
메신저가 되어야 하나 곤혹스러웠다.

"너희 진짜 싸운 거 아니야?"

─아니라니까.

"호수…… 간 거 같아."

─……!

"책상 위에 반지가 있다. 곱게 놔두고 간 거 같아."

연석은 전화기를 든 그대로 몸을 돌렸다. 화기애애하게 여행 중 찍은 사진을 보는 가족들을 쳐다보는 눈길에서 불길이 일렁였다.

"너 왜 그러냐?"

정석이 동생의 이상한 낌새를 먼저 알아챘다.

"엄마."

"응? 왜?"

아무렇지도 않게 여전히 미소를 머금고 저를 보는 나희가 끔찍했다.

"오기 전에 호수 만나고 왔지? 그래서 늦은 거야?"

"……."

무슨 일이 벌어졌는지 전혀 알지 못하는 규영과 정석의 눈동자가 바쁘게 움직였다. 종일 좌불안석하던 연석의 분위기가 시한폭탄처럼 위험하게 느껴졌다.

"뭐라고 했어! 애한테 뭐라고 했냐고?"

"왜? 호수가 뭐라고 하니?"

연석의 눈이 나희를 죽일 듯이 노려보았다. 제 마음의 소중한 빛을 꺼 버린 엄마에 대한 증오로 미쳐 버리기 직전이었다.

"나는 지금 돌아갈 거야. 만약에 호수가…… 정말 가 버렸으면 아들 하나 잃는 거로 생각하세요."

나희는 단번에 호수가 단념했다는 소리에 놀랐다. 솔직히 이렇게 쉽게 정리해 줄 거라고 기대하지 않았다. 내심 고마웠다. 하지만 그 고마운 마음은 곧 후회로 변했다. 서울로 돌아가 호수가 정말 떠났다는 사실을 확인한 연석은 그 후로 나희를 한 번도 찾지 않았다.

문밖에서 업무적 소음이 간간이 들렸다. 전화벨 소리, 통화하는 소리, 바쁜 발소리와 업무에 관한 대화를 나누는 소리가 실장실로 밀려들어 왔다. 문 하나를 두고 나눠진 공간에 호수와 연석이 오롯이 서로를 응시하고 있었다. 네가 뭘 어떻게 하든 상관없다고 엄포를 놓다시피 한 연석의 입가에 흐릿한 미소가 떠올랐다.

"괜히 기운 빼지 말고 일이나 열심히 해. 일적으로만 지내고 싶다고 했지만, 우리가 그럴 수 있는 사이가 아니잖아."

"……."

"해성이하고도 공적으로만 지낼 거야? 아니잖아. 어차피 우리는 동문이고 꽤 친하게 지냈잖아. 사적인 친분이 간혹 드러날 거야."

연석이 하는 말이 어중간한 의미로 들렸다. 속내가 있는데 따져 묻기 모호했다.

"특별히 예뻐했던 후배라서 더 그럴 것 같네."

호수는 마뜩잖은 표정을 그대로 드러냈다. 그래서 뭘 어쩌겠다는 건지.

"쿨하지 못해도 이해해 줘. 워낙 마음의 상처를 크게 입어서."

연석은 바지 주머니를 뒤적이더니 낯익은 시계를 꺼냈다. 호수의 눈에 당혹감이 떠올랐다. 오래전 자신이 선물한 시계를 다시 보는 기분이 묘했다.

"어디 보자. 오랫동안 모셔 놓기만 했더니 날짜가 멈췄네. 벌써 6년이 지났어."

연석은 시계의 다이얼을 돌려 멈춰 버린 날짜를 정확하게 맞춘 후 손목에 찼다. 고급 슈트와 어울리지 않는 캐주얼한 시계가 이질적인데도 연석은 흡족하게 바라보았다.

"네 뜻은 존중하도록 노력할게. 내가 언제 이호수가 해달라는 거 안 해 주는 거 봤어?"

"이런 식으로 말씀하시는 것 자체가…… 저는 좀 헷갈려요."

연석은 대수롭지 않다는 듯 피식 웃고는 고개를 끄덕였다. 금세 사무적인 표정을 만들더니 건조하게 지시했다.

"이호수 사원, 이제 나가 보세요."

호수는 못마땅한 마음을 안고 자리에서 일어났다. 연석에게 꾸벅 인사를 하고 실장실을 나갔다. 호수가 나간 문을 한참 쳐다보던 연석도 소파에서 일어났다. 집무용 책상으로 걸어가면서 바지 주머니에서 뭔가를 꺼냈다. 호수가 남기고 간 자신의 반지. 정교한 무늬가 독특해서 좋다고 했던 호수의 말을 떠올리며 새끼손가락에 끼워 넣었다.

"타임 리셋. 다시 시작하면 되지 뭘."

연석은 블라인드를 젖히고 자리에 앉아 업무에 열중하고 있는 호수를 바라보았다.

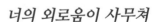

Chapter 5

너의 외로움이 사무쳐

　엘리베이터를 기다리는 호수의 등 뒤로 진혁의 키 큰 그림자가 드리워졌다.

　"잘 지내고 있나?"

　다감한 목소리와 함께 어깨를 톡 두드리는 손길에 놀란 호수가 뒤를 돌았다. 회의에 들어가기 전 자료를 뒤적이느라 인기척에 신경 쓸 사이가 없었다.

　"아! 과장님. 언제부터 계셨어요?"

　"방금. 한창 정신 팔려 있던데. 새 상관은 어때? 일은 할 만해?"

진혁이 부드럽게 웃으며 호수가 보던 파일을 넘겨봤다.

"네. 그리 까다롭지 않으시고 합리적인 분이라."

"벌써 그만큼 파악했어?"

"음…… 그게. 실은 대학 선배예요. 학부 때 조교와 수직생으로 같이 일한 적도 있어요."

"아! 그럼 일하기에는 좀 낫겠군."

천천히 고개를 끄덕이던 진혁이 말을 이었다.

"그럼 낙하산하고도 알겠네? 박해성 과장하고 친구라는 소리가 있던데."

"낙하산……. 그런데 다들 오해하는 것 같은데. 실장님, 유능하신 분이에요."

어딘지 날 선 호수의 어조에 진혁은 주춤했다.

"꽤 잘 아는 사이였나 보네."

호수는 자신도 모르게 쏘아붙인 것이 민망해 빠르게 둘러댔다.

"워낙 유명했어요."

새파랗게 젊은 대표의 조카. 연석이 실장 직함을 단 것에 대해 종종 말이 나오고 있었다. 이제 겨우 열흘 남짓이 지났다. 특별히 능력을 보여 주거나 실수를 저지를 만한 충분한 시간이 아니었는데도 그를 깎아내리는 말들이 다분했다. 엘리베이터 도착음과 함께 문이 열렸다. 가득 찬 사람들 너머로 연석과 해성이 보였다.

"호랑이들이 계셨네."

진혁이 나직한 소리로 던진 농담에 호수가 킥 소리를 내며 웃었다. 눈이 마주치는 바람에 네 사람은 서먹하게 묵례를 나눴다. 짧은 헛기침을 한 진혁이 친근하게 호수에게 말을 건넸다.

"전에 그거 생각해 봤어?"

"경매사요?"

"응. 이번 주가 마감이던데."

"신청했어요. 일단 도전은 해 보려고요."

스스럼없이 웃으며 대화하는 두 사람의 분위기에 연석의 가슴은 쩍쩍 갈라졌다. 호수가 원하는 대로 연석은 마음을 드러내지 않으려 노력했다. 업무적인 접촉이나 대화 외에는 가까이하지 않았다. 저에게는 그렇게 반듯한 선을 그어 놓더니 다른 남자와 대화하는 나긋한 이호수라니. 연석이 어금니를 사리물었다. 턱이 부서질 듯 경직되었다.

네 사람은 같은 층에서 내렸다. 연석은 호수 쪽은 쳐다보지도 않고 빠른 걸음으로 지나쳤다. 뒤따르던 해성만 웃으며 눈인사를 건넸고 호수도 살짝 고개를 숙였다. 실장실 문이 거친 소리를 내며 닫혔다. 해성은 신경질적으로 펄럭거리며 재킷을 벗는 연석을 못마땅하게 쳐다봤다.

"실장님, 저는 먼지 알레르기가 있습니다."

냉한 바람을 일으키며 호수를 못 본 척하더니 들어온 지 몇 초 되지도 않아 블라인드 사이로 그녀의 모습을 좇느라 바빴다. 해성은 그런 친구가 짠해 고개를 절레절레 저었다.

"호수 많이 예뻐진 것 같아."

"원래 예뻤어."

퉁명스럽게 대답했지만, 연석의 눈에도 화사한 연핑크색 니트

앙상블에 아이보리색 펜슬 스커트를 입은 호수가 정말 예뻐 보였다. 단내가 폴폴 풍기는 딸기 향 아이스크림처럼 달콤해 보였다.

"꽤 신경 써서 입나 봐. 직원들 사이에서도 은근 멋쟁이라고 소문났더라."

"왜. 호야는 좀 차려입고 다니면 안 되냐?"

"너 왜 나한테 신경질이냐?"

"나한테는 일 밀리도 틈을 안 주면서 아까 최 과장하고 정다운 거 봤지?"

아아 그래서.

연석의 심정을 이해할 수 있었다. 솔직히 자신에게도 데면데면하게 구는 호수가 최 과장과 스스럼없이 웃고 떠드는 모습에 조금 서운했었다.

"당연하지. 최 과장은 전부터 같이 일했던 윗사람이고 너는 이제 막 들어온, 소문이 쟁쟁하신 눈길 끄는 낙하산 실장님이잖아. 잘못하면 이상한 소문 퍼져서 곤란해져."

"하…… 이놈의 존재감이란."

해성은 잘생긴 눈썹을 구기며 마음에도 없이 제 외모를 탓하는 연석을 비위 상한 눈길로 노려봤다. 자신의 잘남에 대해 한 치의 의심도 없는, 여전한 자신감에 할 말이 없었다.

"실장님, 근데 오늘 회식 장소 너무 거한 거 아니야? 누가 회식을 그런 데서 해?"

"호야 먹이려고 예약한 거지. 나머지는 들러리야."

어휴, 돈 지랄. 아무리 돈이 많다지만. 해성은 기가 찼다. 프라이

빛 파티 룸을 대관하고 유명한 셰프를 섭외해 코스 메뉴까지 준비했다. 결혼 피로연이냐고 핀잔을 줘도 콧방귀도 안 뀌더니 순전히 호수를 먹이고 싶어서라니.

그렇게 시간이 지났는데도 여전한 연석의 마음이 신기했다. 채이루지 못한 사랑에 대한 오기가 아닐까 걱정스럽기도 했다. 그래도 이제는 호수를 눈앞에 두고 볼 수 있어서인지 전보다 안정감 있어 보였다. 모니터를 보며 결재 버튼을 누르는 연석을 보는 해성의 마음도 복잡했다. 이들이 다시 만난 것이 축하할 일인지 또다시 시작된 안타까운 인연의 괴로움인지, 앞날을 점칠 수 없었다.

* * *

일찍부터 회의실에 들어간 연석은 혼자 다과를 준비하고 있는 호수와 마주쳤다.

"그런 걸 꼭 누가 따로 준비해야 하는 건가?"

"보통 팀 막내 여직원이 맡아서 합니다."

야무진 손길이 가지런히 고왔다. 자리마다 간식거리를 차려 놓는 모습이 대학 때 교수 회의 준비를 하던 모습과 겹쳐 보였다. 한번 보기 시작하니 눈을 뗄 수 없었다. 행동 하나하나 놓치는 것이 아쉬워 속속들이 눈에 새기고 있었다.

호수는 우두커니 서서 저를 쳐다보는 연석의 눈길이 의식되었다. 긴장감 흐르는 공기가 낯설어 숨쉬기도 버거웠다.

"커피는 돼요. 내가 따로 준비했으니까."

"네."

사람들이 들어오고 하나둘씩 자리가 채워졌다. 연석이 미리 주문한 커피가 도착해 회의실 책상 한쪽에 놓였다. 연석이 자리마다 돌아다니며 커피를 놓아 주기 시작했다.

"다음부터는 회의 시간에 본인이 먹을 음료는 각자 알아서 챙겨 오세요. 그 외의 간식거리는 없애죠. 누구 하나가 일부러 시간을 내서 차리는 것은 보기에도 별로고 효율적인 업무 문화도 아닌 것 같습니다. 아니면 공평하게 계급장, 성별 떼고 돌아가면서 하든지."

호수의 앞에도 커피가 놓였다. 캐러멜 마키아토라고 쓰여 있는 종이컵을 본 순간 저도 모르게 연석을 올려다봤다. 눈이 마주쳤지만, 연석은 무심히 지나갔다.

옆 사람들의 잔에는 아무것도 쓰여 있지 않은 것 같았다. 혹시 자신의 메뉴만 따로 준비한 것인가. 그의 등을 보면서 한 모금 들이켰다. 손끝에 온기가 퍼지고 입안 가득 진한 커피 향과 달짝지근한 맛이 감돌았다. 오늘의 첫 카페인인데 벌써 심장이 쿵쿵 뛰고 있었다.

* * *

"그럼, 여름 방학 시즌을 대비한 '아트 앤 옥션 아카데미'는 일단 SNS 마케팅팀에서부터 홍보를 시작하도록 합시다."

연석의 지시에 진혁이 자료를 정리하며 알겠다고 답했다.

"홍콩 사무소에서 진행하는 아트 페어 프리뷰 출장은 누굴 파견하실지."

"그건 아직 시간이 있으니 다음 월례회의 때까지 생각해 보도록 하죠."

오랜 회의에 지친 직원들의 주의가 산만해지고 있었다. 해성이 회의가 끝났음을 알리며 자리에서 일어났다.

"회의는 이만 마치도록 하겠습니다. 오늘 저녁, 환영회를 겸한 회식에 혹시 참석 못 하시는 분 계십니까?"

갑자기 분위기에 활기가 넘쳤다. 이색적인 파티 같은 회식 장소에 대한 기대가 생각보다 큰 모양이었다.

"없습니다!"

신이 난 찬영이 목청껏 외쳤다.

"노래방도 갑니까?"

누군가의 질문에 연석이 설핏 인상을 썼다. 질척이는 술자리를 별로 좋아하지 않는 연석의 취향에 맞지 않는 음주 문화였다.

"노래방? 아직도 그런 구태의연한 회식 문화……."

순간 무엇이 생각난 듯 연석의 입가에 야릇한 미소가 떠올랐다.

"아주 좋습니다. 밴드를 부르든 노래방을 가든. 좋은 날 풍악을 빼놓을 수 없죠."

해성은 의미심장하게 웃는 연석을 미심쩍게 쳐다봤다. 도대체 무슨 꿍꿍이길래 저러는 건지. 호수를 보며 웃는 모습이 꼭 딴 뜻을 품은 변 사또같이 음흉하게 느껴졌다.

　대학 졸업 후 이런 왁자지껄한 술자리는 처음이었다. 부어라 마셔라. 안 마시면 쳐들어가겠다고 협박을 하질 않나, 어떻게든 먹여서 골로 보내기 위한 잔인한 게임도 다양했다.

　역시나 호수 같은 타입은 집중 공격 대상이었다. 일 잘하고 야무지고 빈틈없는 그런데 술에 유난히 약한 사람. 두세 잔에 기분 좋게 웃다가 알딸딸해지면서 게임에 약해진다. 빨갛게 익은 홍익인간 이호수를 지키느라 바쁜 해성의 핸드폰이 진동을 울렸다.

　[적당히 커버해. 취하게 둬도 괜찮아.]

　이, 음흉한 전 남친 자식!

　메시지를 확인한 해성이 눈을 부라리며 연석을 흘겨보았다. 입가에 잔망스러운 미소를 걸고 어깨를 으쓱하는 모양이 거만했다.

　"실장님! 노래 한 곡 뽑으시죠. 애창곡 있으세요?"

　잘생긴 연석의 얼굴을 안주 삼아 고급 양주를 스트레이트로 마셔 대던 허미원이 혀 꼬인 소리로 연석에게 질문했다.

　"저는 노래 안 합니다."

　딱 잘라 몰인정하게 답하는 연석의 표정이 유난히 싸늘했다. 미원은 얼음물을 쓴 듯 순간적으로 술이 깨는 기분이었다.

　"그런데 근래 즐겨 듣는 노래는 있습니다. '쿨하지 못해 미안해'라고."

　술이 올라 얼얼한 정신을 깨우려고 볼을 세게 두드리던 호수가 연석을 쳐다봤다. 도대체 헛갈리는 사람. 자신이 부탁한 대로 지극히 사무적인 거리를 유지해 주고 있었다. 그러다가도 가끔 그의 미련이 느껴질 때가 있었다. 그런 날은 혼자 헛물켜는 것인지 고민이 깊어 두통약까지 먹어야 했다.

"그럼 신청곡 받겠습니다. 실장님, 듣고 싶은 곡 있으세요?"

찬영이 노래방 리스트를 뒤적거리며 호기롭게 외치며 묻자 연석은 마이크를 들고 또박또박한 소리로 답했다.

"찰랑찰랑."

푸웁! 폭탄주를 마시던 해성이 길게 뿜었다. 연석이 오만상을 찌푸리며 언짢은 티를 냈다.

"박해성 과장, 망나닌 줄 알았습니다."

이 자식, 회식을 완전 사적인 용도로 휘두르는구나.

해성은 옷과 손에 묻은 술을 닦으며 헛웃음을 터트렸다. 연석이 자리를 옮겨 해성의 옆에 앉았다. 구둣발로 해성의 발을 지그시 누르며 눈치를 줬다. 둘만의 복화술이 시작됐다.

'왜?'

'마이크 갖다 줘.'

'호수한테?'

끄덕.

의지로 날카롭게 빛나는 연석의 눈을 보니 즉흥적 처사가 아니었다. 계략의 전 남친은 회식이라는 큰 그림으로 여태껏 누르고 있었던 사심을 폭발하고 있었다. 얼결에 사랑의 메신저가 된 해성이 호수의 손에 마이크를 쥐여 줬다.

"이호수 사원, 한 곡 부탁합니다."

호수가 마뜩잖다는 듯 두 남자를 응시했다. 술기운에 몽롱해지는 정신을 차리기 위해 눈에 힘을 바짝 주고 있었지만, 이미 한계였다. 미안한 기색으로 머쓱하게 웃는 해성과 대조적으로 연석은 뻔뻔하고도 비릿한 얼굴로 웃고 있었다.

흥겨운 전주가 시작되자 사람들의 환호가 터졌다. 한 번도 흐트러진 모습을 보인 적 없는 호수를 향해 박수와 응원이 쏟아졌다. 호수는 앞에 놓인 폭탄주 잔을 들어 원 샷 했다. 연석의 눈이 잠시 당황으로 흔들리는 것이 보였다. 호수는 자리에서 천천히 일어났다. 사람들의 열화와 같은 성원은 그야말로 폭발적이었다.

호수는 최선의 다해 흥을 실어 실장님의 신청곡을 열창했다. 트로트 가락은 흥겨웠고 서로를 바라보는 눈빛은 맹렬했다. 그리고…… 깜빡깜빡 점멸하던 호수의 의식은 어느 순간 망각의 어둠 속으로 꺼져 들어갔다.

* * *

호야, 잘 지냈니?

기분 좋은 목소리였다. 이제 꿈도 꾸는구나. 기억 속 낮고 부드러운 음색을 음미했다.

호수는 몸을 뒤채며 한숨을 내쉬었다. 속이 쓰리고 배가 고팠다. 무엇보다 타는 갈증 덕에 점점 의식이 선명해졌다. 기분 좋게 바스락거리는 이불을 끌어안고 뒹굴다 겨우 몸을 일으켰다. 우수수 쏟아지는 머리를 정리하면서 눈을 떴다.

"어!"

"물 마셔."

호수는 벌린 입을 다물지 못하고 앞에 버티고 선 연석을 쳐다봤다. 편안한 반팔 티셔츠에 트레이닝팬츠를 골반에 느슨하게 걸친 남자. 머리에서 떨어지는 물을 수건으로 닦으며 저를 보고 있는 진연석.

뭐야! 나 왜 이 남자하고 있어? 아침인가? 호텔인가? 원 나잇인가?

호수는 주변을 슬쩍 훑었다. 아담한 방의 구조와 물건으로 봐서는 일반 가정집으로 느껴졌다. 결국, 술에 취해서 주접을 떨다가 이 남자 집에 왔구나. 내 발로 걸어 들어왔구나!

호수는 일단 물을 마셨다. 대단한 갈증이었는지 몇 모금 마신 것 같지 않은데 물은 바닥났다.

"괜찮아?"

"네…… 엄마야!"

연석에게 물 잔을 건네주던 호수는 심장이 바닥으로 떨어지는 기분이었다. 어떻게 된 일인지 세상 야한 실크 란제리를 걸치고 있었다. 겉옷에는 무척 신경을 썼지만, 속옷은 절대 이런 취향이 아니었다. 대체 누구의 옷을, 누가 입혔을까? 호수는 흥미로운 눈으로 저를 보며 웃는 연석 앞에서 몸을 가리기에 급급했다.

이불을 끌어 모으며 호수가 다급한 소리로 말을 더듬었다.

"오빠, 어, 어, 아니, 실, 실장님. 지금 그러니까 이게, 이것이."

크게 당황한 호수와 달리 연석은 담백해 보였다.

"오빠 소리 듣기 좋네. 오랜만에."

호수의 손에서 컵을 받아 든 연석이 다정하게 웃으며 가까이 다가왔다. 동그란 이마 위로 흘러내린 한 가닥 머리카락을 쓸어 주던 연석이 마른침을 삼켰다. 실낱같은 끈이 걸린 선이 고운 어깨에 손이 닿고 싶어 온몸이 근질거렸다. 허락 없이도 저 살결을 만지고 입술을 댈 수 있었던 지난날의 기억이 스멀스멀 피어올랐다. 호수는 움찔하며 몸을 물렸다. 정전기가 일었나? 이마에 닿은 손길에 찌릿해져 몸이 움츠러들었다.

침대 아래에 쪼그려 앉아 호수를 올려다보는 연석의 짙어진 눈동자가 부담스러웠다. 방금 일어나 푸석할 것이 뻔한 얼굴을 무방비로 보여 주기 싫었다. 이제 막 씻어 시트러스 향이 솔솔 풍기는 연석과 대조적인 제 모습이 어떨지 한숨만 나왔다.

"저기…… 어제 일이."

입을 열 때마다 술 냄새가 진동하는 것 같았다. 호수는 이불을 코 밑까지 끌어 올렸다.

"기억이 안 나?"

"네."

"지금 회사 아니잖아. 편하게 말해."

호수가 께름칙한 마음으로 그의 눈치를 살폈다.

"무슨 생각 하는 거야. 우린 선후배잖아."

저 능청스러운 말을 반의, 반의, 반도 못 믿겠다.

가끔 지난날을 떠올려 보면 어쩌다 그와 사귀게 됐는지 아리송할 때가 있었다. 자칫 깜빡하는 사이 휘말리지 않도록 경계를 늦추지 말아야 할 인간이었다.

"도대체 어떻게 된 일이에요."

짧은 시간 두뇌를 풀가동해 봤지만, 어제 일은 암전이었다. 괜히 골치 썩지 말고 깔끔하게 물어보기로 했다.

"엄청 달리셨지, 노래도 세 곡이나 연달아 부르고."

"내가?"

연석이 어깨를 들썩거리며 웃기 시작했다. 얼마나 추태를 부렸으면 저렇게 즐거워할까.

"그러고는 장렬히 전사하셨고. 네 집을 몰라서 같이 왔어."

호수는 손끝에 닿는 매끄러운 새틴의 질감을 더듬었다. 벗은 것보다 더 야시시한 란제리를 어쩌다 입게 됐는지 물어볼 용기가 나지 않았다. 묻고 싶은 말이 무궁무진해 보이는 호수를 눈치챈 연석이 피식 웃었다.

"아무 일도 없었어."

호수는 조용히 수긍하며 고개를 끄덕였다. 신체적 징후로 봤을 때 아무 일도 없는 것 같았다. 그와 몸을 나눴다면 이렇게 몸이 편할 리가. 아니, 잠깐 왜 이런 생각을. 정신 차려, 이호수!

"근데 이 옷은 도대체 누구 거예요? 내가 왜 이런 걸 입고 있어요?"

"그러게. 나야말로 아침부터 횡재했네."

무슨 소리야.

그도 모른다는 소리로 들렸다.

"여기는…… 실장님 집이에요?"

"아니! 내가 이런 취향이겠어?"

아기자기하고 예쁘기만 한데 왜 저렇게 질색하나.

잔잔한 꽃무늬 벽지에 하얀색 벽장과 침대가 있는 작은 방이었다.

그러면 여기는 어디인가?

호수의 고민을 깨트리는 노크 소리가 들리더니 바로 문이 열렸다.

"봐봐. 내 말이 맞지? 이 자식 엉큼하게 여기 있을 거라고 했잖아."

해성의 목소리였다. 순간 호수는 안도와 동시에 의문을 품었다. 또 다른 인물이 있는 것 같은 분위기였다.

"아무리 그래도 그렇지, 여보 자기는 이렇게 문을 막 열어 보고 그러면 어떡해. 둘이 키스라도 하고 있으면 좋은 구경인데…… 놓쳤나?"

장난스럽고 명랑한 목소리. 호수는 왈칵 밀려오는 따뜻한 기억에 문가를 쳐다봤다. 성실이 생글생글 웃고 있었다.

"성실아!"

"이 독한 것! 여태 어디서 뭘 하고 살았니?"

다가온 성실이 이불 위에 주먹질을 하더니 호수를 끌어안고 훌쩍였다.

"나는 잘살고 있었어. 왜 울고 그래?"

해성은 연석을 끌고 거실로 나왔다.

"오랜만에 만난 친구끼리 회포 풀 시간은 줘야지."

"나도 아직 다 못 풀었는데."

"그러게 기회를 놓치지 않는 녀석이 웬일이냐. 당장 일 치를 것처럼 굴더니."

연석은 아련한 눈으로 호수가 있는 방문을 쳐다봤다. 곯아떨어진 호수를 보며 호텔로 갈까, 제집으로 데려갈까. 간밤에 선과 악의 치열한 각축전이 벌어졌었다.

"혼날까 봐."

그런 식으로 가져 봤자 넘어올 애도 아니니까.

식탁에 수저를 놓으며 해성은 빙긋이 웃었다. 제멋대로 거칠 것 없는 녀석이 호수에게만은 언제나 안절부절못했다. 그야말로 애지중지. 부족한 것 없는 놈이라 하나쯤 결핍을 겪어 봐라 싶어도 그 결핍이 호수라면 너무 가혹하다 싶었다.

"어쨌든 이번에는 잘 지켜라."

"혼인신고를 할까?"

"혼날 텐데. 다음날 이혼당할 거다."

"답답해서 해 본 말이야."

호수 마음은 넘어올 기미도 안 보이는데 연석의 머릿속은 웨딩마치도 울리고 뜨거운 신혼여행도 다녀오고 첫아이 돌잔치도 끝낸 참이었다. 가을에 아빠가 되는 해성이 세상에서 제일 부러울 뿐이었다.

* * *

"그럼 이 야한 속옷이 네 거라고?"

"응. 완전 죽이지? 그거 빅토리아 시크릿 한정판이야."

"이걸 왜 입혔어?"

"잘 때는 잠옷을 입어야지."

뜨거운 밤을 보내라고 그랬다, 이 인간들아!

술이 떡이 된 호수의 옷을 갈아입히느라 얼마나 애를 썼는지. 들인 공이 무색했다. 성실은 문밖의 연석을 생각하며 안타까운 한숨을 내쉬었다. 한심한 사람 같으니, 저러다 생불 되겠다 싶었다. 그렇게 찾고 찾은 여자가 떡하니 품에 들어왔는데 친구네 집에 재워 달라고 데려오는 30대 남자의 순정을 마냥 칭찬할 수 없었다.

"그동안 어디 있었어? 연석 오빠가 엄청 찾아다니다 포기하고 너 잊어 보겠다고 외국 나갔다 온 건 알아?"

호수는 멋쩍게 웃으며 고개를 저었다.

"지방에 잠깐 있다가 교수님 소개로 해외에 좀 있었어."

"독하다, 이호수. 도대체 왜 그런 거야? 같이 외국 나가기로 했었잖아. 철판 깔고 그냥 따라가지."

그럴 성격이 못 되는 걸 알면서도 성실은 안타까운 마음에 잔소리를 해 봤다. 대학 시절 연석과 사귈수록 작아지는 호수가 안쓰러웠다. 저 좋다고 목매는 남자한테 좀 당당해도 될 텐데 그와 대등하지 못한 현실적 조건을 깨달을수록 연석의 곁에서 위태로워 보였다.

"다시 잘해 볼 생각은 없는 거야?"

"응."

단호박 같은 지지배. 이것 봐.

아무리 생각해도 진연석은 어젯밤 좋은 기회 날렸다. 딱 봐도 마음이 없는 게 아니었다. 예전처럼 서로 생각해 주느라 삽질하는 것이 한심스러웠다.

"일어나. 아침이나 먹고 가라."

그리고 둘이 데이트나 해라!

성실은 목구멍까지 치고 올라오는 말을 꿀떡 삼켰다.

* * *

나희는 은은한 옥빛이 감도는 차를 따라 동생 나석의 앞에 놓았다.

"마셔 봐. 지난달에 새로 덖은 녹차야. 향이 구수해."

다도의 예를 따져 가며 기품 넘치게 준비해 준 보람도 없이 나석은 후후 불어 식혀 단숨에 꿀떡 마셔 버렸다.

"너는 무슨 차를 그렇게 품위 없이 마시니?"

"목마르면 마시는 물에다 뭘 그렇게 갖다 붙여? 가식적이게. 그리고 좀 큰 잔 없어? 감질나게 이게 뭐야."

나석은 보란 듯이 도우미를 불러 큰 머그잔에 냉수나 갖다 달라고 부탁했다.

"예술을 다룬다는 애가 말하는 본새하고는."

"난 그냥 장사치야. 예술이 뭐 별거야? 봐서 기분 좋으면 예술이지."

나희는 동생을 향해 새치름하게 눈을 흘겼다. 어릴 때부터 사사건건 나희가 하는 일에 토를 달고 핀잔을 주던 동생은 나이가 들어도 여전했다. 하긴 그 덕에 해외에서 떠도는 연석을 불러들일 수 있었으니 고맙기도 했다. 호수가 가 버린 후 연석은 철저하게 나희를 거부했다. 그나마 아버지 규영에게는 가물에 콩 나듯 안부를 물었고 정석이 가끔 소식을 물어다 주었다.

"연석이는 잘하고 있어?"

"들어온 지 얼마나 됐다고. 잘하겠지. 잘하는 놈이라서 스카우트 한 거지 내 조카라서 들여앉힌 거 아니야. 그걸 아니까 그놈도 고집 꺾은 거잖아."

나희는 긴 한숨을 내쉬며 고개를 끄덕였다. 욕심 사나운 오지랖으로 정말 아들 하나를 잃게 될 줄이야. 그러다 말겠지 하고 방심한 것이 벌써 6년째였다.

남편 규영도 당황하고 있었다. 첫정이라 조금 힘들어하는 것이라 위로하던 규영도 슬슬 왜 그런 짓을 했냐며 내심 탓하는 것이 느껴졌다. 큰아들 놈은 스캔들만 요란할 뿐 내실은 없고 작은아들은 첫사랑을 못 잊어서 집 안에 발도 들이지 않았다. 이러다 진씨 집안 대가 끊길 판이었다. 가끔 시간을 되돌려 그때로 돌아간다면 다른 판단을 했을까 생각해 보기도 했다.

아직도 미련이 남았는지 섣불리 결정을 못 내렸다. 부모로서 자식에게 갖는 욕심과 기대를 내려놓기가 쉽지 않았다. 어렵지만 이때까지 시간을 끌고 왔다. 연석도 조금은 달라지지 않았을까. 그래서 돌아온 것이 아닐까. 어렴풋한 기대를 품어 보지만, 솔직히 확신은 없었다. 자식 이기는 부모 없다는 말을 절감한 세월 앞에 나희의 시름만 깊었다.

* * *

"커피를 마시든 차를 마시든 둘이 나가서 해결해. 임산부는 이제 좀 쉬련다."

성실은 호수와 연석을 내몰더니 매정하게 현관문을 닫았다. 해장국 끓여 아침까지 먹여 줬으니 당장 나가 달라며 내쫓았다. 둘은 한동안 아무 말 없이 걸었다. 처음 와 보는 동네의 낯선 풍경에 괜한 관심을 두며 걷기를 한참.

"저기서 뭐라도 좀 마실래?"

연석의 제안에 호수는 조용히 따라갔다.

"저는 카푸치노, 오…… 실장님은 뭐 드실래요?"

주문대 앞에 선 호수는 서슴없이 튀어나오는 '오빠' 소리를 황급히 삼켰다. 성실을 만나는 바람에 마음이 풀어진 탓인 것 같았다.

"네가 사려고? 마키아토 안 마시고?"

"그거 안 마신 지 오래됐어요. 이제 단거 잘 안 먹어요."

"변했구나."

못 본 사이 취향이 변했다는 소리에 연석의 마음 한구석에 스산한 바람이 들었다. 둘의 추억이 힘을 잃는 기분이었다.

"해성이 결혼식도 못 봤어."

"네. 그건 뭐 저도……."

"가을 출산이라는데 뭘 선물해야 좋을지 모르겠어."

"그러게요."

드문드문 주고받는 대화가 어색했다.

"집이 어디야?"

"지난번에 송파라고……."

"……."

연석의 눈썹이 비뚜름해졌다. 대답이 마음에 안 든다는 뜻이었다. 호수 역시 지금까지와 다르게 미간을 좁히고 날을 세워 물었다.

"알고 있었어요? 언제요? 어떻게 알았어요?"

"화내지 마."

"왜 사람 뒷조사를 해요?"

연석은 탓하는 호수를 무표정하게 응시했다. 반응이 없는 바람에 호수만 무안해져 버렸다. 연석은 아무 말 없이 창밖으로 시선을 돌렸다.

뭐야. 분위기만 잡고 뻗대면 다인가.

호수는 입술을 삐죽이며 곱지 않은 눈으로 쳐다봤다. 오늘따라 연석의 옆모습이 미려해 보였다. 어딘가 풀 죽은 듯 우울해 보이는 바람에 마음이 약해지려 했다.

저게 다 잘생겨서 그래.

호수는 잘게 고개를 털며 시선을 떨어트렸다. 테이블에 놓인 연석의 갸름한 손가락에 시선이 얼어붙었다.

눈에 익는 반지가 있었다.

저걸 왜 또 끼고 있어.

자신이 그의 책상 위에 고이 놓아두고 간 반지를 보자 그때처럼 가슴이 아팠다.

"우리 엄마가 뭐라고 했어?"

연석은 하얀 김이 올라오는 아메리카노를 마시며 무심하게 물었다.

"인제 와서 그건 뭐 하러."

연석의 눈빛은 차분했지만, 의지가 굳어 보였다. 그사이 어른이 됐다는 느낌이 훅 끼쳤다.

"별말씀 안 하셨어요. 제가 부모였어도 충분히 할 말이었어요. 드라마 같은 상황은 상상하지 말아요. 너무 좋게 말씀하시는 바람에 따지지도 못했으니까."

"좋게 포장해 줘서 고마워."

"진실이에요."

고개를 주억거리던 연석이 테이블에 몸을 기대며 호수와 가까워졌다.

"그 일로 나는 부모님을 놓아 버렸어."

무슨 소리인지. 단번에 알아듣지 못한 호수는 눈만 끔뻑거렸다.

"그때의 나한텐 그만큼 네가 중요했어."

여전히 나한테는 너밖에 없어.

연석은 마지막 말을 아꼈다. 호수가 도망치면 곤란하니까.

호수는 아무 말도 하지 못했다. 그때 무척이나 미안하고 가슴이 아팠다. 아픈 마음에 굳은살이 쌓여 담담해질 때까지 얼마나 많이 울었는지 그가 모르길 바랐다. 같은 시간을 또다시 반복할 수 없었다. 섣부른 사랑에 몸을 던져 놓고 자신의 못난 점을 나날이 확인하고 싶지 않았다. 연석의 눈빛이 창칼처럼 날카롭게 심장을 꿰뚫으려고 했다. 견디지 못하고 그를 외면하며 시선을 돌렸다. 이러지 않기로 해 놓고 그는 자꾸 파동을 일으킨다.

"이것만 마시고 일어나자. 데려다줄게."

"요 근처에 전철역 있는 것 같아요. 알아서 갈게요."

그럴 줄 알았다는 듯 연석이 헛헛하게 웃었다. 어디에 사는지 알려 주기 싫어하니 거절이 당연했다.

"그래. 그럼."

다 식어 빠진 커피가 냉수가 될 지경으로 아껴 마셨다. 너무 어색하다 싶을 때마다 한마디씩 업무에 관한 대화를 주고받았다. 시간이 지날수록 연석의 기분은 착잡해졌다. 호수와 함께 있는 것은 좋았지만, 긴 시간을 지나 겨우 이런 사이밖에 되지 못하다니. 지루하게 앉아 있는 호수에게도 못 할 짓이었다.

"가자. 이만."

"네."

컵을 정리하고 나서는 길, 카페의 자동문이 열리며 들어서는 사람과 맞닥뜨린 호수의 눈이 화등잔만 하게 커졌다. 상대방도 호수를 확인하자 소스라치게 놀라며 손가락으로 두 사람을 가리켰다.

"찬, 찬영 씨……."

"오! 두 분이 어떻게! 오오오"

생각지도 못한 우연에 연석마저도 놀랐다. 난감함에 어쩔 줄 몰라 턱만 쓸어내렸다. 그것이 찬영의 눈에는 나른하고 느긋한 여유로 느껴졌다. 다 가진 자의 당당한 멋스러움으로 다가왔다. 짧은 시간 상상의 나래를 편 후, 혼자 넘겨짚은 찬영은 눈썹을 찡긋거리며 벙싯 웃어 보였다.

"그 생각 당장 멈춰요. 그런 거 아니에요."

호수가 정색하며 단호하게 부정했다.

"호수 씨, 저는 이해합니다. 우리 모두 다 자란 성인 아닙니까."

"찬영 씨, 진짜 그런 거 아니라고요."

호수는 이를 앙다물고 꼭꼭 씹으며 말했다. 골치 아프고 애매한 상황을 뭐라고 설명해야 할지 까마득했다. 뒤에 선 연석에게 어떻게 좀 해 보라고 눈치를 줬지만, 무슨 생각인지 입을 꾹 다물고 시치미를 떼고 있었다.

　시끄러운 호수의 속도 모르고 찬영은 혼자 나름의 추리를 시작했다. 어제와 같은 옷, 함께 사라진 두 사람, 피곤해 보이는 모습. 무엇보다 묘하게 아련한 두 사람의 분위기가 확실히 남달라 보였다. 이것은 케미!

"혹시, 원 나잇?"

그제야 연석이 반응했다. 사납게 치켜올라 가는 눈썹에서 날카로운 성깔이 드러났다.

"이봐요. 김찬영 씨, 사실 우리는 원래 대학 때부터……."

"그렇다면 해후? 오, 로맨틱합니다."

이 주책바가지 김찬영 씨야!

호수는 골이 지끈거렸다. 평소 찬영은 여자 사원들과 잘 어울릴 정도로 성격이 밝고 유쾌했지만, 가끔 지나치게 물색없이 느껴질 때가 있었다. 바로 지금처럼. 하얗게 질리는 호수를 보고 나서야 연석이 제대로 된 해명을 시도했다.

"김찬영 씨, 우린 대학 선후배 사이일 뿐이에요. 박해성 과장과 그 와이프까지요. 어제 다 같이 그 집에서 자고 지금 헤어지는 길입니다."

연석의 조곤조곤한 설명에 찬영이 꼬박꼬박 네네, 하며 답을 했다. 문제는 대답에 영혼이 없다는 거였다. 이미 그의 머릿속에 연석과 호수는 사랑의 하트로 묶여 있었다.

"가자, 호야."

호수가 강렬한 눈빛으로 연석을 째려봤다. 지금 분명히 일부러 '호야'라고 부른 것 같았다. 찬영이 덥석 미끼를 물 것이라고 계산한 것이 틀림없었다. 벌써 찬영의 뇌리에 '호야'가 깊이 각인된 눈치였다. 조그마한 소리로 호야, 호야 중얼거리는 저 입술을 확 꼬집어 주고 싶었다.

그러거나 말거나 연석은 뜻하지 않은 구원병의 출현이 내심 기뻤다. 역시 운 좋은 나란 녀석. 호수가 사라지고 난 후 운도 다했다고 생각했는데 돌아온 호수와 함께 대운이 든 것이 분명했다. 이런 식으로 호수를 몰아가도 썩 괜찮을 것 같은 생각이 머릿속에서 깜빡깜빡 불을 밝혔다.

카페를 나서며 찬영을 돌아봤다. 쉿, 기다란 검지를 입가에 대고 찬영과 사인을 주고받았다. 찬영은 적극적으로 고개를 끄덕이며 제 입에 지퍼 채우는 시늉을 했다. 김찬영 사원. 정말이지 사랑스러운 직원이었다.

다소 시끄러워 거슬린다 싶던 마음이 눈 녹듯 사라졌다. 금일봉이라도 하사하고 싶을 정도로 듬직하고 대견해 보였다. 찬영은 멀어지는 실장님과 동료의 뒷모습을 흐뭇하게 바라보았다. 사내의 실세나 마찬가지인 대표님의 조카 라인이라니. 찬영은 뜻하지 않은 달콤한 행운에 콧노래를 불렀다. 저들의 아름다운 밀애를 꼭꼭 지켜 주리라 다부지게 결심했다.

호수는 불편한 마음을 내비치며 연석을 나무랐다. 씩씩거리느라 걸음도 빨라져 있었다.

"처음부터 강하게 해명했어야지! 저 사람이 생각하고 싶은 대로 다 하게 해 놓고 뜨뜻미지근하게."

"걱정하지 마. 입단속 시킬게. 내가 누군지 뻔히 아는데 섣불리 떠들겠어?"

"몰라. 미워."

호수의 뿌루퉁한 말투에 연석의 입꼬리가 기분 좋게 올라갔다.

"그 소리 오랜만에 들으니까 더 귀엽네. 오빠, 미워!"

호수는 제 목소리와 말투를 흉내 내며 따라오는 연석을 흘겨봤다. 불안이라고는 전혀 느껴지지 않는 능청맞음에 저만 속이 터진다.

"아, 진짜!"

연석은 발을 동동 구르며 짜증을 내는 호수를 마냥 기분 좋게 쳐다봤다.

* * *

어제 많이 마시긴 한 모양이었다. 아침에 성실이 제대로 해장을 해 줬는데도 종일 입안이 꺼끌꺼끌했다. 냉동실에서 밥을 꺼내 해동을 해 놓고도 호수는 없는 입맛만 다셨다. 아무래도 국물이 필요했다. 라면을 먹을까, 그냥 굶을까 긴 고민 끝에 지갑을 챙겨 들었다.

아쉬운 봄이 가는지 찬기 빠진 밤바람은 시원하기만 했다. 라면과 아이스크림이 든 봉지를 흔들고 걷다가 집 앞 놀이터 공원으로 들어갔다. 날이 따뜻하니 아직도 놀고 있는 아이들이 있었다. 아이스크림을 뜯어 한입 베어 물었다. 차가운 덩어리가 목구멍을 타고 내려가며 숙취도 몰아내는 것 같았다. 아무 생각 없이 바람이나 쐬고 들어가려고 했는데, 멍 때리고 있자니 연석이 떠올랐다.

"그 스펙에 여친도 없었나?"

그동안 사귄 여자가 없었을까. 그럴 리가……. 당장만 해도 사내에 잘생긴 실장님이 화제 만발인데. 어떤 사람이랑 사귀었을까? 얼마나 오래 사귀었을까?

"으유! 그게 너하고 무슨 상관이니!"

호수는 드넓은 망상의 바다에서 빠져나오려고 큰 소리로 짜증을 내 봤다. 연석이 누군가와 연애를 했다는 생각이 길어질수록 괜히 심술이 나려고 했다. 발을 꽝꽝 울리고 나서 벤치에서 일어났다. 정신 차리라는 말을 주문처럼 외우며 반지하로 향하는 계단을 뛰어 내려갔다. 언제나처럼 재빨리 문을 열고 숨듯이 집 안으로 들어갔다.

　허름한 빌라 근처, 동네와 전혀 어울리지 않는 검은색 포르쉐가 한 대 서 있었다. 운전대에 두 팔을 얹고 엎드려 있던 연석이 몸을 일으켰다.

"신들렸나? 뭘 저렇게 중얼거려?"

　소기의 목적을 달성한 연석은 시동을 걸었다. 호수가 사는 모습이 성에 차지 않았다. 저런 곳에 두고 가야 하는 마음이 어수선했다.

* * *

　휴게실을 나서는 호수의 시름이 깊었다. 이제 평온한 직장 생활은 영영 끝인가. 오히려 연석은 조용했다. 실장님 본연의 모습대로 호수를 직장 동료로만 대했다. 문제는 해맑은 김찬영 씨. 자신만 보면 눈썹을 찡긋거리는 통에 괜한 오해까지 살 뻔했다.

　질투심 많은 허미원 대리에게 혹시 비밀리에 사내 연애 중이냐는 날 선 질문만 여러 차례 받았다. 다행히 주변에서 비밀 연애치고 찬영이 너무 칠칠치 못하게 흘리고 다닌다며 핀잔을 줘서 흐지부지 지나갈 수 있었다.

　6월 경매를 앞두고 지하 전시장에서 프리뷰 준비가 한창이었다. 흰 장갑을 낀 호수는 경매에 나설 작품 하나하나 애정을 갖고 다루었다. 진혁이 그런 호수의 뒤에서 지긋이 바라보고 있었다.

"작품 보는 거 정말 좋아하더라."

"어? 퇴근 안 하셨어요? 늦었는데요."

"어. 업무 분장에 문제가 있어서 조율 좀 하느라고. 전시장에 준비가 한창이라고 해서 혹시나 와 봤는데 역시나 있었네."

"눈으로 일일이 확인해야 좀 안심이 돼서요."

호수는 작품과 그 아래에 붙어 있는 경매가가 일치하는지 확인하며 천천히 전시장을 돌았다. 어느 순간 말없이 저를 따르는 진혁이 신경 쓰이기 시작했다. 특별한 용무도 없이 한 공간에 있는 것이 불편하게 느껴졌다.

"들어가셔야죠."

"피곤해 보여. 호수 씨도 이만 들어가지."

"당이 떨어져서 그래요. 저는 보고서가 남았어요. 먼저 들어가세요."

호수의 불편함을 느낀 진혁이 이마 한쪽을 긁으며 서운한 미소를 지었다. 깍쟁이는 아닌데 곁을 주지 않는 서늘함은 좀처럼 적응되지 않았다. 그렇다고 못돼 먹은 것도 아니고, 내면은 따뜻한데 겁이 많은 타입 같아 마음이 쓰였다.

"그래요. 내일 봅시다. 참, 당은 이걸로 보충되려나."

진혁은 주머니에서 작은 막대사탕 하나를 꺼내 내밀었다.

"저번에 이거 잘 먹는 것 같던데. 딸기 맛 사탕은 싫은데 딸기크림 맛은 좋아한다고."

"아…… 네. 잘 먹겠습니다."

호수는 받아 든 사탕을 바로 까서 입에 넣었다.

"자, 됐죠. 이제 그만 퇴근하세요."

진혁은 어이없이 웃음을 터트리며 고개를 끄덕였다. 네가 준 거 먹었으니 볼일 끝나지 않았냐는 호수의 여지 없는 행동에 손을 들었다. 아쉬운 발걸음을 돌려 나가던 진혁은 전시장 입구에 비스듬히 기대선 연석과 마주쳤다.

"실장님, 아직 퇴근 전이십니까?"

"네. 프리뷰 준비 상황만 체크하고 들어가려고요."

진혁은 자신에게 시선도 주지 않고 딱딱하게 말하는 연석에게서 묘한 거부감을 느꼈다. 무슨 실수라도 저질렀나 고민될 정도로 연석의 태도는 냉담했다.

"제가 대충 살펴봤는데. 이호수 씨가 잘하고 있습니다."

"그렇겠죠. 들어가 보세요."

연석은 진혁을 지나쳐 그대로 호수가 있는 곳으로 직진했다. 전부터 호수와 사이가 좋아 보이는 진혁이 마음에 안 들었다. 분명 조금 전의 분위기는 사심이 가득했다. 감히 누구한테 끼를 부려. 재일 교포 고객이 위탁한 목조 여래 좌상을 감상하던 호수가 다가오는 연석을 보며 인상을 찌푸렸다.

"어허. 부처의 마음으로 봐야지."

쳇. 혀를 찬 호수가 곱게 눈을 흘기며 웃었다.

"그 작품 마음에 들어? 선물해 줘?"

"집을 법당으로 만들 일 있어요?"

"너무 심취해서 보길래."

"표정이 좋아서요. 옆에서 봤을 때는 근심 어린 얼굴이었는데 정면에서 보면 나긋하게 웃는 것 같아요. 그래, 세상 뭐 있나. 그렇게 말하는 것 같아요."

호수는 한쪽 볼에 사탕을 물고 우물거리며 감상평을 했다.

"그 사탕 맛있어?"

"네."

둘은 천천히 작품을 돌아보며 상태를 점검하기도 하고 진열에 대해 의견을 주고받았다.

"저 그림 좀 비뚤어졌네."

"그래요?"

흰 장갑을 끼고 있던 호수가 나서서 그림의 위치를 바로잡았다.

"이제 됐어요?"

"아니. 왼쪽으로 한 일 센티만 올려봐."

이렇게? 저렇게? 몇 번을 고쳐 봐도 연석에 눈에는 바르지 않았다. 액자를 붙들고 있는 호수에게 다가가 그녀의 손을 잡았다.

"자, 이만큼만 틀어 보자. 이제 됐네."

호수의 손을 빌려 액자를 바로 잡은 연석은 그 자세 그대로 멈췄다. 허리를 숙인 연석의 얼굴이 호수의 어깨 위로, 서로 볼을 맞대다시피 붙어 있었다. 껄끄러워진 분위기에 눈만 깜빡거리던 호수가 시선을 내렸다. 귓불 아래 솜털을 건드리는 연석의 숨결이 간질간질 온몸의 세포를 들쑤셨다.

"호야."

또 저렇게 부른다. 호수는 눈을 꾹 감았다. 사탕을 문 입안에 침이 가득 고였다.

"지금 네 입에 필요한 건 이따위 사탕이 아니야."

278

연석의 손이 호수의 입에 물린 막대 사탕을 잡아 꺼냈다. 사탕을 뺏긴 호수의 눈이 동그랗게 떠지는 순간 연석의 입술이 사탕을 대신해서 밀려들어 왔다.

"흡! CC……."

전시장 사방에 깔린 CCTV가 걱정된 호수와 달리 연석의 혀는 거침없었다. 단맛이 진하게 밴 호수의 입안을 자유롭게 돌며 오랜 시간 그리워했던 감각을 누렸다. 호수의 작은 턱을 잡고 옅은 분홍빛 입술을 조심스럽게 탐했다. 짧은 키스의 여운이 아쉬워 호수의 아랫입술을 가볍게 물면서 떨어졌다. 그사이 볼이 딸기처럼 붉게 물든 호수의 눈꺼풀이 파르르 떨리며 열렸다. 몽롱하게 풀렸던 눈이 점점 또렷해지면서 동공이 커졌다.

"미쳤어!"

연석의 가슴을 거세게 밀어낸 호수가 뛰듯이 전시장을 빠져나갔다. 혼자 남은 연석은 넋이 나간 사람처럼 서 있다가 자조적으로 뇌까렸다.

"고삐 풀렸다, 진연석."

입술에 남은 타액을 혀로 핥으며 연석은 기분 좋게 웃었다.

＊ ＊ ＊

너무 달아서 속이 울렁거리는 해성의 목소리가 연석의 심기를 긁었다. 혀 짧은 소리로 성실과 영상통화 하는 친구의 말투가 귀에 거슬렸다. 채신머리없이 공공장소에서 뭐 하는 짓인지. 겨우 사케 한 잔 마셨으니 아직 맨 정신일 텐데 저런 추태가 가능하다는 것이 신기했다.

"웅, 그뤠. 우리 여보자기야 먼저 자고 있어. 연석이 좀 달래 주고 들어갈게. 웅웅. 빠이."

날도 더운데 왜 이렇게 닭살이 돋는지. 연석은 진저리를 치며 차가운 사케를 쭉 들이켰다.

"죽어라. 그냥. 네 와이프가 임신을 한 거지 아기가 된 건 아니잖아."

"사랑스럽잖아. 얼굴만 보면 자동으로 이 꼬라지가 된다. 불가항력이야."

불가항력. 사람의 힘으로 저항할 수 없는 미지의 힘. 그래, 이해할 수 있었다. 자신도 호수를 향한 불가항력에 몇 년째 시달리고 있으니까.

"그래. 친구여, 너라도 행복해라."

"우리 실땅님께서 오늘따라 왜 이리 센치해? 물론 호야 때문이겠지만."

"호야라고 부르지 말라고 했지. 그건 나만 부를 수 있어."

어련하실까. 해성은 제가 한 만행은 금세 잊고 연석을 비웃었다.

"내가 오늘…… 페이스 조절에 실패했어."

"뭔 소리실까."

"호야가 또 사라질까 봐, 내가 얼마나 노심초사하는지 모를 거다. 성실이를 보면 너도 모르게 바보가 되는 것처럼 나도 호야를 보면 내 정신이 아니야."

연석은 괴로운 듯 마른세수를 했다. 푸짐한 안주를 시켜 놓고 손도 안 대고 연거푸 술만 퍼마시고 있었다.

"그냥 보기만 해도 좋아. 호야가 다른 놈하고 결혼해도 옆집에서 보고 살 수 있을 거 같아."

"무섭잖아! 이 집착 병자야!"

"말이 그렇다고. 내가 예전의 감정을 그대로 들이대면 이직하겠다고 했어."

"오, 이호수. 역시 진연석의 천적인가. 협박도 할 줄 알고."

"그래서 함부로 못 하겠어. 천천히, 시나브로 다가가려고 했는데. 질투에 눈이 멀어서 오늘 일을 그르쳤다."

도대체 무슨 말인지 해성은 절반도 알아들을 수 없었다. 누구를 질투했고 뭘 그르쳤다는 건지. 옆에서 보기에는 굼뜨기가 나무늘보급인데 얼마나 천천히 다가서겠다는 건지.

"여기서 뭘 더 천천히? 그러다 회갑연 때 혼례도 같이 치르겠어. 아예 정신을 못 차리게 밀어붙여. 생각 자체를 못하게 하란 말이야."

연석이 황소 같은 순한 눈을 끔뻑거리며 해성을 돌아봤다.

"정신을 차려 보니 예식장이었어요. 그런 거 있잖아."

"오!"

"오! 어때? 솔깃해?"

"무척!"

"파이팅!"

두 남자는 낄낄 웃으며 손바닥을 부딪쳤다. 한참 미친놈처럼 웃어젖히던 연석이 언제 그랬냐는 듯 표정을 갈무리했다.

"그게 되겠어? 호야가 얼마나 정신 차리고 사는 앤데."

"호야가 아직 너한테 마음이 남았길 기원할게. 열심히 흔들고 도끼로 찍으면 분명 넘어와. 은근 마음 약한 애잖아."

호수의 마음이 저와 똑같기를 바라지도 않는다. 다만 해성의 말대로 그녀의 마음속에 애정의 찌꺼기라도 남아 있기를. 다 타서 재만 남지 않았기를. 그 정도만이라도 저를 생각하고 있었기를 바랄 뿐이었다.

"이 안주 내가 싸 가도 돼? 성실이 갖다 주게. 손도 안 댔는데 아깝다."

"그러십쇼, 애처가 나으리."

커다란 접시 위에 버터 향이 고소한 랍스터가 붉은 자태를 뽐내고 있었다.

연석은 진심으로 해성이 부러웠다. 사랑하는 이와 한집에 살고 맛있는 것도 갖다 줄 수 있는 일상이 허락된 친구의 인생이 세상 제일의 가치로 느껴졌다. 아직도 입술에 호수의 부드럽고 촉촉한 온기가 남아 있는 것 같았다. 가만히 입술을 쓸며 머리를 굴려 본다. 호수의 정신을 못 차리게 하려면 자신은 정신을 바짝 차리고 있어야겠다.

* * *

퇴근 후 집에 들어가던 호수는 열려 있는 옆집 문과 인기척에 안

심하며 계단을 내려갔다. 불이 켜져도 침침한 지하가 무서워 항상 후다닥 뛰어 들어가던 길이 오늘은 편안했다.

"안녕하세요."

"네. 안녕하세요."

오랜만에 마주친 이웃과 인사를 나눴다. 아이 하나를 키우는 젊은 부부는 오늘 저녁으로 중국 음식을 시켰나 보다. 활짝 열린 문 사이로 배달부에게 값을 치르는 모습이 보였다. 언뜻 배달부와 눈이 마주쳤지만, 호수는 개의치 않고 잠긴 문을 열고 집으로 들어갔다. 코끝에 방금 맡았던 진한 짜장면 냄새가 맴돌았다. 군침이 돌았다. 오랜만에 외식이나 해 볼까. 호수는 옷을 갈아입으며 동네 어귀에 있는 중국집을 떠올렸다.

* * *

"짜장면 하나 주세요."

결국, 오늘 저녁 메뉴는 짜장면으로 결정했다. 오랜만에 먹는 짜장면이 입에 달게 감겼다. 하루 세 끼 거르진 않아도 맛을 따져 가며 챙겨 먹지는 않았다.

맛있게 먹는데 자꾸 누가 쳐다보는 기분이 들었다. 문득 고개를 들자 아까 옆집에 음식을 배달했던 배달부가 저를 보고 있었다. 호수는 얼결에 고개를 까딱여 인사를 했다. 배달부는 급히 고개를 돌려 외면하더니 배달 가방을 챙겨서 밖으로 나갔다. 혼자밥 먹는 것이 흔한 요즘에 자신이 그렇게 신기해 보였나. 과한 관심이 불편했다.

* * *

　호수는 새로 산 리넨 정장을 예쁘게 차려입었다. 언제나처럼 머리를 하나로 단정하게 묶고 거울을 보다가 파마를 좀 해 볼까 고민했다. 파마 비용이 호락호락하지 않음을 머릿속으로 계산하며 문을 나섰다. 본격적인 여름을 알리는 비가 올 예정이라고 하더니 하늘이 꾸물거렸다. 가방 속에 든 작은 접이식 우산을 확인하고 고개를 든 호수는 여기서 볼 일 없는 연석의 등장에 발길을 멈췄다. 광택이 번쩍번쩍한 고급 세단을 세워 놓고 타이어를 발로 툭툭 차고 있던 연석도 고개를 들다 호수를 발견하고 꽤 놀란 표정을 지었다.

"여기서 뭐 해요?"

"너야말로 여기 웬일이야? 여기 살아? 아아 이 동네 주민이었구나."

　호수는 우연한 마주침이 아닌 것 같은 강한 의혹을 품고 연석을 쳐다보았다. 아침 댓바람부터 연석이 이곳에 올 이유가 뭐가 있을까, 아무리 생각해도 접점이 없었다.

"아니, 이런 우연이 있나? 이 근처에 소태영 화백의 70년대 작품을 소장하고 있는 분이 있어서."

　말도 안 되는 이유를 주절거리는 연석의 말투가 인위적으로 들떠 있었다.

"그래서 이렇게 이른 아침부터 위탁자를 방문하러 왔다고요? 그 거짓말, 진실이에요?"

"그러니까. 세상에 이런 일이."

뻔뻔한 이유를 능청맞게도 갖다 붙인다. 호수는 못마땅한 콧김을 뿜으며 연석을 지나쳐 걸었다.

"어디 가? 마침 출근길인데 내 차 타고 가야지."

"됐어요."

"어허, 이호수 사원. 가자. 가자. 같이 가자."

성큼 다가온 연석은 호수의 양어깨를 붙들고 자신의 차가 있는 곳으로 몰았다.

"이거 놔요."

"여기서 이렇게 설왕설래하면 동네에 소문난다. 잘생긴 총각하고 연애한다고."

그의 말대로 출근길에 나선 사람들이 두 사람을 흥미로운 호기심으로 보고 있었다. 호수는 마지못해 연석의 차에 올랐다.

"자, 이제 출발할게. 안전띠 매고."

"어머! 이거 왜 이래요?"

호수가 앉은 조수석의 시트가 움찔움찔 움직였다. 체격에 맞게 좌석이 자동으로 조절되는 것에 놀란 호수가 소리쳤다.

"귀여워라."

연석은 우퍼 스피커에서 나오는 노래를 따라 흥얼거리며 운전을 시작했다. 가끔 옆에 앉은 호수를 흘끔거리며 기분 좋게 웃었다.

"호야, 있잖아."

"네."

"그…… 키스."

"없던 거로 해요!"

줄곧 냉한 얼굴로 앞만 보고 있던 호수가 화들짝 놀라며 연석을 쳐다봤다. 애써 아무 일도 없는 것처럼 굴고 있었는데 기어이 말을 꺼내는 저의를 사전에 차단하고 싶었다.

"이런……. 그렇게 별로였어?"

"네?"

"미안해. 너무 오랜만이라 내가 실력이 전만 못했어."

"진짜! 그런 거 아니잖아요."

바르르 떨며 달려드는 것이 왜 저렇게 귀여운지. 연석은 좋아하는 여자애를 괴롭히는 개구쟁이의 심정을 충분히 이해했다.

"아, 그럼. 네가 느끼기에 여전했어?"

"이럴 거예요? 정말?"

소리 없이 웃는 연석의 옆모습이 뺀질뺀질하게 느껴졌다.

"밉다. 진짜."

이 야릇하게 얄미운 남자를 어쩌면 좋은지. 호수는 더 상대해 봤자 입만 아프다는 생각에 눈을 감고 자는 척을 해 버렸다. 처음에 자는 척만 하려고 했던 의도와 달리 빼어난 승차감 덕에 진심으로 잠이 솔솔 몰려왔다. 가물가물 의식이 흐려지다 툭 떨어지는 손에 놀라 잠이 깼다. 내친김에 아예 대놓고 자려고 마음먹었다.

"사랑한다."

연석의 혼잣말 같은 중얼거림에 잠이 확 달아났다.

"보고 싶었고."

정말 나 들으라고 하는 말인가?

호수는 눈을 꼭 감고 깨지 않은 척했다. 저 말에 어떻게 반응해야 할지 두려워 눈을 뜰 수 없었다.

"여전히 예쁘고…… 고맙다."

아침부터 날벼락이었다. 문제의 회식 날부터 시작해서 아니지 그가 등장한 순간부터 하루하루가 정신없었다. 이제 좀 조용해졌나 싶으면 질러 버리는 연석에게 점점 휘말리는 기분이었다. 그런데도 어떻게 벗어나야 하는지 알 수가 없었다.

* * *

"자, 한 잔씩 가져가세요."

해성의 우렁찬 목소리와 함께 순간적으로 사무실에 생기가 돌았다. 해성과 연석이 양손 가득 커피 캐리어를 들고 사무실에 등장했다. 간단히 조회를 마치고 커피 타임을 갖기로 했다.

"어머, 이거 요 앞에 유명한 개인 로스팅 숍 커피네. 거기 커피는 맛은 있는데 너무 비싸. 이탈리아 사람이 사장이라는데."

한 모금 맛을 본 미원이 엄지를 치켜들며 호들갑을 떨었다.

"바리스타 챔피언 출신이래요. 그런데 확실히 맛있어요."

연석은 카푸치노를 골라 호수에게 가져다주었다. 맞은편에 앉은 찬영이 의미심장하게 웃으며 눈썹으로 물결을 치고 있었다. 이제 해명도, 뭐라 그러기도 지친 호수는 모르쇠를 택했다.

"실장님은 생각했던 것보다 다정하신 것 같아요. 부서원들을 섬세하게 챙기시는 것도 그렇고. 커피며 간식이며 어쩜 이렇게 매번 잘 쏘시는지."

미원이 코 먹은 목소리로 연석을 치켜세웠다. 이게 다 이호수 덕에 나팔 부는 겁니다. 해성은 하트 가득한 눈으로 연석을 쳐다보는 미원을 보며 코웃음을 쳤다.

"사랑하니까요."

왜 저런 말을 저렇게 그윽하게 하는 거야?

호수는 커피 잔을 입에 문 채 자신을 올곧게 응시하는 연석과 눈이 마주쳤다. 사람들이 이상하게 생각하면 어쩌나, 식은땀이 배어 나왔다. 급히 눈동자를 좌우로 굴리며 주변을 살폈다.

"여러분들을."

부서원들이 호들갑스럽게 손뼉을 치며 연석의 말에 반응했다.

저러다 호수 심장마비 오겠네.

해성은 느긋하게 커피를 홀짝이는 연석을 보며 웃음을 삼켰다. 태연한 척하지만 저렇게 질러 놓고 호수한테 혼날까 봐 전전긍긍할 것이 뻔한 친구의 순정에 갈채를 보냈다.

* * *

"나희야, 우리 정말 오랜만이다."

나희는 친구 인경의 살가움이 불편했다. 항상 꿍꿍이가 있는 것 같은 만남은 나이가 들수록 피로하기만 했다.

"연석이가 들어와서 한시름 놨겠다?"

역시 그럴 줄 알았다. 연석이가 돌아왔으니 또 슬슬 발동이 걸리는구나 싶었다. 그러나 이미 제 손과 품을 떠난 자식이었다. 아들 녀석들 다 키우면 남의 집 자식 된다더니, 절실히 깨닫는 중이었다. 부모 말에 고분고분하지 않은 아들을 저를 통해 어찌해 보려는 인경의 속내가 답답했다.

"그렇긴 한데. 나는 얘가 이렇게 고집이 센 줄 몰랐다. 자라는 동안 속 썩인 일이 없어서 이럴 줄 상상도 못 했어."

나희의 넋두리를 듣는 인경의 표정도 어두웠다. 주연이 미련을 못 버리고 졸라 대서 하는 수 없이 넌지시 운을 띄우긴 했지만 탐탁지 않았다. 여자 못 잊어서 부모 연도 끊는 놈을 사위로 들여야 하나 회의적이었다. 두 엄마는 각자의 고민에 빠져 묵묵히 차만 들이켰다.

미리 짠 듯이 주연이 과일 접시를 들고 나타났다. 개인 접시에 종류별로 과일을 담아서 나희에게 건네는 모습이 사근사근 여성스러웠다.

"고맙다. 주연이도 좋은 짝 만날 때 됐네."

우리 아들 말고 너한테 어울리는 짝을 찾아가렴. 나희는 속뜻을 품고 미적지근하게 웃었다. 인경은 어울리지 않게 조신하게 구는 딸을 쳐다보다 혀를 차면서 일어났다.

"나는 모르겠다. 여주연 네가 알아서 해 봐."

나희는 갑자기 손 털고 일어나 버리는 인경을 황당한 얼굴로 쳐다봤다. 사람을 불러 놓고 저게 뭐 하자는 예절인가 기분이 상했다. 주연이 냉큼 나희의 옆으로 자리를 옮겼다.

"저, 얼마 전에 연석 오빠 만났어요."

"뭐? 언제? 어디서?"

아직 자신도 만난 적 없는 아들을 주연이 먼저 만났다는 소리에 놀랐다. 그사이 연석이 뜻을 꺾기라도 했나. 주연의 기분 좋은 표정에 잠시 혼란이 왔다.

"정동길에서요. 저녁에 카페에서 커피 사고 있더라고요."

"아. 난 또. 걔 그 근처 살아. 직장도 거기고."

"어디요?"

"내 동생이 옥션 하잖아."

"한국 옥션이요? 어머! 우리 대사관하고 가까워요."

기대에 찬 눈을 하고 생글생글 웃는 주연이 안쓰러웠다. 부족할 것 없이 차고 넘치는 신붓감인데 뭐에 꽂혀서 눈이 멀었는지, 남의 집 딸한테 못 할 짓이었다. 나희는 마음을 독하게 먹고 입을 열었다.

"주연아."

"네."

"연석이 단념해라. 너 생각해서 하는 말이야."

이런 말을 또 하게 될 줄이야. 상황은 달랐지만, 연석으로 인해 또 한 명의 아가씨에게 모진 말을 해야 했다.

"아줌마……."

"그래 사람 마음 뜻대로 안 되지. 그런데 너도 이만하면 포기

할 때 된 거야. 세월이 보통이니? 너희는 인연이 아니란다. 무엇보다. 연석이…… 안 움직인다. 호야 못 잊어서 이날까지 나도 안보는 거 알잖니.”

그 생각을 하니 속이 아렸다. 나희는 갑갑한 가슴을 꾹 누르며 속을 달랬다.

“제가 해내면요.”

“아서라. 너 정말 상처 크게 입어. 그리고 말이 나왔으니…….”

나희는 차로 목을 축였다. 주연의 나긋한 미소 속에 비치는 앙큼함이 훤히 들여다보였다. 호수 같은 진실성이 느껴지지 않았다. 이렇게 보니 놓친 아이가 새삼 괜찮았구나 싶었다.

“내가 말 돌리지 않는 것 알지? 솔직히 말해 보자. 너는 연애도 할 만큼 했잖니.”

주연의 안색이 순식간에 붉게 달아올랐다. 속한 세상이 좁다 보니 누가 누구를 사귀고 헤어지고, 부모님들 사이에 공공연한 화젯거리였다. 숨기려야 숨길 수 없는 구조였다.

“연석이 밖에서 방황하는 동안 내가 들은 소식만 몇 갠지…….
연석이는 호야 이후로 없어. 걔만 기다리는 것 같아서 나도 미칠 지경이다. 괜히 험한 꼴 당하고 울지 마라. 그만해.”

나희는 관자놀이를 누르며 자리에서 일어났다.

“골치야. 나도 갈란다. 부디 내 말 명심해라.”

눈을 내리깔고 새침하게 앉아서 배웅도 하지 않는 주연을 보며 나희는 속으로 고개를 저었다.

* * *

퇴근 후 건물을 나서는 호수의 뒤에서 경적이 울렸다.

"호야! 어서 타!"

저 사람이 미쳤구나. 막 나가는구나.

호수는 주변을 둘러보며 운전석에 앉아 싱글벙글 웃고 있는 연석에게 다가갔다.

"미쳤어요? 여기서 나를 그렇게 부르면 어떡해요?"

"아! 퇴근했다는 생각만 하고 나도 모르게 실수했네."

무책임한 연석의 대답에 호수가 발을 구르며 애를 태웠다.

"정말 조심 좀 해요. 그러다 사내에서도 그렇게 부르게 된다고요. 내가 왜 일일이 존대하는데요."

"존대하는 이유가 그거였어? 난 또 나한테 거리 두려고 그러는 줄 알았네. 알았으니까 어서 타."

"내가 안 타면 어떻게 되는 거예요?"

나른하게 턱을 쓸며 연석은 자신의 계획을 읊었다.

"내가 내려서 호야 따라가야지. 이제 어디 사는지도 알았으니까 미리 가서 기다리는 방법도 있어."

호수는 눈을 가늘게 뜨고 연석을 흘겨봤다. 갑자기 연석이 호수의 어깨 너머를 가리키며 소리쳤다.

"아니! 저기 최 부장님!"

"어디?"

호수는 우왕좌왕하며 몸 숨길 곳을 찾아 두리번거렸다. 조수석

문을 연 연석은 고개를 까딱하며 타라고 종용했다.

"그러니까 빨리 타. 참고로 우리 회사에 최 부장은 없어."

"아이. 진짜!"

호수는 아침과 똑같이 마지못해 연석의 차에 올랐다.

"도대체 어쩌려고 이래요? 내가 말했죠. 정말 이렇게 불편하게 하면."

"이직한다고? 그런데 이호수, 이 일 꽤 좋아하지 않아? 프리뷰 준비할 때 보니까 작품 보는 눈길에 왕년에 진연석 보는 눈처럼 꿀이 떨어지던데."

"그러니까 저 좀 가만 놔둬 주세요."

연석은 답하지 않았다. 고집스럽게 다문 입술만 봐도 호수의 하소연 따위 들어 줄 마음이 없다는 것이 느껴졌다.

"오늘 입은 옷 예쁘다."

"새로 샀어요. 전 월급 타면 좋은 옷이나 액세서리 하나씩 꼭 사요."

"좋아 보여."

그것도 호수의 달라진 점이었다. 식사를 거르지 않고 외양을 가꾸는 데 소득의 일정 부분을 투자했다.

"성공이네요."

"응?"

"이런 말 웃기지만…… 살면서 우연히 마주치게 되면 잘살고 있다고 보여 주고 싶었어요. 예전처럼 구질구질한 모습으로 기억되고 싶지 않아서."

"넌 구질구질한 적 없어. 그런 기억 없어."

연석은 정색하며 부정했다. 언제나 보고 싶었던 호수는 사랑스럽고 예쁘고 똘망똘망한 모습으로 남아 있었다. 힘없이 웃던 호수는 옛 기억을 더듬었다.

"우리 대부분 그런 일로 싸웠어요. 오빠는 대수롭지 않게 여겼나 보다. 나한테는 정말 사무치는 기억들이었는데."

호수의 담담한 고백에 연석은 먹먹해졌다. 그저 다른 사람들처럼 연애에 어설퍼 투덕거렸다고 생각했다. 호수의 아픔이 그렇게 깊었을 거라고 헤아리지 못했던 자신의 아둔함과 이기심이 민망했다. 사랑한다고 하면서 그녀의 입장을 제대로 이해하지 못했다는 사실에 충격을 받았다.

"그래서 우린 안 돼요. 또 같은 일이 반복된다고요. 이번에는 그 격차가 더 클 거야. 더는 학생이 아니니까. 지극히 현실적인 어른이 됐으니까."

"내가 다 맞출게. 제발……."

"아니. 누구 하나가 참는 거…… 그거 올바른 관계 아니야."

저를 바라보는 연석의 깊은 눈에서 뜻 모를 슬픔이 읽혔다. 막무가내로 밀어내던 호수가 담담히 밝힌 속내에 암담해져 버린 것 같았다. 호수는 가볍게 웃으며 그를 달랬다.

"오빠, 내 말이 맞아."

"그럼 나는. 나는 어떻게 살라고!"

연석이 항의하듯 거세게 소리쳤다. 운전대를 내리치며 답답한 속을 알아 달라고 거칠게 표현했다. 호수는 말없이 차창 밖으로 시선을 돌렸다. 그러게 우린 왜 또 만났을까. 그만큼 아팠으면 이제는 아물 수 있어야 하는데 왜 또. 인연인지 악연인지. 도대체 신은 우리한테 왜 이러는 걸까. 빌라에 도착할 때까지 둘은 침묵했다. 호수가 차에서 내리자 연석도 따라 내렸다.

"고마워요. 조심해서 가세요."

"들어가는 거 확인하고 갈게. 어두워서 걱정되네. 남자인 나도 무섭다."

"응. 귀신 나올까 봐 좀 무섭긴 해."

호수의 농담에도 연석의 표정은 굳은 채였다. 빌라 입구로 가던 연석이 호수의 집 방범창을 손으로 흔들어 보고 있었다.

"뭐 해?"

"호야, 집에 연장 있어? 이거 흔들리잖아. 마음먹으면 그냥 뜯을 수도 있어."

생전 건드려 본 적이 없어 몰랐다. 이제 보니 꽤 허술하게 달려 있었다.

"정말? 근데 창문 걸쇠 걸어 놓고 자니까 괜찮아. 근데 여기가 내 집인 건 어떻게 알았어?"

"지금 그게 중요해? 이거 봐. 벌써 아까보다 더 흔들리지? 없으면 빌려서라도 와. 조금만 손보면 돼."

적반하장인 것 같은데 따지기가 모호했다. 물었다가 되레 무안만 당한 호수가 재빨리 집으로 들어가 작은 연장통을 들고 나왔다.

"이게 다야? 오늘은 대충 못 박아 놓을 테니까. 이번 주 안에 방범창 새로 달자. 집주인한테 연락해."

"그런 거 해 줄 사람이 아닌데."

재건축 직전의 집이라 주인은 돈을 들이고 싶어 하지 않았다. 지금까지 살면서 특별한 일이 없었던 덕에 씨알도 안 먹힐 요구 사항이었다.

"그럼 내가 선물할게."

"방범창을?"

무뚝뚝하게 고개를 끄덕인 연석이 나사못을 힘껏 조였다. 최선을 다해 손을 봤지만, 역시 마음에 들지 않았다. 출입구부터 계단까지 음산한 것도 마음에 꺼림칙했다. 이 상태로 두고 집에 가서 발 뻗고 잘 자신이 없었다.

"혹시 무슨 일 생기면 나한테 바로 연락하고."

"번호 몰라."

"뭐? 내 번호를 몰라? 어떻게 그럴 수 있지? 직장 상사 연락처도 모른다는 게 말이 돼? 당장 입력해!"

그답지 않게 잔소리가 길었다. 엄하게 윽박지르는 소리에 호수는 고분고분하게 연석의 번호를 저장했다.

"아, 힘들어. 좀 쉬었다 가야겠다. 앞장서."

"어딜?"

"어디긴? 고귀한 진 실장님이 이런 노동을 했는데 맨입으로 보내는 거야? 라면이라도 끓여 줘."

뻔뻔한 당당함 앞에 호수는 망설이는 것도 눈치가 보였다.

"라면? 배고파?"

썸이라면 역시 라면이지.

연석은 눈썹에 힘을 주고 호수 앞에 버티고 섰다. 생각해 보니 일부러 방범창도 손봐 준 사람을 그냥 보내는 것이 옳지 않긴 했다. 호수는 골똘히 생각한 끝에 대안을 제시했다.

"배고프면 근처에 가서 저녁을."

"라면이면 된다니까."

"집이 좀 지저분해. 그리고 여자 혼자 사는 집에 그렇게 막 들어가고 그러는 거 아니야."

어둠 속에서 두 시선이 팽팽하게 맞섰다. 이번에는 말려들지 않으려 바짝 정신 차리고 있는 호수와 혼을 빼놓겠다고 마음먹은 연석은 양보할 생각이 없었다.

"안 속아."

역시 안 넘어온다. 연석은 내심 당황했지만 좁힌 미간을 풀지 않고 호수를 응시했다.

"손도 안 잡을게. 오빠 못 믿어?"

연석의 길고 서늘한 눈매가 강아지처럼 늘어졌다. 순간 호수는 터진 웃음을 참지 못했다. 기회를 포착한 연석은 호수의 손을 잡아끌고 침침한 계단을 성큼성큼 내려갔다.

"어어! 뭐 하는 거야?"

"오빠 한번 믿어 봐."

두 사람을 맞이한 문이 쾅 닫혔다.

막무가내로 호수의 영역에 밀고 들어온 연석은 그야말로 한눈에 모두 들어오는 집 구조를 빠르게 스캔 했다. 현관에서 신을 벗고 들어온 공간은 거실이라 불러야 할지 주방이라 불러야 할지 모를 만큼 작았다. 반쯤 열린 방문과 닫힌 문 두 개가 더 있었다. 호수는 그의 눈에 분명 보잘것없어 보일 공간을 보여 주게 된 것이 민망했다. 퉁명스럽게 쏘아붙이며 부끄러움을 숨겼다.

"앉을 곳도 변변치 않은데 마음대로 막 밀고 들어오면 어떡해?"

"이렇게 넓은데 앉을 곳이 왜 없어? MT를 와도 되겠네."

연석이 슈트 재킷을 벗고 두리번거리자 호수가 받아 들고 문이 반쯤 열린 방으로 들어갔다. 따라가 빼꼼히 들여다보니 옷걸이에 질서정연하게 걸린 옷들이 보였다.

"불편할 거야. 소파 같은 거 없으니까…….. 잠깐만요."

종종거리며 옷방에서 나온 호수가 닫힌 문 중 하나를 열고 들어갔다. 화장품 냄새인지 방향제인지 모를 향긋한 향이 물씬 몰려나왔다. 침실인 것 같았다. 대놓고 보면 안 될 것 같은 금단의 공간으로 느껴졌다. 어정쩡하게 서 있는데 호수가 의자 하나를 들고 나왔다.

"의자가 이거 하나예요. 우선 여기에라도."

"나 혼자 여기 앉아 있으라고?"

"응."

좁은 거실 겸 주방 한가운데 홀로 놓인 의자에 앉아 있자니 모양새가 우스웠다. 덕분에 호수는 서지도 앉지도 못하는 형국이었다.

"이대로 내 손발만 묶으면 제대로겠어. 실장님을 납치한 미모의 직원. 기왕이면 에로틱 스릴러로 부탁해."

연석의 짓궂은 농담에 호수의 볼이 분홍색으로 물들었다.

"그, 그럼 바닥에 앉든지. 그냥 그러는 게 낫겠다."

"그럼 이 의자는 내가 다시 들여다 놓을게."

호수는 옷을 갈아입으러 들어가면서 고개를 끄덕였다. 연석은 주인의 허락을 받아 놓고도 가슴이 두근거렸다. 침실 문 앞에서 크게 심호흡을 했다. 살며시 문을 열고 들어가자 은은한 향과 함께 포근한 공기가 그를 둘러쌌다. 호수의 느낌이 밴 공간. 예전 기억이 뭉클하게 엄습했다. 작고 따뜻한 몸을 안고 잠을 청했던 숱한 밤이 떠올랐다.

침대도 없는 방이었다. 한쪽에 단정하게 개어서 쌓아 놓은 이불과 베개가 보였다. 책상 위에는 작은 거울과 몇 가지 화장품이 담긴 바구니가 놓여 있었다. 책꽂이에는 책들이 빼곡하게 꽂혀 있었고 따뜻한 색감의 그림 한 점이 그 위에 걸려 있었다. 화려한 호랑나비가 맑은 물을 날개로 치며 날아오르는 순간이 담겨 있었다. 아빠의 그림이라고 하더니 호수에게 들은 태몽과 같았다.

"화풍이 독특하시네……."

예사롭지 않다는 생각을 하며 막 그림에 손을 대보려 할 때 밖에서 호수가 부르는 소리가 들렸다.

"라면이 없어서 사 와야 해. 나가서 사 와요."

"나 혼자?"

"응. 물 올려놓을 테니까. 사 와."

"……."

망설이고 선 연석을 의아하게 보던 호수가 잇새로 웃음을 터트렸다.

"내쫓아 버릴까 봐 그러지? 나 그렇게 얍삽하지 않거든. 그럼 내가 사 올게. 여기 있어요."

"같이 가. 어둡잖아. 무서워서 안 돼."

* * *

연석은 호수가 계산대에 올려놓은 라면을 보고 만족한 미소를 지었다. 자신이 좋아하는 라면을 기억하고 있는 것이 고맙고 기특했다.

계산하는데 슈퍼 주인이 궁금해 죽겠는 얼굴로 호수를 흘끔거렸다. 호수의 표정이 궁금해 할 것 없다고 말하고 있었다. 안 그래도 웃지 않으면 삭막한 사람이 대놓고 풍기는 냉기가 대단했다.

"잘 어울리죠?"

연석의 반죽 좋은 말에 아주머니는 속이 후련한 얼굴로 웃었다. 호수의 불만 가득한 시선을 무시하고 연석은 아주머니와 시답잖은 대화를 나누었다. 다음에 또 올게요, 라고 호언장담하며 슈퍼를 나섰다.

"여름에 덥겠어."

"응?"

"네 집 말이야. 덥고 습할 것 같아."

알지만 어쩔 도리가 없으니 호수는 입을 다물어 버렸다. 그가 자신을 걱정하는 마음 자체가 불편하고 미안했다. 또 이런 식으로 흘러간다. 그는 나를 안쓰러워하고 나는 그의 모든 호의를 부담스러워하고. 갑자기 뚝 끊어진 대화가 연석을 불안하게 했다. 호수가 혼자만의 굴을 파고들어 가는 것이 느껴졌다. 가만히 그녀의 손을 그러잡았다. 생각할 틈을 주지 않으려면 이 수밖에 없었다.

"뭐야. 이제 막 마음대로야."

손을 비틀어 빼려고 할수록 연석의 아귀힘은 강해졌다.

"슬슬 인정해라. 내 장래 희망 기억 안 나? 나는 하고자 하는 바를 꼭 성취하는 남자야. 내 인생이 그래. 운이 좋잖아."

말끝마다 이호수에게 장가갈 거라고, 두고 보라고 큰소리치던 연석이었다. 그때…… 5년 후에도 같은 마음이면 결혼하자고도 했었다. 그러고 보니 5년이 훌쩍 넘었다. 연석의 여전한 마음을 모를 수 없었다. 모르는 척, 싫어하는 척 하는 것뿐. 잔인하게도 그의 변함없음에 안도하고 우쭐하기도 했다. 얼마나 이기적이고 나쁜 여자인가.

다시 집으로 들어온 연석은 손수 라면을 끓여 주겠다고 부산을 떨었다. 호수는 작은 상을 펴고 잘 익은 겉절이를 접시에 덜고 있었다.

"호야, 우리 이러고 있으니까 옛날 생각난다."

"응."

너무 기분 좋아 보이는 연석에게 초를 칠 수 없어 호수는 곧잘 맞장구를 쳐 주었다.

라면을 덜기 위해 그릇을 찾던 연석의 미소가 빠르게 식었다. 그릇 건조대에 호수의 외로움이 있었다. 덩그러니 공기 하나, 수저 한 세트, 물컵 하나. 분명 별것 없는 찬에 꾸역꾸역 끼니를 때웠을 호수가 눈에 선했다.

"호야…… 그릇이 저게 다야?"

"어? 아니, 싱크대 열면 또 있어. 잠깐만."

쓰지 않아 처박아 두었던 여분의 그릇을 씻어서 건네주던 호수는 갑자기 어두워진 연석이 의아했다.

"라면이 맛없게 됐어? 왜 그래?"

"말아먹을 밥이 없는 것 같아서."

"별걱정을 다 해. 냉동실에 많아. 기다려. 데워 줄게."

끼니마다 갓 지은 밥을 먹고 싶었다. 맛있는 음식을 예쁜 도자기 그릇에 보기 좋게 담아서 주고 싶었다. 정말 별것 아닌 일들. 연석에게는 당연한 일상이 왜 호수에게 해당하지 않을까. 인생 참 개 같다.

Chapter 6

여전히 사랑

식사를 마치고 설거지까지 끝내자 호수가 차를 우려 왔다.

"이거 마시고 이제 가."

연석은 겉으로 싱긋 웃으며 속으로 고개를 저었다. 여기서 자든 지 호수를 납치하든지 둘 중 하나를 꼭 하고 싶었다. 욕심이 자라 는 속도가 빛보다 빠르다.

"이게 뭐야? 국화차?"

"응. 밤이니까 커피는 무리잖아. 국화차가 숙면에 좋다더라. 과 장님한테 연말에 선물로 받았어."

"과장? 최진혁?"

연석은 눈매를 굳히며 서늘하게 물었다.

"응. 그때 부서원마다 한 통씩 돌렸거든."

"아……."

그제야 안심한 연석은 문득 자신이 최진혁에게 라이벌 의식을 느낀다는 사실에 자존심이 상했다. 그보다 훨씬 젊고 유능하며 잘생긴데다가 예전에 이미 호수에게 영역 표시도 해 두었는데 왜 그런 놈을 두고 조바심을 내고 있지, 하는 의문이 들었다.

"그 아저씨가 좋냐?"

"뭐어? 그건 또 무슨 소리야?"

"아니면 됐어."

시큰둥하게 답하고 난 연석은 남아 있는 국화차를 단숨에 마셔 버리고는 바닥에 벌렁 드러누웠다.

"뭐 하는 거야? 왜 눕고 그래?"

"힘들어서 그래. 내가 방범창도 손보고 라면도 끓이고 설거지도 했잖아. 좀 쉬었다 가야지."

"내가 하라고 한 거 아니잖아!"

"아함…… 졸려. 숙면에 좋은 차를 마셨더니 졸리다. 책임져라, 호야."

뭐 이런 점입가경의 남자가 다 있어!

가만 놔두면 아예 눌러앉아서 전입신고까지 마칠 기세였다. 호수는 몸을 일으켜 무릎걸음으로 그에게 다가갔다. 키도 덩치도 큰 남자가 누우니 거실이 꽉 찼다. 마치 소인국에 떠밀려온 거인 걸리버가 누워 있는 것 같았다.

"당장 일어나. 더 늦기 전에 돌아가요."

호수는 낑낑거리며 연석의 기다란 팔을 붙들고 일으켜 세우려고 애를 썼다. 몸이 큰 남자는 팔 한쪽도 무거웠다. 아무리 노력해도 팔만 흔들릴 뿐 연석의 몸체는 끄떡도 하지 않았다.

"일어나라고오."

"어허, 참! 인정머리 없이."

"엄마!"

연석은 제 팔을 붙들고 귀엽게 용쓰는 호수를 그대로 끌어당겨 품에 안아 버렸다. 긴 팔과 다리로 날씬한 몸을 가둬 놓았다.

"뭐, 뭐야! 손도 안 잡는다며!"

"손은 안 잡았잖아."

"이거 놔요. 놔."

"자꾸 그렇게 팔딱거리면 정말 큰일 치른다."

호수는 연석의 협박에 잠잠해졌다. 용을 쓴 탓인지 화가 난 건지 씩씩 내쉬는 숨은 여전했다. 연석은 품에 들어온 호수의 머리를 가만가만히 쓰다듬었다. 주인 잃은 어린 강아지를 어르듯이 안심시키는 손길로 다독였다. 그의 커다란 손이 주는 안온함에 호수는 어쩔 도리 없이 마음을 놓아 버렸다. 아무 말 하지 않아도 연석이 어떤 마음으로 저를 안고 달래는지 알 수 있었다. 조용히 품에 안겨 있는 호수의 이마에 입술을 살짝 눌렀다 뗀 연석이 나직하게 속삭였다.

"혼자 둬서 미안해. 혼자 밥 먹게 하고 혼자 잠들게 해서 미안해.

약속 못 지키고 너를 놓쳐서 미안해. 정말 미안해."

덤덤한 연석의 위로를 듣는 호수의 입술이 울음을 머금고 떨렸다. 울고 싶지 않았는데, 약한 모습 보이고 싶지 않았는데…… 나는 당신 없이도 이렇게 씩씩하게 잘 지낼 수 있다고 보여 주고 싶었는데……. 아무리 가리고 숨겨도 연석은 금세 알아차렸다. 호수의 가장 아픈 곳, 쓰라린 부분을 찾아내 혀로 핥고 품어 주었다. 소리 없는 눈물이 눈꼬리를 타고 흘러 연석의 셔츠를 적셨다. 가슴 깊은 곳의 우짖음은 목구멍에 걸려서 흐느낌이 되지 못했다.

"사랑해, 호야."

기어이 울음을 터트리게 했다. 그의 가슴에 얼굴을 숨길 수 있었지만, 터져 버린 울음소리는 삼켜지지 못했다. 연석의 손이 토닥토닥 호수를 달랬다.

'나는 기다릴 수 있다. 얼마든지 너를 기다릴 수 있어. 얼어붙은 호수가 녹아 내 마음에 흘러들어 올 때까지.'

호기심으로 들여다봤던 작은 나비는 무심한 날갯짓만 남기고 떠났지만, 연석은 탓하지 않았다. 분명 다시 만날 수 있다는 확신으로 스스로를 달래며 기다리고 기다렸다. 연석은 나비를 가두지 않기로 했다. 호수가 당연히 그러한 마음으로 연석의 곁을 찾고 안식처로 여길 때까지 그녀의 주변을 떠도는 것이 제가 할 일이었다.

연석은 저린 팔을 어쩔 수 없어 코에 침을 세 번을 발랐다. 실컷 울고 난 호수는 흐느낌을 꺽꺽거리더니 잠이 들었다. 그냥 재우면 내일 눈이 퉁퉁 부을 텐데 현실적인 걱정이 들기 시작했다. 게다가 밤새 이불도 안 덮고 이렇게 자면 피곤할 것이 뻔했다.

　장시간에 걸친 최소한의 움직임으로 호수를 떼어 놓는 데 성공했다. 방으로 들어가 잠자리를 봐 놓고 호수를 안아 들었다. 깜짝 놀라 눈을 뜬 호수를 그대로 옮겨 요 위에 눕혔다.

"나 얼마나 잤어?"

"한 시간 정도."

"오빠도 가 봐야지."

　울어서 그런지 목소리도 괴상하게 나왔다. 호수는 헛기침으로 목청을 가다듬었다.

"내가 알아서 갈게. 물 좀 마실래?"

"응. 번거롭게 해서 미안해."

　가져다준 물을 반쯤 마신 호수가 제 앞에 쪼그리고 앉아 말끄러미 보고 있는 연석의 입에 컵을 대 주었다. 물을 다 마신 연석이 자리에서 일어났다.

"잠깐 기다려."

　차가운 물수건을 만들어 온 연석은 호수의 눈에 수건을 얹어 주었다.

"내일 분명히 부을 것 같아서."

"아, 나 세수도 해야 하는데."

"안 해도 예뻐. 이대로 출근해도 해고 안 할 테니까 걱정하지 말고. 연차라도 쓸래?"

　호수가 입술을 삐죽거리며 짐짓 엄격한 말투로 비꼬았다.

"권력 남용하지 마세요."

"권력 남용이 아니라 부하 직원이 정당한 권리를 이용하는 것을 장려하는 중이야."

정말 연석의 말대로 휴가를 써야 할까 싶었다. 너무 울었더니 목도 아프고 머리가 지끈거렸다. 온몸의 수분이 빠진 것처럼 기운도 없었다.

"내일 아침에 상황 봐서."

호수는 나른한 한숨을 쉬며 몸을 이완했다.

"호야."

"응?"

"다 좋은데 도망만 가지 마라."

"……?"

"다른 놈을 사귀어도 좋고…… 결혼을 해도…… 좋아. 대신 내 눈에서 사라지지 마."

"뭐야. 바보 같아. 호구도 아니고 그게 뭐야."

얼굴의 반이 가려졌는데도 호수가 찡그리고 있다는 것을 알 수 있었다. 해성의 말대로 어찌 들으면 끔찍할 수도 있는 집착이었다. 그래도 말하고 싶었다. 네가 뭘 해도 좋으니 도망은 가지 말아 달라고.

"징그러워? 섬뜩해?"

"아니…… 그러면 내가 정말 미안하잖아."

"너는 뭐가 매일 그렇게 미안해?"

"그러게. 못난이라 그런가."

또다시 호수의 입에서 한탄 같은 나른한 한숨이 새어 나왔다. 수건을 덮어 준 것이 사달이었다. 연석의 눈에 울어서 붉게 부푼 입술이 너무 예뻐 보였다.

"호야."

"왜."

"내가 참아 보려고 했는데…… 키스 한 번만 더 해 보자."

몇 초간의 정적이 흐르고 호수가 얼굴에서 수건을 벗어 버렸다. 불 꺼진 방의 어둠 사이에서도 연석의 윤곽이 또렷하게 느껴졌다. 저를 보는 눈이 빛나고 있었다. 호수는 말없이 연석의 목에 팔을 두르고 끌어당겼다. 금세 말랑한 입술이 부드럽게 닿았다. 가슴을 뭉클하게 간질이는 촉감에 입술이 벌어지며 탄식 같은 신음이 흘렀다. 호수의 입속으로 조심스럽게 혀가 미끄러져 들어왔다.

촉촉한 혀가 새틴같이 매끄럽고 부드럽게 느껴졌다. 전시장에서 부지불식간에 한 키스에서 알지 못했던 연석의 애틋함이 느껴졌다. 꼬이고 풀리고 얽히고 엇나가는 움직임이 깊어질수록 머릿속은 아득한 세상으로 가라앉은 것 같았다. 연석의 손이 호수의 머리를 쓰다듬고 작은 얼굴을 매만지고 목덜미를 지분거렸다. 호흡과 함께 잠시 주춤하던 손이 그대로 허리로 내려가 더 이상의 진척 없이 힘주어 안고만 있었다. 연석의 코에서 껄끄러운 숨결이 거친 소리를 쏟아 내고 있었다. 호수는 연석의 얼굴을 부여잡으며 입술을 떨어뜨렸다. 마지못해 떨어지는 그에게서 아쉬운 몸짓이 느껴졌다.

"안아도 돼."

"……!"

"안고 싶잖아. 지금."

"그래."

연석은 어둠에 가려진 호수의 진심을 알 수 없어 망설였다. 건조한 말투 때문이 아니었다. 사랑을 나누자는 건지 너의 욕구를 이해한다는 건지 분간할 수 없었다.

"그럼…… 다시 시작하는 거야? 그런 마음으로 하는 소리야?"

"……."

그건 아니라는 명백한 침묵. 연석이 몸을 일으켜 앉자 호수도 따라 일어났다.

"호야, 나는 한 번도 너를 본능으로만 안은 적이 없어. 앞으로도 그럴 거고."

호수는 부끄러움에 고개를 들지 못했다. 결국, 연석의 진심을 모욕한 셈이었다.

"미안해. 내가 생각이 짧았어."

"네가 왜 이러는지 알아. 미안한 마음으로 안길 생각하지 마. 나는 이만 가야겠다."

내내 다정했던 연석은 더 이상의 인사도 없이 호수의 집에서 나가 버렸다. 현관문이 닫히는 소리가 유난히 크게 들렸다. 새삼스러울 것 없이 혼자 남은 호수는 긴 시간 우두커니 앉아 있었다. 그가 떠나고 나자 전에는 막연하기만 했던 삭막함이 선명하게 느껴졌다.

또다시 삶의 명암이 명확해지고 있었다. 연석을 알기 전에는 행복과 불행의 경계를 모르고 지냈다. 흑이든 백이든 구분할 사이도 없이 회색처럼 뿌옇게 사는 것에 큰 불만을 몰랐다. 하지만 연석으로 인해 다른 삶의 세상을 알게 됐다. 아름답고 선명한 그곳의 아늑하고 달콤한 맛이 이리 오라고 손짓하고 있었다.

경계가 분명한 세상. 조건이 맞지 않는 이방인을 반기지 않는 곳. 이번에 그를 따라가면 아름다운 꽃길 끝에 또 다른 가시밭길이 기다리고 있지 않을까. 가시가 박히는 아픔을 익히 아는 호수는 섣불리 길을 나설 수 없었다. 아직도 나의 사랑은 그만 못한 것이 확실하구나. 모든 것을 감내하고 용감하게 뛰어들 자신이 없었다. 겁쟁이라서 연석에게 미안할 뿐이었다.

* * *

이른 시간에 출근한 연석의 눈가에 그늘이 짙었다. 홧김에 호수를 두고 집에 와서도 잠을 잘 수 없었다. 부실한 방범창이 마음에 걸리고 닫히는 문 사이로 망연하게 앉아 있던 호수의 모습이 눈에 밟혔다. 마침 일찍 나와 있던 해성을 집무실로 불러들였다.

"실장님, 오늘 컨디션이 안 좋아 보입니다. 과음이라도 했어?"

"아니. 생각할 게 있어서 잠을 좀 설쳤어. 오늘 호수 못 나올 거야."

"무슨 소리야? 나보다 먼저 나와 있던데?"

"⋯⋯?

한껏 가라앉은 연석을 보며 해성이 걱정스럽게 물었다.

"어제 둘이 무슨 일 있었어? 둘 다 몰골이 대단하다. 결판이라도 지었냐?"

"호수, 안 좋아 보여?"

"궁금하면 직접 가 봐. 아까 보니까 무슨 약 먹더니 잠깐 쉰다고 휴게실 가던데."

약을 먹었다는 소리에 마음이 쓰였다. 해성이 알려 준 대로 곧장 휴게실로 향했다. 몸이 안 좋으면 휴가를 쓰면 될 텐데 고집은 여전하다 싶었다.

휴게실의 작은 소파 팔걸이에 기댄 호수의 머리가 보였다. 잠이 들었는지 몸이 축 늘어져 보였다. 순간 적신호가 켜졌다. 눈앞의 상황을 제대로 판단하려고 걸음의 속도를 늦췄다. 호수의 맞은편에 앉은 진혁이 서류를 보는 척하면서 연신 호수를 살피고 있었다. 저와 별반 다르지 않은 눈빛을 확인하자 불같은 질투가 일었다. 예상대로 진혁은 사적인 감정을 품고 있었다. 도대체 언제부터 호수를 눈여겨보고 있었을까. 불쾌하고 두려웠다. 혹시 호수가 자신을 피해 그의 그늘로 숨어 들어갈 수도 있다는 최악의 시나리오가 그려졌다. 눈앞에만 있어 주면 네가 누굴 만나도 좋다고 큰소리치던 어제의 자신이 초라하게 느껴졌다. 절대 그럴 리 없다는, 진연석다운 자신감으로 허세를 떤 것뿐이라는 걸 이제 깨달았다. 연석은 표정을 정돈하고 태연한 척 다가갔다.

"이호수 씨, 어디 안 좋아요?"

"아, 실장님. 나오셨습니까?"

진혁이 서류를 든 채 일어서 연석을 맞았다. 편안한 인상의 남자였다. 사내에서도 인품에 대한 평이 좋았다. 객관적으로 호수가 진혁을 택해도 말릴 명분을 찾기 어려울 것 같았다. 연석이 물끄러미 호수를 내려다보고 있자 진혁이 나서서 설명했다.

"몸살 기운이 있다고……. 벌써 약은 먹었고 조금 쉰다고 하더니 잠이 들었습니다."

"자신의 상태를 구구절절이 최 과장님께 설명했나 봅니다."

생각과 달리 말이 날카롭게 튀어나와 연석도 당황했다. 기분 나쁠 만도 한데 진혁은 사람 좋게 웃으며 호수를 변호했다.

"입사 때부터 챙겨 주던 게 버릇이 돼서 제가 좀 꼬치꼬치 물었습니다."

호수를 처음 봤을 때부터 마음에 뒀다는 소리로 들렸다. 마음이 조급해지려 했다. 안 돼, 이호수. 이 남자에게 눈 돌리게 둘 수 없었다. 연석은 몸을 굽혀 호수를 들여다봤다. 근처에 갔을 뿐인데 벌써 열기가 느껴졌다. 핏기 없는 입술은 얼룩덜룩한 생채기와 함께 하얗게 일어나 있었다. 밤새 입술을 물고 뜯었구나. 호수의 버릇을 잘 아는 연석은 밤사이 그녀가 겪었을 마음의 고통을 알아챘다. 푸석한 얼굴과 부은 눈 때문에 이대로 조퇴를 해도 누구도 뭐라 할 수 없을 지경이었다.

"이호수 씨."

연석이 조심스럽게 어깨를 흔들자 호수의 눈꺼풀이 천천히 열렸다. 가물거리는 시야 사이로 연석의 걱정스러운 얼굴을 본 호수는 꿈을 꾼다고 생각했다.

"오빠……."

연석은 등 뒤에 선 진혁이 듣기 전에 재빨리 헛기침을 했다. 그제야 호수도 꿈이 아니라는 것을 깨닫고 벌떡 일어났다.

"죄송합니다. 근무시간이 지난 줄 몰랐어요."

"아직 전이에요. 영 안 좋아 보이는데. 그냥 들어가도록 해요."

"아니에요. 약 먹었더니 많이 좋아졌습니다."

고집부리는 호수가 마음에 안 들었다. 연석은 하는 수 없이 미간을 좁히고 으름장을 놓았다.

"박해성 과장한테 말해 놓을 테니 들어가요. 이러다가 내일 결근할 수도 있어요. 컨디션 조절 실패로 오늘도 망치고 내일도 결근하는 건 회사에서도 손해니까."

"그래. 호수 씨. 실장님 말씀이 맞아. 들어가지. 내가 택시 불러 줄게. 타고 가."

연석은 중간에 끼어들어 호수를 챙기는 진혁이 거슬렸다. 고마운 건 알겠는데 짜증이 났다. 마치 호수의 보호자라도 되는 것 같은 의젓한 태도가 바람직한 것을 알면서도 이성과 감성이 따로 놀았다.

두 남자의 협공에 의지를 꺾은 호수가 고개를 끄덕이며 자리에서 일어났다. 걱정해 줘서 고맙다는 말을 하려고 두 남자를 쳐다본 호수는 난감해졌다. 연석과 진혁의 표정이 너무 똑같았다. 연석은 그렇다 치고 왜 진혁마저 저런 얼굴인지 이해할 수 없었다. 설마 과장님도……라고 생각하다 자조적인 코웃음을 쳤다. 연석을 다시 만나서 그런지 이상한 자신감이 생긴 모양이었다.

"제가 알아서 들어가겠습니다."

호수는 자신을 올곧게 보고 있는 두 남자의 눈빛을 외면하며 사무실로 향했다.

* * *

조퇴 준비하는 호수를 못마땅하게 쳐다보던 미원이 자리에서 벌떡 일어났다.

"호수 씨, 잠깐 나 좀 봐."

가방을 어깨에 걸었던 호수는 골치 아픈 속내를 숨기지 못하고 한숨을 내쉬었다. 그 소리에 호수를 돌아보는 미원의 눈매가 송곳처럼 날카로웠다. 보는 눈이 있는 휴게실을 피해 소회의실로 들어간 미원이 팔짱을 끼고 연신 혀를 차고 있었다.

"무슨 일이신데요."

대충 감은 왔지만, 호수는 일부러 모르는 척 물었다.

"아니. 사람이 왜 이렇게 무책임해? 내가 맡긴 백화점 콜라보 경매 이벤트 기획안! 오늘까지 과장님한테 올려야 하는데 마무리도 안 해 놓고 어딜 들어가?"

"그건……."

호수는 치미는 성질을 심호흡으로 다스렸다. 엄연히 허미원 자신이 맡겠다고 나선 기획안이었다. 회의 시간에 호수가 운을 띄운 아이디어를 날쌔게 채 가더니 숟가락만 얹으려는 처사에 기가 질렸다.

"거의 다 돼 있어요. 만들어 놓은 박스에 찾아 놓은 자료만 채워 넣고 보기 좋게 편집만 하시면 됩니다. 보시다시피 제가 지금 상태가 안 좋아서요."

　미원은 앞에 선 호수를 마뜩잖게 쳐다봤다. 고분고분한 것 같은데 호락호락하지 않는 호수가 처음부터 얄미웠다. 그래서 일부러 더 세게 다루고 있었다. 지금만 해도 두어 시간 손 좀 보면 될 것을 얌전하게도 거절한다.

　"그걸 누가 몰라? 서류에도 흐름이란 게 있잖아. 원래 하던 사람이 마무리를 지어야 할 것 아니야!"

　미원의 억지는 끝나지 않을 것이 뻔했다. 원하는 대로 일이 풀리지 않으면 주변 사람을 들들 볶는 미원의 일 처리 방식을 알다 보니 호수의 마음도 무거워졌다.

　"알았어요. 제가 할게요. 원래 하셔야 할 분이 못하니 어쩔 수 없네요."

　"뭐? 지금 뭐라는 거야?"

　"더 하실 말씀 없으면 들어가겠습니다. 지금부터 해야 점심시간에는 조퇴할 수 있을 것 같아서요."

　"이호수 씨!"

　호수가 회의실 문을 열고 나가는 사이 미원이 지른 소리가 복도 밖까지 울렸다. 지나가던 직원들의 호기심 어린 눈길이 실내를 기웃거렸다. 미원은 눈 하나 깜빡하지 않고 저를 무시하는 호수를 노려보며 손톱을 물어뜯었다.

　"아! 뭐야! 저거 때문에 어제 한 네일 망쳤잖아!"

* * *

한국 옥션 대표인 나석과 잠시 외근을 다녀온 연석은 여전히 자리에 앉아 업무에 몰두하고 있는 호수를 보고 걸음을 멈췄다. 해성에게 눈으로 묻자 돌아오는 것은 도리질뿐이었다.

"박 과장님, 홍콩 사무소 프리뷰 계획안 좀 같이 보죠."

해성이 들어가자 연석은 창 너머로 호수를 지켜보고 있었다.

"급히 해야 할 일이 있어서 못 가고 있단다. 점심쯤이면 끝난다고 하더라."

"뭔데?"

해성은 어깨를 으쓱할 뿐이었다. 연석은 테이블에 서류철을 내려놓으며 찜찜한 표정을 지었다.

"이번 출장에 허미원 대리 대동하고 가라는데 네가 보기에는 어때?"

"잠깐 보긴 했는데 여러모로 평균이야. 딱히 월등하지도 않고 그렇다고 쳐지지도 않아. 근데 왜 허 대리야?"

"순차가 그렇다네. 무슨 업무를 능력제로 안 하고 짬밥으로 하고 있어."

연석은 삼촌 나석의 경영 방식이 마음에 들지 않았다. 사심을 덜어내더라도 호수를 데려가는 것이 더 나았다. 능력도 눈썰미도 호수가 월등한데 단지 신입이라는 이유로 밀린다는 건 이해할 수 없었다.

"그럼 허 대리한테 알려야겠네. 좋아하겠다. 홍콩 가서 쇼핑 엄청 하겠네."

"쇼핑?"

"외양 봐라. 머리부터 발끝까지 반짝반짝 화려해."

"그럴 틈이 어딨어? 콕스 쪽 하고 접촉하는 것만 해도 신경 쓸 일이 태산인데."

"그럼 지금 허 대리한테 알려 놓을게."

실장실을 나온 해성은 호수의 상태도 살펴볼 겸 미원의 자리로 다가갔다. 뭘 하고 있었는지 몰라도 허둥지둥 마우스를 달칵거리는 미원의 행동이 좋아 보이지 않았다. 사내 메신저로 누군가와 잡담을 했거나 인터넷 쇼핑을 하지 않았을까 짐작할 뿐이었다.

"허 대리, 다음 주 홍콩 출장 잡혔어요."

"어머! 홍콩 프리뷰 건이요? 실장님도 가시는 그거요?"

두 손을 모으고 기대에 찬 눈을 빛내는 미원을 보며 해성은 가볍게 웃었다. 가서 엄청 고생할 텐데. 진연석 밑에서 죽어 보세요, 하는 마음이었다.

"네네. 그리고 프리뷰보다는 콕스 측과 사전 접촉하는 게 더 중요하니까……. 그런데 지금 이게 무슨 상황이죠?"

출장 건을 설명하던 해성의 눈길이 호수의 모니터에 멈춘 그대로 냉정하게 굳어졌다. 오늘까지 미원이 자신에게 결재 올려야 하는 기획안을 호수가 전담하고 있는 눈치였다. 어딜 가나 '여주연'은 있는 건가. 팀플레이 수업에서 이름만 올리는 애들을 세상 제일 경멸하던 해성의 눈이 예리하게 빛났다.

"이걸 왜 호수 씨가 하고 있습니까? 담당은 허 대리인데."

"아, 그거요. 제가 업무가 너무 많아서요. 간단한 타이핑만 부탁했어요."

해성은 안경을 추어올리며 모니터를 자세히 들여다봤다. 책상에 쌓여 있는 자료들이 꼼꼼하게 분류된 것도 그렇고 보고서 작성 스타일이며 요약 스킬까지 모든 것이 이호수표였다. 대학 때부터 눈에 익은 호수의 일하는 방식을 해성이 못 알아볼 리 없었다.

"아닌데……. 이거 이호수 스타일인데."

"네? 무, 무슨 말씀이세요?"

모니터에서 눈을 떼고 허리를 곧게 편 해성이 피식 웃으며 미원을 쳐다봤다. 건조한 눈빛에 책망과 무시가 담겨 있었다. 몸이 안 좋아 조퇴하는 사람을 굳이 붙들어 놓은 이유를 알게 되니 정나미가 떨어졌다.

"이호수 씨, 보니까 거의 마무리인데 이만하고 담당한테 넘겨요. 지금 바로 사내 메신저로 보내고 호수 씨는 일어나요. 허 대리는 오늘 퇴근 전에 콜라보 기획안하고 해외 출장 기안 올리고."

"네. 알겠습니다."

호수는 즉시 파일을 미원에게 전송했다.

"대리님, 90% 해 놨어요. 수식은 꼭, 다시 한번 확인하셔야 해요. 보기 좋게 색을 넣으시든지 말든지는 대리님이 알아서 하세요."

미원은 기다렸다는 듯이 일어나는 호수를 사나운 눈으로 흘겨봤다. 아무래도 믿는 구석이 있다는 확신이 들었다. 전에는 최 과장이 싸고돌더니 새로 온 박 과장까지 편을 드는 것이 수상했다.

"저거 은근 흘리고 다니는가 보네. 꼴에 웃기지도 않아."

* * *

한번 자리에 앉으니 미처 처리하지 못한 일들이 연달아 눈에 띄었다. 호수는 해열제를 한 알 더 삼키고 버티면서 업무를 마무리했다. 해성이 어서 가라고 닦달하지 않았으면 그대로 주저앉을까 하던 참이었다. 복도를 걷는 호수의 뒤로 연석이 따라붙었다.

"왜 그렇게 미련해. 집에 가라니까."

"그렇게 됐어요."

"점심 먹고 들어가. 데려다주고 싶은데 내가 시간이 여의치 않네."

"……."

"죽 먹자. 나도 밤새 잠도 못 자고 입맛이 별로다."

그러고 보니 연석도 초췌한 것이 말이 아니었다. 저 때문인 것 같아 호수는 고개를 끄덕였다. 연석이 앞장서고 호수가 조용히 뒤를 따랐다.

식사를 마치고 나오자 기분이 조금 나아진 것 같았다. 배도 든든한 데다 날씨가 유난히 화창했다. 호수가 먼저 연석에게 산책을 제안했다. 편의점에서 산 음료를 들고 사거리 분수대를 지나 시립 미술관으로 향하는 오솔길을 걸었다. 계획한 것이 아닌데 예전에 자주 걷던 그대로 발길이 움직였다.

"이제 더워지네요."

"응."

미술관 앞 벤치에 앉아 한동안 음료만 홀짝였다. 밤사이 일로 전보다 더 어색해져 버린 느낌이었다. 연석은 가지런히 모은 호수의 발을 보았다. 연한 베이지색 가죽에 구두코만 까만 에나멜로 반짝거리는 구두가 작은 발을 단정하게 감싸고 있었다.

"구두 예쁘네."

연석의 칭찬에 호수가 두 발을 번갈아 까딱거리며 푸시시 웃었다.

"이거 짝퉁인데."

"그래? 바지도 예쁘고."

"이건 좀 큰맘 먹고 산 거예요. 비싼 옷이라 그런지 핏이 좋아."

"셔츠도 이쁘고."

또 무슨 소리를 하려고 이러나. 호수가 희미한 미소를 머금은 채 연석을 쳐다봤다.

"눈도, 코도, 입술도 다 예쁘다."

"진짜…… 느끼해졌어."

의미 깊은 시선을 피하며 고개를 내리던 호수의 눈에 연석의 오래된 시계와 손가락의 반지가 들어왔다. 술을 진탕 마신 다음 날 손가락에 떡하니 끼워져 있던 반지를 생각하면 지금도 어이가 없었다.

"나 참 못됐어."

"……?"

호수의 뜬금없는 반성에 연석이 돌아봤다.

"나 있지. 정말 여우 같은 애야. 사실 오빠가 아직도 그대로인 게 좋기도 해. 그래서 미안해."

"또 미안하대. 그리고 네가 진짜 여우라면 이 기회를 놓치지 말아야지."

호수는 피식 웃으며 고개를 저었다.

"사실 옛날에도 오기로 오빠하고 사귄 것도 있어."

"그래?"

"응. 주연이 때문에."

"이건 무슨 소리지? 처음 알게 되네."

"자꾸 나더러 오빠한테 꼬리 친다고 따지더라고. 그래서 몇 번 다툼이 있었거든. 참다 참다 에라, 모르겠다, 하고 여봐란듯이 질러 버린 것도 있어."

처음 들은 황당한 사실에 놀란 연석의 표정이 볼만했다.

"허! 여주연한테 까방권이라도 줘야 하나? 그런 큰 은혜를 입은 줄 몰랐네."

"그렇다고 그런 마음이 전부였던 건 아니고……."

"상관없어. 네가 어떤 마음이었든. 결국, 그때의 우리는 사랑했으니까."

호수가 크게 고개를 끄덕였다. 온 마음을 다해 그를 사랑했다. 후회 없이.

"지금도 사랑해."

"오빠…… 나는 무서워. 어른이 됐잖아."

연석은 조용히 호수의 손을 가져와 손바닥 위에 올려놓은 채 매만졌다. 작고 고운 손만 봐도 가슴이 저린다. 이 여자 없이 살 수 있을까, 아무리 물어도 대답은 똑같았다.

"엄마 일은 정말 미안해."

"아니. 그건 괜찮아. 그럴 수 있는 거고 그분의 마음은 이해하고 있어. 어쨌든 소중한 자식한테 제일 좋은 것만 해 주고 싶은 게 부모 마음이라잖아."

"제일 좋은 게 뭔지 몰랐으니 우리 엄마가 잘못한 거야."

"그래서 나 때문에 싸운 거야? 혹시 지금도 사이가 안 좋아?"

호수는 마침내 줄곧 묻고 싶었지만, 피하고 싶기도 했던 질문을 했다. 연석은 흔들림 없는 눈으로 호수를 응시했다.

"너 때문이 아니고 엄마 때문인 거고. 엄마와 틀어진 것에 대해서 네가 신경 쓸 일은 없어."

연석의 설득에도 호수는 마음이 무거웠다. 아직도 콩깍지가 그대로인 남자의 말에 홀가분해질 수 없었다.

"나한테 와."

연석의 깊은 진심은 물결이었다. 그가 일으킨 파동이 점점 거세져 호수의 마음에 철썩철썩 부딪혔다. 오빠를 사랑해, 라고 말하고 싶었다. 호수는 간질거리는 목구멍을 어쩌지 못해 음료수만 들이켰다.

"버스 타는 데까지 데려다줄게. 같이 가자."

"바쁘다면서."

"너 데려다주고 뛰어오면 돼."

아니라고 말하려는 호수를 향해 눈매를 찡그린 연석이 퉁명스럽게 말했다.

"다시 사귀어 주지도 않을 거면 이런 거라도 하게 해 줘. 나도 여한은 없어야 할 것 아니야."

호수는 묘하게 설득시키는 재주가 있는 남자에게 이번에도 넘어갔다.

"근데. 자꾸 이러고 다니다가 회사 사람들이 보면 어떡하지? 앞으로는 이러지 말아요."

"그러네. 벌써 찬영 씨는 단단히 오해하고 있던데."

연석은 차라리 이대로 소문이 돌게 해 버릴까 잔망스러운 상상을 해 봤다. 게다가 자신과 호수를 볼 때마다 눈썹으로 수다 떠는 찬영이 점점 부담스러웠다. 죄 없는 찬영이란 걸 알지만 남의 속도 모르고 파이팅 거릴 때는 약이 올라 울화가 치밀었다. 둘은 일부러 일정 거리 떨어져 걷고 있었다. 연석은 여전히 안색이 별로인 호수를 버스 태워 보내는 것이 마음에 걸렸다.

"가서 푹 자고. 참, 방범창 알아보고."

"응."

대충 고개를 주억거리는 호수가 마뜩찮아 계속 당부가 늘어난다.

"저녁도 잘 챙겨 먹고. 라면은 안 돼. 어제 먹었잖아."

"풋! 아빠 같아."

"무슨 일 생기면 꼭 나한테 연락하고. 너희 집하고 멀지 않아."

"그래?"

"저기야."

연석이 손가락으로 가리킨 곳 너머에 고층 아파트가 보였다. 이 동네를 좋아하는 호수도 지나면서 저런 집에 살아 봤으면 하고 상상한 적이 여러 번이었다.

"아, 저기 사는구나. 좋은 데 산다. 좋겠다."

"네가 없어서, 좋은지는 모르겠어."

호수는 대답 대신 한숨을 쉬었다. 이 남자는 끊임없이 들이대고 설득한다. 저러다 지치겠지 하다가도 독하게 뿌리치지 못하는 자신을 미워하게 된다. 희망 고문으로 그를 묶어 두고 고통을 주고 있었다.

"안 되겠다. 오늘 밤에 내가 잠깐이라도 갈게."

"오빠, 진짜 더는 아니야. 방범창도 내가 알아서 달 테니까 걱정하지 말고. 진짜 고마웠어. 미안해."

"호야."

연석의 목소리가 거북하게 밀려 나왔다. 또 멀찍이 거리를 두려고 하는 호수가 두려웠다. 저도 모르게 호수를 붙잡으려 손이 나갔지만, 호수가 먼저 뒤로 주춤 물러났다.

"진짜 부탁해. 나 나쁜 년 만들지 말고. 응?"

"네가 날 미친놈으로 만드는 건 모르지?"

다정했던 목소리에 찬기가 스며들기 시작했다. 연석의 눈동자가 실망과 조바심으로 흔들리고 있었다. 호수는 차분하게 그를 설득해 보려 했다.

"……원래 이러지 않기로 했잖아. 내가 원하는 대로 해 주겠다고 했잖아."

"……."

오래된 바위처럼 꿈쩍도 하지 않는 그를 흔드느라 마음이 급해진 호수는 악수를 두려 했다.

"자꾸 이러면 나는 또……."

"말하기만 해. 지금 네가 생각하고 있는 거 말하기만 해!"

이를 사리 문 연석의 턱이 떨리고 있었다. 호수는 마저 내뱉지 못하고 안타깝게 바라보기만 했다.

"오늘 일이 많아서 꽤 늦을 거야. 그래도 잠깐 들를 테니까 그렇게 알아."

가까스로 감정을 삼킨 연석은 대답이 필요하지 않다는 듯 강하게 말했다. 호수를 태운 버스가 시야에서 사라진 후에도 연석은 자리를 뜨지 못했다. 정말 호수가 다시 사라질까 봐, 두려움이 엄습해 이성이 흔들렸다. 다시 같은 시간을 견딜 자신이 없었다. 기운 빠진 모습으로 발길을 돌렸지만, 걸음은 빨랐다. 밤에 호수를 들여다보려면 지금부터 쉬지 않고 업무에 매달려야 했다. 벌써 마음이 급했다.

동료들과 덕수궁길을 걷던 주연의 눈에 그들이 보였다. 연석을 알아보고 다가가려던 주연은 곁에 선 호수를 한 번에 알아보지 못했다. 분위기가 심상치 않아 유심히 보고 나서야 알아봤다. 예전과 분위기와 모습이 많이 달라져 호수가 아닌 것 같았다. 청바지에 티셔츠만 입고 다니던 앳 되고 가난한 모습은 어디에도 남아있지 않았다. 무엇보다 어둡게 가라앉은 두 사람의 모습이 마음에 걸렸다. 싸웠다고만 볼 수 없는 애잔함이 느껴졌다.

멀찍이 떨어진 거리. 서두르는 연석을 지켜보던 주연은 허탈한 웃음을 터뜨렸다. 저 둘이 다시 함께 있는 모습이라니, 상상 못 했던 변수였다. 그렇게 긴 시간 헤어져 놓고 다시 만나는 건지, 아니면 모두를 속이고 계속 관계를 유지해 온 것인지 궁금했다. 저처럼 지나다 우연히 마주친 것이길 간절히 바랐다.

"너희들 진짜 뭐야. 지겹지도 않니?"

주연의 눈시울이 붉어져 있었다. 딱 한 가지만 더 갖고 싶은데 왜 허락하지 않는지 하늘이 미웠다.

* * *

점심시간 내내 미원은 홍콩 출장으로 들떠 수다 삼매경에 빠져 있었다. 인심 좋은 찬영이 마지막까지 붙들려 미원의 홍콩 버킷리스트를 들어 주고 있었다.

"근데 허 대리님, 실장님하고 같이 가는데 그렇게 즐길 시간이 있겠어요?"

"잠을 덜 자면 돼지? 그리고 일정표에 보니까 실장님 단독 미팅 시간이 꽤 있어. 그때 틈틈이 볼일 보려고. 이것이야말로 임도 보고 뽕도 따는 격이지."

아무리 그렇다고 해도 찬영은 이해할 수 없었다. 이번 출장에 가을 경매의 핫 이슈가 걸려 있다고 들었다. 게다가 과장도 아니고 실장과 동행인데 그렇게 호락호락할까, 의문이었다.

"근데 호수 씨도 일 잘하는데…… 아무래도 허 대리님 순서라서 가시게 됐나 봅니다."

눈치 없이 솔직한 찬영의 말에 미원의 눈꼬리가 올라갔다.

"찬영 씨 말이 좀 그렇다? 그럼 실력으로 따지면 내 순서는 국물도 없었다, 그런 거야?"

"왜 그렇게까지 생각하세요?"

"아, 아니 그걸 왜 나한테 도로 물어? 고단수네, 이 사람."

찬영은 쫑알거리며 계단을 오르는 미원의 뒤를 따르며 호수의 안부를 물었다.

"호수 씨는 내일은 나오겠죠. 조퇴까지 하고."

찬영은 실장님이 무척 속상하겠다는 생각에 빠졌다. 사내에서 무미건조함을 연출하는 그들을 볼 때마다 어찌나 안쓰럽던지.

"몰라! 나와야지. 사람이 책임감도 없고 뺏뺏해서는."

이후로도 미원의 입에서 호수의 험담이 줄줄이 나왔다. 찬영은 저러다 나중에 어쩌려고 하나 걱정스러울 지경이었다. 그래도 실세의 애인인 줄도 모르고 나대는 미원을 많이 걱정하지는 않았다. 우직하게 일하기로는 봄날 밭 가는 황소보다 더한 호수를 제일 많이 부려 먹으면서 불만도 많은 미원이 얄미웠다.

"그만 하세요. 그래도 대리님 일 제일 많이 돕는 건 호수 씨잖아요."

"야! 김찬영!"

미원은 사사건건 바른말로 속을 뒤집는 찬영 때문에 흥이 깨졌다. 뺙, 소리를 지르며 찬영에게 달려들었다.

"어, 어! 대리님! 왜 이러세요!"

찬영은 눈앞으로 바짝 다가오는 미원의 커다란 모습에 놀라 급히 몸을 피했다. 심지어 저를 붙들려고 하는 미원의 손까지 뿌리쳐 버렸다.

"어머! 아아악!"

정신을 차려 보니 바닥에 널브러진 미원이 신음하고 있었다. 찬영에게 따지려고 몸을 돌리던 미원은 발이 꼬여 그대로 계단을 굴러 버렸다.

"아니. 대리님 위험하게 계단에서 왜 그러셨어요?"

급히 뛰어 내려간 찬영은 엎드려 끙끙거리는 미원을 일으켜 보려 했지만, 돌아온 것은 신경질이었다. 발목을 다쳤는지 미원은 주저앉아서 발목을 부여잡고 울었다.

"찬영 씨가 나를 받아 줬어야지! 피하면 어떡해?"

"네에? 그러다 저까지 다치면 어쩌라고요? 왜 저한테 화를 내시죠? 잠깐 기다리세요. 119 부를게요."

긴급통화 버튼을 누르면서 찬영은 계단에서의 사고 위험성을 미원에게 일장 연설했다.

* * *

병원에서 오후 시간을 다 보낸 미원이 목발을 짚고 사무실에 등장했다. 모두 한마디씩 안부를 묻고 걱정했지만, 표정에 성의가 없었다. 미원은 서툴게 목발을 짚고 해성에게 다가갔다.

"괜찮아요? 사고 경위는 찬영 씨에게 들었어요."

"심한 건 아니고요. 실금이 조금 갔어요. 결재는 내일 아침까지 올리도록 하겠습니다."

"그래요. 그리고 출장은 아무래도 무리겠어요."

미원의 얼굴이 볼썽사납게 구겨졌다. 마음 같아서는 휠체어를 타고라도 가고 싶었다. 잘생긴 실장과의 홍콩 출장이라 들떴던 것이 일장춘몽이라니 억울해서 눈물이 나올 것 같았다.

"저기 나오시네. 실장님!"

해성이 마침 실장실을 나오던 연석을 불러 세웠다. 연석도 목발을 짚고 선 미원을 보고 놀란 표정이었다.

"허 대리가 이렇게 돼서 아무래도 출장은 힘들 것 같습니다. 호수 씨로 대체하죠."

"그래요. 알겠습니다."

해성의 제안을 잠깐의 고민도 없이 승낙한 연석은 무심하게 사무실을 나갔다. 미원은 세상인심이 야속하게 느껴졌다. 조금 다쳤다고 바로 팽 당한 기분은 이루 말할 수 없이 서글펐다. 괜히 자리에 없는 호수까지 꼴 보기 싫었다. 절뚝거리며 자리로 돌아가는데 갑자기 연석의 목소리가 들렸다.

"허 대리!"

"네?"

급히 돌아보자 연석이 매력적으로 웃고 있었다. 그가 이곳에 온 이후로 저렇게 환하게 웃는 것을 처음 본 미원은 잘생김이란 미약에 통증까지 잊었다.

"몸조리 잘해요. 우리 집안에서 단골로 다니는 한의원이 있는데 공진단 하나 지어 보낼게요."

"네에? 정말요?"

이게 웬 횡재냐 묻는 미원을 향해 연석은 조금 전보다 더 환하고 너그럽게 웃어 보였다.

"고마워요!"

"네?"

뭔가 인사가 뒤바뀐 것이 아닌가 싶어 어리둥절한 미원의 눈에 나른하게 웃고 있는 해성이 보였다.

* * *

"그래서 결국 출장은 호수 씨가 가게 됐어요."

찬영은 오늘 있었던 미원의 실족 사건을 진혁에게 알리며 소주잔을 채웠다.

"호수 씨한테는 좋은 기회네."

"그쵸. 사실 저도 가고 싶었어요. 하지만 양보해야죠!"

사랑을 위해! 찬영은 속으로 외치며 굳은 결의를 다지듯 주먹을 불끈 쥐었다. 사정을 모르는 진혁은 그런 찬영이 귀여워 너털웃음을 지었다. 눈치 없이 입바른 소리를 해서 분위기를 깰 때도 있었지만, 요즘 세상에 저만큼 순수한 사람을 보는 것도 재미있는 일이었다.

"호수 씨는 괜찮을까?"

"글쎄요? 조금 아프다고 조퇴할 사람이 아니라서 걱정스럽긴 해요."

앞에 놓인 술잔을 비운 진혁은 잠시 고민을 하다 핸드폰을 꺼냈다. 갑자기 진지해진 그의 분위기에서 찬영은 이상한 느낌을 받았다. 상대가 전화를 받지 않는지 끊었다가 다시 걸었다.

"어디랑 통화하세요?"

진혁이 손을 들어 찬영의 말을 막았다.

"여보세요? 호수 씨, 나야. 최진혁."

찬영의 눈동자가 바쁘게 흔들렸다. 아무리 호수가 아프다고 해도 회사 상사일 뿐인 그가 사적으로 안부 묻는 것을 예사롭게 넘길 수 없었다. 그것도 이미 야심한 시각에.

"무슨 일 있어요? 여보세요?"

심각한 목소리의 진혁이 자리에서 일어났다. 자연스럽게 찬영의 귀가 커졌다. 호수의 말소리가 들리지 않으니 답답해 미칠 지경이었다.

"아, 여보세요? 네. 저는 회사 동료입니다. 무슨 일이죠?"

눈에 띄게 표정이 굳어지는 진혁을 따라 찬영의 얼굴도 심각해졌다. 진혁은 호수의 집이 어딘지 누군가에게 묻고 난 후 전화를 끊었다.

"찬영 씨, 나 먼저 일어날게."

"과장님! 호수 씨한테 무슨 일 생겼어요?"

"그건 나중에."

진혁이 떠나고 난 후 잠시 머리를 굴린 찬영은 당연하게 연석에게 전화를 걸었다.

"실장님! 지금 빨리 호수 씨에게 가 주세요. 무슨 일이 생겼나 봅니다."

자초지종을 설명한 후 전화를 끊은 찬영은 자신의 공은 미원의 공진단 몇 배에 해당할까, 계산기를 두드렸다.

* * *

잠에서 깬 호수를 맞이한 것은 칠흑 같은 어둠이었다. 바닥을 더듬어 근처 어딘가에 두었을 핸드폰을 찾았다. 버튼을 누르자 액정에서 창백하게 시린 빛이 퍼져 나왔다. 부신 눈을 가늘게 뜨고 시간을 확인하고는 놀라 한숨을 쉬었다. 어느새 밤 열한 시를 넘어가고 있었다. 약을 먹고 누워서 방범창 업체를 검색하다 잠이 든 모양이었다.

실컷 잤는데도 몸이 나른했다. 늦더라도 들르겠다던 연석의 말이 생각나 몸을 일으켰다. 핑 도는 어지러움 때문에 잠시 앉아 있는 호수의 귀에 낯선 소음이 들렸다. 덜컹거리는 소리는 외부에서 시작됐지만, 곧 집 안으로 이어질 것 같은 불길한 예감이 들었다. 방범창이 있는 거실 쪽이었다. 호수는 겁이 났지만, 침착하게 일어나 방문을 열고 나갔다. 어둠 속에서 청각이 예민하게 반응했다.

분명 꼭 닫아 놓은 창이 조금 열려 있었다. 연석이 그랬던 것처럼 방범창을 붙들고 흔드는 소리가 들렸다. 열린 틈 사이로 남자의 거친 숨소리가 생생하게 들렸다. 호수는 핸드폰을 켜고 112를 눌렀다. 손이 사정없이 떨렸다. 가위에 눌린 것처럼 목소리도 낼수 없을 것 같았다.

─네. 112입니다.

눈물이 왈칵 솟았다. 호수는 일부러 창 아래 서서 큰 소리를 냈다.

"집! 집에 누가 들어오려고 해요."

창밖의 섬뜩한 소음이 뚝 끊겼다. 경찰의 물음에 답하는 사이 급한 발소리가 멀어지고 있었다.

* * *

"오늘 집에서 주무실 수 있겠어요?"

호수는 경찰의 질문에 그렇다고 대답하려다 입을 다물었다. 정말 자신이 없었다. 오늘뿐이 아니라 영영 침침한 지하실 계단을 밟을 자신이 없었다. 집이 더는 집이 아니게 되었다. 침입을 시도하려 한 흔적이 확실했다. 호수는 지구대로 가 경위서를 썼고 날이 밝으면 CCTV 판독을 토대로 바로 추적을 하겠다는 설명을 들었다.

"어디 가 계실 곳이 있으면 좋은데요. 아까 회사 동료분이 이쪽으로 오신다고 했으니 기다리시죠."

"아! 전화!"

진혁에게 전화가 왔을 때만 해도 공포에서 미처 빠져나오지 못한 상태였다. 경황없이 횡설수설하는 호수 대신 옆에 있던 경찰이 통화했다. 무슨 일이 생기면 꼭 전화하라고 했던 연석이 떠올랐다. 진혁이 이쪽으로 오는 건 둘째 치고 연석에게 연락하는 것

334

이 우선이었다. 주머니를 뒤져 전화기를 찾는데 벨소리가 울리기
시작했다.

"여보세요."

ㅡ어디야.

연석의 목소리는 피로한 듯 무겁게 들렸다.

"지금 일이 좀 생겼어. 그래서."

ㅡ어디냐고.

"우리 집 근처, 안암동 지구대야. 오빠, 내가 전화하려고."

ㅡ기다려.

호수의 다급한 말도 끝까지 듣지 않고 연석은 전화를 끊어 버
렸다. 겁먹은 호수를 내내 지켜보고 있던 경찰이 친절하게 웃으
며 물었다.

"지인분 연락되셨어요?"

"네. 곧 올 것 같아요."

말이 끝나자마자 지구대 앞에 택시 한 대가 섰다. 유리문 밖으로
급히 뛰어오는 진혁을 보며 호수는 질끈 눈을 감았다. 괜한 사람
에게 민폐를 끼친 데다 무엇보다 일이 꼬이는 기분이었다.

"호수 씨!"

벌컥 열린 문과 함께 진혁의 다급한 목소리가 지구대에 울렸다.

"아, 과장님. 별일 아닌데. 안 오셔도 되는데요. 제가 정신이 없
어서 연락을 못 드렸네요."

"괜찮아요? 다친 곳은 없고?"

"네. 다행히 잘 처리됐어요. 힘들게 오셨는데 죄송해서 어쩌죠.

이만 가 보셔도 괜찮아요."

호수는 애써 태연하게 말하며 진혁을 안심시켰다. 진혁은 하얗게 질린 얼굴로 억지 미소를 짓는 호수를 믿지 못했다. 그대로 경찰에게 가 전후 사정을 확인했다.

"호수 씨, 오늘 집에 갈 수 있겠어?"

"네. 그럼요. 문 잘 잠그면 돼요."

물끄러미 호수를 보던 진혁이 조심스럽게 말을 꺼냈다.

"호수 씨, 부담스럽게 생각하지 말고…… 이 근처가 우리 본가야. 어머님하고 여동생만 살고 있어서 며칠 지내기에 크게 불편하지 않을 것 같은데."

"네? 아, 아니에요. 정말 괜찮아요. 저도 근처에 친, 친구네 집도 있어요."

호수는 적극적으로 두 손과 고개를 저었다. 진혁은 굳은 얼굴로 그런 호수를 지긋이 쳐다보았다. 분명 거절할 것을 알았지만 실망스러웠다.

"정말이야?"

"네! 그러니까 너무 걱정하지 마시고 이제 가 보세요."

호수가 진혁의 등을 떠밀고 있는데 지구대의 문이 열렸다. 장신의 남자를 확인한 호수는 아, 하고 아득한 한숨을 토했다. 연석은 그런 호수와 진혁을 빤히 쳐다보다가 바로 경찰에게 향했다. 진혁은 예기치 못한 연석의 등장에 적잖이 놀랐다.

"실장님께도 연락했어?"

"아, 그게…… 과장님처럼."

"그랬구나. 참, 대학 선배라고 했지?"

호수의 설명을 듣고도 진혁은 어딘지 석연찮았다. 호수를 보는 연석의 눈빛은 뭐라 단정할 수 없는 미묘한 것이었다. 게다가 처음 봤을 때 보다 더 불안해 보이는 호수가 걱정스러워 발길이 떨어지지 않았다.

"이호수, 가자. 성실이한테 연락해 놨어."

이런저런 생각이 많아 조심스러운 진혁과 달리 연석은 거침없었다.

"성실이요?"

"그래. 성실이네가 그나마 제일 편하지 않아?"

호수는 얼떨결에 고개를 끄덕였다.

"네……."

"최 과장님은 이만 들어가시죠. 저는 뒷마무리도 좀 하고 이호수 씨를 친구 집에 데려다줘야겠습니다."

어느 정도의 친분이기에 저럴 수 있을까. 진혁은 단호하게 정리하는 연석 앞에서 쓸모없어지는 기분이었다. 연석에게서 호수에 대한 권리 같은 것이 느껴졌다. 문득 연석을 향한, 정의 내릴 수 없는 묘한 감정이 싹텄다. 실체를 알 수 없는 조바심과 패배감이 들었다.

"네. 다행이네요. 그럼 호수 씨, 내일 봐."

호수를 위해 더 나은 대안을 제시할 수 없는 처지이기에 물러나야 했다. 진혁은 어렴풋한 호감이 단단해지는 것을 느꼈다. 그리고 깨닫자마자 쉽지 않으리라는 예감이 들었다.

*　*　*

호수는 집에 들어가지 못하고 차에서 연석을 기다렸다. 며칠 지낼 동안 필요한 것들을 연석이 대신 챙겨 나왔다.

"아버님 그림도 챙겼어."

"고마워요."

연석의 표정이 너무 차고 어두워 호수는 섣불리 말을 걸지 못했다. 분명 화가 난 것 같았다. 빨리 연락하지 않아서일까. 아니면 진혁이 와 있어서일까. 내가 그렇게 큰 잘못을 했나? 복잡한 생각에 시달리다 보니 성실네로 가는 길이 아니었다.

"어디 가는 거예요?"

"내 집."

"……?"

놀라서 입도 못 여는 호수에게 싸늘한 대답이 돌아왔다.

"최진혁 앞에서 우리 집에 데려간다고 할 걸 그랬나?"

"아니. 지금 이건."

"그만. 집에 가서 해. 지금…… 운전 중이잖아. 내가 감정 조절을 못 할 것 같아."

단호하게 막아 버리는 연석의 벽이 너무 단단했다. 호수도 마음이 상했지만, 조용히 따라가기로 마음먹었다. 지금 앞에 놓인 선택지는 연석의 집과 숙박 시설이었다. 오늘만이라도 그의 신세를 지는 것이 가장 나은 답이었다.

연석을 따라 들어온 집. 두 번째로 발을 들이는 그의 공간이었다. 예전의 아담한 오피스텔과 비교도 할 수 없는 넓고 고급스러운 집이었다. 그사이 우리는 이만큼이나 벌어졌구나. 기숙사와 오피스텔, 반지하 빌라와 고급 아파트. 점점 더 까마득하다. 호수의 짐을 든 연석이 방으로 들어가다 멈춰서 그녀를 불렀다.

"따라와."

정말 크고 쾌적한 방을 본 호수는 자신도 모르게 헛웃음이 나왔다. 지금 사는 빌라만 한 공간이 그의 침실이었다.

"네가 이 방을 써."

"여기 오빠 침실 아니야?"

"맞아. 토 달지 말고 일단 써. 밥은 먹었어?"

"아니. 아직."

연석이 미간을 구기더니 호수의 손을 잡고 거실로 나갔다.

"저기가 주방, 욕실, 드레스 룸, 서재…… 침실에도 욕실이 있으니까 거기 쓰든가."

고개를 주억거리는 호수는 완벽한 이방인의 모습이었다. 연석은 그것도 마음에 안 들었다. 주눅 든 아이처럼 머뭇거리는 모습에 간신히 가라앉혔던 감정이 다시 거칠어졌다.

"다음 주 홍콩 출장은 네가 가는 거로 변경됐어."

"뭐? 허 대리님이 아니고?"

"갑자기 다리를 다쳤어. 준비할 게 많아서 너도 내일부터 바쁠 거야."

"응."

"집은 내일 당장 내놓자. 지구대에는 내가 약혼자라고 말해 놨고 모든 연락은 내가 받기로 했어. 그렇게 알아."

"왜 그렇게까지 했어. 안 그래도 바쁜데 오빠가 너무 번거롭잖
아."

호수의 말을 들으며 목을 죄고 있는 넥타이를 신경질적으로 끄
르는 연석의 호흡이 거칠었다. 저렇게 매사 미안하고 뭐든 혼자
해결하려고 하는 게 마음에 들지 않았다. 꾹 눌러 놨던 화가 지글
지글 끓기 시작했다.

"내가 연락하라고 했잖아. 일 생기면 바로 하라고 했잖아."

호수는 날카롭게 구는 연석을 자극하고 싶지 않았다. 조곤조곤
하게 사정을 설명했다.

"하려고 했어. 처음에는 경찰한테 이것저것 설명하느라 정신이
없었어. 나중에 정신 좀 차렸을 때 오빠한테 전화하려고 했는데."

"그래서 정신 들기 전에 최진혁은 생각나고?"

역시 그걸 오해했구나. 호수는 연석과 시선을 맞추며 차분하게
말했다.

"그런 거 아니야. 과장님이 먼저 전화를 주셨어."

"그 시간에? 미친 거 아니야?"

연석은 단단히 화가 나 호수의 말이 곧이곧대로 들리지 않았다.
호수가 자신보다 먼저 진혁을 떠올렸고 그를 더 편하게 생각한다
고 오해했다. 지구대에 들어선 순간 먼저 와 있는 진혁을 보고 미
쳐 버릴 뻔했다.

"그놈이 와서 뭐라고 했어? 같이 있어 주겠대? 나처럼 제집으로
데려가겠다고 해?"

"오빠…… 그만해. 왜 아무 상관없는 과장님을 험하게 말해?"

"지금 그게 중요해? 내 기분은 생각 안 해?"

"생각해. 그래서 이렇게, 천천히 얘기하려고 하잖아."

호수는 막막한 벽 앞에 호소하는 기분이었다. 분노가 꽉 들어찬 연석의 굳은 눈동자를 보니 허튼짓이란 생각이 들었다.

"일을 당한 건 난데…… 내가 왜 오빠를 달래야 하는지 모르겠다. 오빠야말로 내 기분을 생각 안 하고 있어."

"나만큼 널 생각하는 사람은 없어."

거실 한 가운데 선 두 사람은 야속한 눈으로 서로를 보며 침묵했다.

"그만하자. 지금 오빠는 내가 무슨 말을 해도 꼬투리만 잡으려고 해."

호수가 먼저 고개를 돌렸다. 연석은 속이 터질 것 같은데 뭘 어떻게 해야 좋을지 갈피를 못 잡았다. 호수가 힘들어하는 걸 아는데 마음은 진정되지 않고 말은 송곳이 되어 찌르기만 했다.

"일이 덜 끝났어. 다시 들어가 봐야 해. 신경 쓰지 말고 먼저 자."

"알았어. 오늘만 신세 질게. 미안해."

연석은 듣기 싫어서 대답하지 않았다. 호수가 마음 편히 부탁하고 요구하지 않는 것이 서운했다. 신발을 신는 도중에도 속에서 온갖 감정과 말들이 시끄럽게 치고받았다. 현관문을 반쯤 연 상태에서 한참 멈춰 있던 연석이 한숨을 쉬며 호수를 돌아봤다.

"그래. 네가 원하는 대로 해. 그리고 더는 너, 흔들지 않을게."

쿵 닫히는 문소리가 연석의 마음 같았다. 온몸의 진이 빠진 호수는 터덜터덜 걸어 소파에 주저앉았다.

* * *

다시 집으로 돌아온 연석은 환하게 불 켜진 거실을 꼼꼼히 둘러보며 호수의 흔적을 더듬었다.

혹시 또 침실을 두고 소파에서 자거나, 자신이 없는 사이 가 버리지 않았을까 하는 걱정이 들었다.

술에 취해 비틀거리는 몸을 가까스로 추스르며 구두를 벗었다. 구겨진 슈트 재킷을 대충 소파에 던져 놓고 조심스럽게 침실 문을 열었다. 열린 문틈 사이로 거실의 불빛이 길게 스며들었다. 침대 위에 동그마니 작은 몸이 잠들어 있었다. 가까이 다가가 잠든 얼굴을 들여다보았다. 평소보다 더 하얀 얼굴에 입술이 바싹 말라 있었다.

깰까 봐 차마 만지지도 못하고 실루엣을 어루만졌다. 미안해 죽을 것 같았다. 많이 무서웠을 텐데, 안아 줬어야 했는데. 질투로 졸인 마음을 진정하지 못하고 닦달만 했다. 시간을 줘야 하는데 조바심이 망치고 있었다. 호수의 마음에 확신이 들지 않았다. 미안하기만 하고 전처럼 사랑하는 마음은 말라 버린 게 아닐까. 분초를 다퉈 가며 파고드는 불안에 피가 마르고 있었다.

"호야, 사랑해. 나 좀 어떻게 해 줘."

연석은 괴로운 가슴을 쥐어뜯으며 간절히 읊조렸다. 그런 연석의 마음도 모르고 호수의 자는 얼굴은 아이처럼 평온해 보였다.

* * *

한창 출근 준비로 바쁘던 해성은 일찍부터 연석에게 걸려온 전화를 받다가 놀라 고함을 쳤다.

"뭐?"

옆에 있던 성실도 놀라 무슨 일이냐 물었다. 해성은 기다리라는 시늉을 하며 연석의 설명을 들었다.

"호야, 아니 호수가 큰일 날 뻔했네. 그래서 지금은 괜찮아?"

해성의 표정이 신중해질수록 성실의 궁금증은 커졌다. 통화를 마치자마자 득달같이 질문했다.

"왜? 호수한테 무슨 일 났어? 왜 그래?"

"어젯밤에 집에 도둑인지 강도인지 들 뻔했다고. 회사 사람이 알게 됐는데 혹시 물어보면 우리 집에 있는 거로 하자고. 지금은 연석이 집에 데려다 놓은 눈치야."

성실은 듣기만 해도 무서워 소름이 끼쳤다. 여자 혼자 사는 집에 침입이라니. 하마터면 정말 끔찍한 일을 당할 뻔하지 않았는가.

"어머! 우리 호수 어떡해! 우리 집으로 데리고 오자."

"그럴까? 근데 호수 성격에 괜찮다고 하지 싶다."

찌푸린 얼굴로 고민하던 성실이 두 손을 맞부딪히며 고개를 끄덕였다.

"하긴. 그냥 두는 게 낫겠다. 둘이 딱 붙여놔. 그러다 보면 사고 치고……. 오빠가 아빠 되고. 그치?"

"사실 나도 그 생각 중이야. 그렇게 두는 게 낫겠지?"

"응. 그래도 호수한테 안부는 물어야겠다. 안쓰러워라."

성실은 항상 호수에게 이기적으로 굴라고 부추겼다. 어차피 부모 안 보겠다고 나온 남자 모른 척 꼭 붙들어도 된다고 설득했다. 남들 손가락질이야 눈감으면 그만이고 험담이야 귀 막으면 될 터였다. 시집살이보다 그게 훨씬 낫다고 시간 날 때마다 꼬셨다. 너무 똑똑하고 생각이 많아서 팔자 꼬고 있다고 화를 내도 돌아오는 것은 속을 알 수 없는 호수의 미소뿐이었다.

* * *

출근 준비를 모두 마친 호수는 침대에 차분히 앉아 있었다. 가끔 밖에서 들리는 연석이 움직이는 소리를 들으며 방 한구석에 있는 짐 가방을 쳐다봤다.

'그래. 네가 원하는 대로 해. 그리고 더는 너, 흔들지 않을게.'

어젯밤 연석이 남긴 말을 내내 곱씹고 있었다. 역시 마음이 아팠다.

간사한 것. 스스로 밀어내고 그렇게 해 달라고 해 놓고. 저 사람 마음을 갈기갈기 난도질해 놓고. 기어이 그 말을 하게 해 놓고. 그래 놓고 마음이 아프다고 속상해한다. 한 남자를 얼마나 망쳐 놓으려고 이러는 거니. 마음을 굳힌 호수가 자리에서 일어나 옷차림을 점검했다. 짐 가방을 들고 방을 나서자 주방에서 소리가 들렸다.

"아침 먹어⋯⋯."

아일랜드 식탁에 간단한 식사를 차리던 연석은 짐 가방을 들고 선 호수를 보자 심장이 내려앉았다. 겨우 하룻밤. 아니 새벽에 왔으니 몇 시간이었다. 저 깔끔한 성정을 어떻게 고쳐 놔야 좋을지. 저 징그럽게 꼿꼿한 고집을 어떻게 꺾어야 할지 감도 잡히지 않는다.

속이 뭉개지는 연석을 아는지 모르는지 호수는 조용히 자리에 앉아 토스트를 먹기 시작했다. 간간이 식기 부딪히는 소리만 들리는 껄끄러운 아침 식사는 금세 끝났다. 물 잔을 지분거리던 호수가 헛기침을 한번 하더니 입을 열었다.

"고마워. 그리고 많이 생각해 봤는데. 어제 오빠도 결심해 줬고."

연석의 얼굴이 실망으로 일그러졌다. 그렇게 말하면 호수가 겁먹을 줄 알았다. 자신을 사랑한다면 깨닫고 마음을 고쳐먹을 줄 알았다. 그런데 정말 너는 아니었구나. 네 마음은 예전과 같지 않았구나. 저 단정하고 서늘한 눈이 그렇게 말하는 듯했다.

"출장 다녀오고 나서 사표 쓸게. 내가 나가는 게 맞아."

"뭐가 맞아. 맨날 너는 뭐가 맞아! 네가 한 결정만 옳아?"

호수는 얼굴이 시뻘겋게 달아올라 소리치는 연석을 생경하게 쳐다봤다. 웬만해선 저에게 큰 소리를 내지 않는 남자의 감정 폭주가 낯설었다.

"뭐든 제멋대로야! 네 생각에 갇혀서 언제까지 그렇게 답답하게 살 거야!"

머리꼭지까지 흥분한 연석을 보자 호수도 더는 좋게 풀어 갈 수 없다고 판단했다.

"내 생각에 갇혀 있다고? 오빠야말로 오빠 생각에 갇혀 있어."

"뭐라고?"

"객관적으로 생각해. 지금 다시 시작해서 뭘 어쩔 건데. 결혼하
겠다고? 부모, 형제 등지고 주변 사람들 수군거리는 소리 들으면
서 평생 살 거야? 그래 좋아. 자식 이기는 부모 없어서 오빠가 이
겼다 쳐. 결혼 준비는 오빠 혼자 해? 나는 아무것도 몰라요. 백치
인 양 손가락만 물고 있다가 드레스 입으면 되냐고."

연석은 저를 따라오지 않으려는 호수가 답답했다. 왜 저렇게 생
각이 많고 하나씩 따지고 걱정하는지 이해할 수 없었다.

"좀 그러면 안 돼? 그냥 나 믿고 와 주면 안 돼?"

"안 돼!"

낙담해서 어깨가 떨어지는 연석을 보며 호수는 속에 말을 쏟
아 냈다.

"나는 그게 안 되는 애야! 그걸 왜 몰라! 전에도 툭하면 나한테
그랬어. 좀! 아무 생각 없이 한 번쯤 따라오면 안 되냐고. 나는 그
게 안 돼. 그래서 나도 미치겠어!"

"나도 안 돼. 나도 미칠 것 같아. 너 아니면 죽을 것 같아서 이렇
게 매달리는데 너는 꼼짝도 안 하고. 아직 벌어지지도 않은 일 가
지고 걱정만 하고. 기다려 줘야 하는 거 나도 알아. 아는데……."

연석은 자리에서 벌떡 일어나 거실로 나갔다. 두 주먹을 불끈 쥐
고 격동하는 감정을 추슬렀다.

"제어가 안 돼. 불안해. 네가 다른 놈을 볼까 봐."

"의처증 있어?"

요즘 왜 저러는가 싶던 호수의 머릿속에 진혁의 모습이 스쳐 갔다.

"처도 안 돼 주면서 그런 말 하지 마. 길을 막고 물어봐. 내가 정상이지."

자조적으로 중얼거리던 연석이 머리를 쓸어 올리며 괴로워했다.

"너를 기다려 줘야 하는 거 알아. 네가 행복하기만 바라고 욕심을 버려야 하는데…… 그게 왜 안 될까."

빨갛게 충혈된 연석의 눈가에 물기가 비쳤다. 호수는 연석의 무너지는 모습에 놀랐다. 그는 저렇게 초라해선 안 되는 사람이었다. 그럴 수 없는 남자였다. 자존감이 하늘을 찌르고 지구 내핵을 뚫는 놈이라고 해성이 비꼬는 진연석이었다. 상처받고 기운이 빠진 채 처량하게 구는 꼴은 그에게 어울리지 않았다.

"정말, 마지막으로 한 번만 나 믿어 주면 안 돼? 절대 안 돼? 내가 그렇게 못 미더워?"

내가 뭐기에 당신이 이렇게 매달려. 뭐하러 사정해. 호수는 처절해 보이기까지 하는 연석을 똑바로 보기 힘들었다.

"이제 학생 아니야, 얼마든지 너 책임지고 막아 줄 수 있어. 예전처럼 사랑하지 않는 거 아는데. 다 아는데!"

"누가 사랑 안 한대!"

자괴감에 몸부림치는 연석을 견디다 못한 호수가 속내를 터트렸다.

"뭐?"

"사랑 안 한다고 말한 적은 없어!"

"⋯⋯!"

갑자기 쏟아진 호수의 고백에 놀란 연석은 잠잠해졌다. 발그레 달아오른 얼굴로 저를 노려보는 호수가 한 말을 제대로 들은 것인지 생각하는 시간이 길었다.

"무서웠을 뿐이야."

제대로 들은 게 맞았다. 머릿속에서 불꽃놀이라도 시작됐는지 정신이 혼미했다. 그래도 지금 쐐기를 박지 않을 수 없었다. 도망 못 가게 제 입으로 똑똑히 말하게 해야 했다. 연석은 버티고 선 호수를 향해 두 팔을 벌렸다.

"이리 와."

"싫어! 니가 와."

호수가 빽 하고 소리를 질렀다. 점점 빨개지는 얼굴을 보니 뒤늦은 부끄럼이 찾아온 모양이었다.

"알았어."

큰 걸음으로 금세 가까워진 연석은 곧장 호수를 끌어안았다. 쏙 들어온 호수가 넓은 품에 볼을 꼭 붙였다. 가슴이 안도로 녹아내리는 것 같았다.

"제대로 말해 줘."

"⋯⋯."

호수에게 듣기 힘든 말, 가슴에 꽁꽁 묻어 두고 꺼내지 않으려는 말을 꼭 들어야 했다.

"너 옛날에도 잘 안 해 줬어. 지금 해 줘."

"나도…… 사랑한다고."

수줍게 작아지는 목소리여도 좋았다. 연석은 여린 몸을 으스러지도록 끌어안았다. 아프다고 아우성치는 소리에 웃으면서도 풀어 주지 않았다.

"미안해. 어제 그따위로 굴어서. 많이 놀라고 무서웠을 텐데."

연석은 뒤늦은 사과를 했다. 긴 머리채를 쓰다듬으며 잘못을 빌었다.

"큰일 당한 사람한테 못할 짓 했어. 변명도 못 하겠다. 내가 너무 찌질했어."

"맞아. 찌질했어."

"한 대 칠래?"

"응."

연석이 포옹을 풀어 주자마자 호수는 발로 그의 정강이를 찼다.

"아!"

"호야!"

운동으로 단련된 연석의 정강이는 쇠처럼 단단했다. 호수가 발로 차는 순간 엄지발가락이 꺾이는 경쾌한 소리가 났다. 연석은 바닥에 주저앉은 호수의 발을 붙들고 통증을 풀어 주며 안절부절못했다.

"바보야, 주먹으로 가슴이나 때리지. 발도 작은 게."

"주먹은 크냐!"

"그럼 뺨 때릴래?"

연석이 얼굴을 내밀자 호수는 손으로 가볍게 밀어내며 퉁명스럽게 답했다.

"됐어!"

"근데 아까부터 서방님한테 너무 편하게 말한다."

욱신거리는 발가락을 붙들고 삐죽거리는 호수의 입술이 앙증맞았다. 연석은 갸름한 얼굴을 감싸 들어 올렸다.

"고마워, 호야."

호수는 깊은 한숨을 내쉬었다. 이제 경계를 넘었다. 어떤 일들이 기다리고 있을까.

"나를 꼭 지켜 줘."

"네."

부드럽게 웃던 연석의 얼굴이 호수에게 가까워졌다. 호수의 두 팔이 연석의 어깨 위로 미끄러져 감겼다. 손바닥으로 탄탄하게 돋은 연석의 근육을 쓸며 깊이 포옹했다. 연석의 손이 호수의 뒷목을 감싸더니 부드럽게 다가와 메마른 입술을 물었다. 가벼운 베이비 키스를 나누던 입술이 짙은 욕정을 품고 서로를 가르고 들어갔다. 가볍게 스치는 콧날이 위치를 바꿀 때마다 뜨거운 숨결이 터져 나왔다. 서로의 입술을 덮고 혀를 당기고 또 덮고. 타액이 넘나드는 젖은 소리와 숨소리만 넓은 거실에 잔잔하게 깔렸다. 그렇게 다시 서로의 마음을 확인하는 긴 키스가 이어졌다.

* * *

호수는 회사 로비에 들어서자마자 찬영을 마주쳤다. 언제 봐도 유쾌 상쾌한 찬영이 오늘따라 더 신선하게 웃으며 아침 인사를 건넸다.

"호수 씨, 좋은 아침! 그런데 괜찮아요? 어젯밤 도대체 무슨 일이 있었어요?"

"네? 어제…… 밤에요?"

그가 진혁과 함께 있었다는 사실을 몰랐던 호수는 만 가지 생각이 교차했다. 이 해맑은 사람이 도대체 뭘 어디까지 알고 묻는지 알 수 없으니 섣불리 답을 하기 모호했다.

"어제 최진혁 과장님하고 한잔하고 있었거든요. 과장님이 그 늦은 시간에 호수 씨한테 전화해서 대박 깜놀!"

"아. 그러셨구나. 집에 좀 안 좋은 일이 있긴 했는데 별거 아니었어요. 과장님도 참 유별나셔요. 부서원 사랑이 지나치시죠. 아하하."

찬영은 호수의 어색한 너스레에 단호하게 고개를 저었다.

"아니요. 이호수 사랑이 지나친 거 같던데요."

물색없는 사람의 대명사인 김찬영은 가끔 이렇게 허를 찌른다. 이럴 때 보면 누구보다 냄새를 잘 맡는 것이 마치…… 개 같았다.

"무슨 소리를 하는 거예요? 찬영 씨가 연애하고 싶은가 보다. 너무 잇는 거 좋아하시는 거 같아요."

"하여튼 저는 실장님 편입니다. 어제 실장님하고는 잘 만났죠?"

"네?"

도대체 이 사람 어디까지 알고 있는 걸까? 호수는 이 순간, 마냥 편하게 생각했던 찬영을 사내 최고 요주의 인물로 점찍었다. 연석에게도 단단히 일러둬야 할 필요가 있었다.

"최 과장님의 인터셉트를 막은 게 바로 저! 김찬영입니다. 과장님이 호수 씨한테 가겠다고 일어서길래 바로 실장님께 보고 올렸죠."

"아, 그러셨구나. 찬영 씨가 일러바치셨구나."

어제 지구대에서 두 남자가 마주치게 된 전말에 찬영이 끼친 영향이 컸구나 싶었다. 결국, 그로 인해 연석과 얘기가 잘됐으니, 오지랖의 공과를 판단하기 힘들었다. 그렇게 로비 한쪽에서 찬영과 한창 얘기 중일 때 연석과 해성이 보였다. 둘은 꽤 심각한 얼굴로 대화를 주고받으며 엘리베이터로 향하고 있었다. 호수와 찬영이 인사하자 연석은 무심히, 해성은 빙긋이 웃으며 인사를 받았다. 찬영은 낮은 탄성을 지르며 호수에게 엄지를 추어올려 보였다.

"또 왜 이러는데요."

"크. 실장님, 카리스마와 절제력. 여기 이 소오름 보여요? 사내에서 티 안 나게 절제하는 모습 존경합니다."

카리스마와 절제라……. 둘만 있을 때의 능청스러움이라든가 오늘 아침의 절절한 모습을 떠올렸을 때 전혀 동의할 수 없었다. 호수는 새삼 찬영에게 보안 유지를 당부하면서 기획부로 들어왔다.

옆자리의 미원이 보이지 않으니 마음이 편안했다. 유치하지만 연석의 힘을 빌려 부서 이동을 부탁해 볼까 하는 마음이 들 정도로 요즘 그녀와 부딪히는 것이 큰 스트레스였다. 실장실에서 나온 해성이 사무실을 둘러보며 호수의 자리로 왔다.

"허 대리는?"

"글쎄요. 출근하고 여태껏 못 봤어요. 대리님 다리 다쳤다면서요."

"응. 찬영 씨하고 계단에서 티격태격하다 굴렸데."

"찬영 씨하고요?"

이쯤이면 찬영의 나비효과인가. 호수는 파티션 너머의 찬영을 보자 슬며시 웃음이 났다. 찬영은 어울리지 않게 꽤 진지한 얼굴로 모니터를 보고 있었다. 사람이 가벼운 것 같아도 일 처리는 꼼꼼한 편이라는 게 신기했다.

"성실이하고 통화했어?"

"네. 이따 점심때 온다면서요."

"응. 같이 점심이나 하자."

"안 그래도 그러기로 했어요."

해성은 시간을 확인하며 미원의 책상을 쳐다봤다.

"허 대리 오면 나한테 좀 보내."

"무슨 일이라고 전해요?

"백화점 콜라보 경매 기획안 때문이라고 해."

"네."

얼마간의 시간이 흐른 후 미원이 목발을 짚고 절뚝거리며 들어왔다. 낑낑거리며 힘든 티를 냈지만, 휴게실이나 빈 회의실에서 잡담을 떨다 온 분위기였다.

"대리님, 다리 괜찮으세요?"

"지금 이게 괜찮아 보여!"

정말 이 여자의 기분을 어떻게 맞춰야 하는지. 호수는 길게 말해 봤자 돌아오는 것은 화살이니 말을 아끼기로 했다. 기대하던 출장까지 호수에게 넘어갔으니 한 달은 넘게 시달릴 것 같았다.

"과장님이 찾으셨어요. 콜라보 기획안 때문이라고 하시던데요."

"아. 왜 또! 밤새 정리해서 출근하자마자 올렸는데."

밤새 정리할 게 뭐가 있다고. 다 만들어 놓은 보고서에 수저만 얹어 놓고 생색은 거창했다. 호수는 비웃음을 삼키며 제 할 일에 집중했다.

잠시 후, 높아진 미원의 목소리에 부서원들의 이목이 쏠렸다. 해성은 어이없는 얼굴로 미원을 쳐다보며 보고서 어디쯤을 가리키고 있었다. 질책을 들은 미원이 따지듯이 더 큰소리를 냈다.

"그건 이호수 씨가 했다니까요!"

그제야 관심 없던 호수도 고개를 들고 소란의 중심지를 쳐다봤다. 통화하고 있던 연석까지 집무실 문을 열고 내다봤다.

"이 기획 담당자는 허미원 대리 아닙니까? 이렇게 모든 책임을 아랫사람한테만 미루는 게 옳은 처사인가요?"

"그러는 과장님은요. 과장님도 지금 저를 탓하시는 거잖아요. 다리도 불편해 죽겠는데."

뭐 이런 사람이 다 있나. 해성은 벽에 대고 설교하는 기분이었다. 이거 완전 코에 걸었다가 귀에 걸었다. 제멋대로였다. 호수는 아무래도 저와 관련된 사안인 것 같아 자리에서 일어났다. 부르지 않아도 마음이 불편해 모른 척할 수가 없었다. 눈이 마주친 해성이 고개를 끄덕였다. 호수가 다가가자 미원은 책상 위의 보고

서를 들고 눈앞에서 흔들었다. 치뜬 눈은 억울함으로 열기가 그 렁그렁했다.

"이호수 씨, 이런 기본적인 수식까지 틀리면 어떡해! 당신 때문 에 아침부터 시끄럽잖아."

흘러내리는 긴 머리를 귀에 꽂으며 호수는 보고서를 살펴봤다. 해성이 펜으로 표시해 놓은 숫자들은 출품 예정작들의 경매 단 가와 예상 낙찰가였다. 수식 입력 오류가 원인이었다. 중요한 변 수 몇 개가 빠져 있었다. 호수로서는 좀처럼 하지 않는 실수였다.

"두 사람. 저 좀 보도록 하죠."

소란이 잦아들 기미가 없자 연석이 개입했다. 연석은 두 사람을 앉혀 놓고 기획안을 대충 훑었다. 서류에서 허미원의 흔적은커녕 이호수의 냄새만 폴폴 풍겼다.

일의 특성상 수십, 수백억대의 금액을 다루는 경우가 많으니 해서는 안 되는 실수였다. 게다가 결재 서류에 오류를 저질러 놓 고 큰소리치는 것은 듣지도 보지도 못한 일이었다. 미원은 억울 해 미치겠다는 얼굴로 잔뜩 찡그리고 있었고 호수는 담담한 그 대로였다.

"이번 뉴월드 백화점과의 콜라보 경매 이벤트는 허 대리 아이 디어입니까?"

"네. 그럼요."

호수가 슬쩍 곁눈질로 미원을 쳐다봤지만, 미원은 당당했다. 연 석은 곤란하다는 듯 관자놀이를 문질렀다. 회의 자리에서 있었 던 일을 연석도 알고 있는데 망설임 없이 인정하는 미원이 대단하게 느껴졌다.

"아이디어부터 허 대리가 시작한 일이라…… 하나에서 열까지 잘하고 싶은 마음 이해해요."

연석의 너그러운 어조에 미원은 이제야 제 사정을 알아주나 보다 마음을 놓았다.

"그럼 잘했어야지."

연석은 들고 있던 서류를 미원의 앞으로 툭 던져 놓았다. 얼음 장처럼 굳은 눈동자와 비틀린 입매가 대놓고 미원을 경멸했다. 미원은 갑자기 싸늘해진 실장의 말투에 겁을 집어먹었다. 끝까지 신사적이었던 박해성 과장과 전혀 다른 부류라는 것을 본능적으로 눈치챘다.

"일차로 수식 오류를 범한 이호수 씨가 잘못이고, 최종적으로는 검토도 하지 않고 결재 올린 허미원 대리 잘못. 아랫사람을 감싸 줘야 하는 것도 윗사람의 미덕. 따라서 제일 나쁜 사람은 허, 미, 원."

"하지만, 실장님……."

버릇대로 궁핍한 변명을 하려던 미원은 찌를 듯 노려보는 연석에게 기가 눌려 고개를 숙였다.

"아랫사람이 올린 서류를 검토조차 않고 위로 올리기만 할 거면 담당이며 직책이 왜 필요한가? 머리가 있으면 생각이란 걸 하고 양심이 있으면 인정이란 걸 해요. 깔끔하게 잘못했다, 시정하겠다고 했으면 끝날 일을 왜 키우는 건지. 허 대리는 나가 보고 이호수 씨는 남습니다."

불만으로 퉁퉁 불은 표정을 감출 생각도 하지 않고 미원은 자리에서 일어났다. 절뚝거리며 돌아서는 그녀의 등 뒤에 연석의 경고가 꽂혔다.

　"한국 옥션은 자선 경매는 해도 자선 고용은 없습니다. 이름만 올리는 프리 라이더에게 꼬박꼬박 월급 지급할 이유가 없다는 말입니다."

　미원이 나가고 나서도 연석은 한참을 생각에 잠겨 있었다. 사적으로는 호수를 건드려서 싫었고, 회사 차원에서도 부정적인 영향을 끼치는 직원이라는 결론이 내려졌다.

　"쟤, 치워 줄까?"

　불량스러운 연석의 말에 인상을 찌푸린 호수의 얼굴에는 웃음기가 어려 있었다.

　"꼭 조폭같이 말씀하십니다."

　"엄연히 회의 때 네가 꺼낸 기획이었잖아. 가로챈 것도 별론데 너한테 다 떠밀어 놓고 공만 가로채려는 계산이잖아. 상습인 거 같던데 아는 거 있으면 제보 좀 해 봐요, 이호수 사원."

　"고자질은 제 전문이 아니라서요."

　"어련하시겠어."

　"하지만 앞으로 발생하는 불만 사항은 즉시 고발하겠어요. 그리고 사실 내가 일부러 틀리게 해 놨어."

　"뭐? 진짜야?"

　"응. 몸도 안 좋은데 붙들어 놓고 해 놓으라고 징징거리니까 꼴보기 싫었거든. 설마 검토도 안 하고 그냥 결재 올릴 줄은 몰랐지.

내가 잘못한 거야."

황당해하던 연석은 호수도 화가 나면 한 번씩 신박한 똘끼를 부리는다는 것을 떠올렸다.

"이호수 사원, 혼나야겠네."

연석은 맞은편에 앉은 호수의 손을 잡고 제 쪽으로 끌어당겼다. 미리 블라인드까지 내려놓은 엉큼한 이유가 있는데 이대로 내보낼 수는 없었다.

"자중하세요, 실장님."

호수는 잡힌 손을 비틀어 빼며 연석을 말렸다.

"직책 붙여서 그렇게 말하니까 은근 야하다?"

"진짜 우리 이러면 안 돼, 오빠."

"어우, 대사 죽인다. 더 해 봐. 미치겠네."

연석은 참지 못하고 몸을 일으켜 테이블 너머의 호수에게 상체를 내밀었다. 출입문 쪽을 슬쩍 쳐다본 호수는 재빨리 연석의 입술에 짧은 뽀뽀를 했다.

"아니, 이호수 사원. 지금 뭐 하는 겁니까? 신성한 집무실에서 누가 뽀뽀하라고 했습니까?"

"뭐, 뭐야. 그렇게 얼굴을 들이밀어 놓고. 지금 누구한테 뒤집어씌우고 그래?"

기껏 용기 내서 입 맞췄더니 장난이나 하고.

호수는 뜨거워지는 볼을 손부채로 식히며 연석을 흘겨봤다. 장난스럽게 웃던 연석이 주머니에서 립밤을 꺼내더니 호수에게 가까이 오라고 손짓했다.

"왜 또!"

"입술이 거칠하네. 약 좀 바르자. 그 입술 좀 깨물지 마."

연석은 호수를 옆에 앉혀 놓고 입술에 립밤을 발라 주었다.

"나도 그러고 싶은데 오랜 습관이라서. 읍!"

연석의 입술이 기습적으로 호수의 입술을 삼켰다. 부드럽지 않게 빠르고 깊게 들어온 연석의 혀가 호수의 연약한 속살을 거칠게 휘저었다. 달아나려던 날씬한 몸은 그의 강한 팔에 붙들려 그대로 탄탄한 허벅지 위에 앉혀졌다. 갈수록 노골적으로 구는 연석의 스킨십에 놀란 호수는 그의 어깨를 밀며 몸을 틀었다.

"가만 좀 있어. 자극하지 말고."

말을 마친 연석은 사정을 두지 않고 파고들어 낚아챈 혀를 세차게 빨아 댔다. 호수가 바둥거릴수록 연석은 터질 것처럼 부풀었다. 가볍게 입만 맞추려던 계획이 자꾸만 수정되고 있었다. 연석은 호수의 귓가에 달아오른 숨을 토해 내며 달랬다.

"키스만 하고 보내 줄게. 오늘만."

일단 급한 욕심을 채우려 '오늘만'이라는 거짓 조건을 붙였다.

"누가 들어올까 봐, 불안해서 그래."

연석은 여전히 불안으로 망설이는 호수를 끌어안고 목덜미에 입술을 누르며 중얼거렸다.

"아무도 안 와. 그리고 노크도 없이 들어올 용감한 자는 없어."

하지만,

똑! 똑! 벌컥!

노크와 동시에 문을 여는 자는 있었다. 해성은 눈앞에 벌어진 상황에 놀라 바로 문을 닫았다.

"이제 어떡해!"

"저 자식은 매너가 왜 저따위야?"

다시 벌컥 문이 열리더니 해성이 들어왔다.

"선배님의 뜨거운 후배 사랑. 진짜 보기 좋습니다. 자주 경영이 여, 영원하라!"

해성의 낯 뜨거운 응원을 들은 호수는 두 손으로 얼굴을 감싸고 어쩔 줄을 몰라 했다. 연석은 그런 호수를 달래며 해성에게 당장 나가라고 커다란 입 모양으로 외쳤다.

〈2권에 계속〉